Torsten Siekierka
Endstation BERLIN

Kriminalroman

AF187148

Der Autor:

Torsten Siekierka erblickte 1984 in Potsdam das Licht der Welt. Viel sah er von der noch nicht, kam nur bis zum Nachbarort Berlin, wo er heute lebt. Er hat zwei Töchter und ist verheiratet.

Irgendwann begann er Bücher zu schreiben, weil er die Hoffnung hatte, die Welt zu verändern. Klappte nicht – das mit der Welt. Doch sie wurde schöner, weil abwechslungsreicher. Und mit der Helene Eberle-Krimireihe jetzt auch noch spannender. Das ist doch auch schon mal was ...

Torsten Siekierka

Endstation BERLIN

Kriminalroman

Impressum

Bibliografische Information der Deutschen Nationalbibliothek:
Die Deutsche Nationalbibliothek verzeichnet diese Publikation
in der Deutschen Nationalbibliografie; detaillierte bibliografische
Daten sind im Internet über http://dnb.dnb.de abrufbar.

© 2020 Torsten Siekierka
Gestaltung Buchcover: Thorsten Doerp
Foto Buchcover: Johannes Rapprich (Pexels)

Herstellung und Verlag: BoD – Books on Demand, Norderstedt
ISBN: 978-3-7504-3184-3

Freitag, 29. September
23:00 Uhr, Karlsruher Hauptbahnhof

Nur noch vier Minuten. Sie musste sich sputen. Aber wie? Ihre 4-jährige Tochter umklammerte ihre Hand. Aus Angst, sie zu verlieren. In der anderen zog sie die riesige, schwarze Kofferschale hinter sich her, weshalb sie sich wie eine Gazelle im Körper einer Schildkröte fühlte. Die Geisterbahnatmosphäre, die das Rauschen des entfernten Regens im dunklen Bahnhofstunnel verursachte, nahm die Frau währenddessen nicht wahr.

Noch zwei Minuten bis zur Abfahrt des Nachtzugs nach Berlin. Noch gut 50 Meter bis zum Gleis 8. Die zierliche Frau schleppte mit links den klobigen Trolley die Treppe hinauf, während sie mit rechts ihre Tochter trug und sich mit größter Kraftanstrengung den Lichtern auf dem Bahnsteig näherte. Der Herbstregen schien die Frau davon abhalten zu wollen, den Zug zu erreichen, so sehr peitschte er ihr ins Gesicht. Die kleine Klarissa vergrub ihren Kopf in der Jacke ihrer Mutter. Auf dem Bahnsteig angekommen, setzte sich das Mädchen auf die Kofferschale und beobachtete

7

den Regen, wie er gegen die Scheiben des ICEs klatschte, der auf einem anderen Gleis stand. Das Dach des Bahnsteigs schützte sie jetzt vor der Nässe. Ihre Mutter schaute sich um. Kein Zug zu sehen. Dann der Blick Richtung Bahnsteiganzeige. Noch immer stand dort in großen Lettern: NJ 470 Berlin Ostbahnhof. Abfahrt 23:04 Uhr.

Helene Eberle lief ein paar Schritte auf die Anzeige zu. Jetzt erkannte sie, dass sich der Zug um zehn Minuten verspäten würde. Erleichtert band die Frau ihr Kopftuch ab. Sie fuhr mit der linken Hand durch ihre braunen Haare, die knapp über ihre Schultern reichten. Meistens waren ihre Haare zu einem Pferdeschwanz gebunden. Aber an diesem Tag war alles anders. An diesem Tag trug sie ihre Haare offen.

Samstag, 30. September
0:30 Uhr, Ostbahnhof, Friedrichshain

Wladimir Perenov und Svenya Schmid suchten in ihren Schlafsäcken Schutz vor der Kälte. Der Mann umklammerte mit der linken Hand seine Freundin, mit der Rechten eine Flasche Wodka. Vor ein paar Jahren trug er noch eine andere Frau auf Händen. Die verschlug es inzwischen zurück in die Heimat. Nach Russland. Nachdem für beide hier in Berlin nicht nur Träume wie Luftballons platzten, sondern ihr ganzes Leben wie ein Kartenhaus zusammenbrach. Weil beide nicht bemerkten, wie jemand heimlich am Tisch ihres Lebens ruckelte. Der lange, dürre Mann und die abgezehrte Frau pressten sich in die hinterste Ecke des Parkhauses. Hier roch es zwar nach Urin und sie mussten sich den Platz mit Tauben und anderen

Zeckenmagneten teilen, aber sie waren vor dem Wind und dem Starkregen geschützt.

All die Obdachlosen, die hier am Ostbahnhof strandeten, haben eines mit diesem Bahnhof gemein. Sie wurden von der Gesellschaft abgehängt, so wie der einstige Berliner Hauptbahnhof. Die immer weniger werdenden Reisenden gaben immer weniger Almosen. Stattdessen begann irgendwann, das Partyvolk den Bahnhof zu überschwemmen. Und dieses Partyvolk war nicht imstande, etwas zu geben. Weil sie selbst auf der Suche waren. Auf der Suche nach Bestätigung, die am Ostbahnhof in jeder Ecke herumlungerte. Man musste nur zugreifen. Oder zuschlagen. Wenn es darum ging, sich gegen die Schwächsten der Gesellschaft behaupten zu können, behaupten zu wollen.

Samstag, 30. September
03:00 Uhr, im Nachtzug NJ 470

Der Zug ratterte rhythmisch durch die Nacht. Neben Helene Eberle umklammerte die kleine Klarissa ihren braunen Teddybären und träumte vor sich hin, während ihre Mutter sich in ihrem Schlafsessel hin und her wälzte. Sie kam und kam nicht zur Ruhe. In Endlosschleife spielte sich in ihrem Kopf der Film der letzten Tage ab.

Am gestrigen Nachmittag holte Helene Eberle ihre Tochter aus dem Kindergarten ab. Und wieder sprachen Mutter und Tochter über ihr großes Geheimnis. Die bevorstehende Fahrt nach Berlin. Doch Helene Eberle verschwieg selbst noch am Tag der Reise, dass sie nicht mehr heimfahren werden, denn dort wartete Matthias Eberle. Vater. Ehemann. Alkoholiker! Die

Polizeihauptkommissarin kämpfte fünf Jahre lang. Für ihren Mann. Gegen den Alkohol. Bis sie feststellte, dass sie auch die letzten Kraftreserven verbrauchte, weil der Kampf gegen den Alkohol allein nicht zu gewinnen war. Dieser Anblick vor drei Monaten. Matthias Eberles Kopf lag in der Soße. Zwischen zwei Klößen und einer Scheibe Kassler. Dieses Bild bekam Helene Eberle nicht mehr aus dem Kopf. Dieses Bild, das ihr klar machte, dass sie etwas ändern musste. Am nächsten Morgen telefonierte Helene mit ihrer Mutter. Diese wohnte, seit dem Tod ihres Mannes, in Berlin. Kurz darauf stellte Helene Eberle einen Versetzungsantrag in die Hauptstadt. Sie wagte es nicht, auch nur im Traum daran zu denken, bereits im Oktober ihren Dienst in Berlin anzutreten. Und nun ließ sie alles hinter sich. Alles, was sie sich mit ihrem Mann aufbaute. Weil sie merkte, dass alles im Alkohol versank.

Vor zwei Jahren war Helene Eberle für eine Woche Gesprächsthema Nummer 1. Deutschlandweit. Was ihr selbst mehr als unangenehm war. Ein Mann verschanzte sich in einem Kindergarten. Die Einsatzleitung wirkte überfordert, aus Angst, die Leben all derer zu gefährden, die sich in der Gewalt des Geiselnehmers befanden. Jeder kannte die Geschichte des Verbrechers, der siebzig Kinder in seiner Gewalt hatte. Darunter auch das eigene, welches er im Scheidungskrieg nicht hergeben wollte. Helene Eberle bot sich als weitere Geisel an. Die Einsatzleitung lehnte ab, doch die Polizistin hatte einen Plan im Kopf, weshalb sie Sekunden später nackt vor der Einsatzleitung stand. Der Familienvater sollte sich sicher sein, dass die Polizistin keine Pistole trug. Ja, Helene Eberle wollte Vertrauen aufbauen. Unerfreulich dabei: Man stempelte sie als geistesgestört ab. Doch das war ihr egal. Nach einer Stunde führte sie einen in Tränen aufgelösten 130 Kilo-Brocken aus dem Kindergarten. Allein ihr Einsatz rettete das Leben der Kleinen. Später berichtete sie in ihrem einzigen Zeitungsinterview, dass sie mit viel Empathie auf den Mann einredete.

Ohne ihn vorzuverurteilen

In einem späteren Fall zog Helene Eberle die Wut des gesamten Ermittlerteams auf sich. Ein 18-jähriges Mädchen beendete mit einem Tablettencocktail ihr Leben. Die Ermittlungen stellte man ein. Nur Helene blieb dran. Sie war sich sicher: Niemand bringt sich ohne Grund um. Sie ermittelte auf eigene Faust, widersetzte sich allen Vorgesetzten, riskierte ihren Job. Bis sie stichhaltige Beweise vorlegte, gegen die sämtliche Gegenargumente wie Schnee in der Sommersonne schmolzen. Mitschüler trieben das Mädchen in den Tod.

Und nun? Nun wartete ein neues Team, neue Abläufe und eine neue Stadt mit fremden Menschen auf Helene Eberle. Es galt, sich neu zu beweisen.

Samstag, 30.September
03:40 Uhr, RAW-Gelände, Friedrichshain

Das bekannte RAW-Gelände, dessen Namen vom einstigen Reichsbahnausbesserungswerk stammte, lag zwischen dem Simon-Dach-Kiez und der Warschauer Straße. Hier waren inzwischen diverse Clubs, Bars und Konzerthallen angesiedelt, wo man hochwertige Kunst zum kleinen Preis bekam. Oder Drogen. Oder ein Messer in den Rücken. Matthes Geiger hätte sich in dieser Nacht beinahe vergessen. Wenn seine Freunde nicht mit den Worten »Jetzt beruhige dich, Alter. Das bringt doch sowieso nichts!«, auf ihn eingewirkt hätten. So verließ

11

der 20-Jährige mit seinen Freunden das RAW-Gelände. In der Hand einen Platzverweis sowie eine Anzeige der Polizei. Wegen Landfriedensbruch, Androhung von Gewalt, sowie dem Verstoß gegen das Betäubungsmittelgesetz. Francis Thamm, Louis Schütz und Matthes Geiger reichte es. Berlin stand ihnen bis zum Hals. Überall Verbote und überall Polizei. Wie nervig. Also suchten sie woanders den Kick, deckten sich dafür mit drei Flaschen Wodka-Lemon im nahegelegenen Spät-Shop ein. Anschließend zogen sie über die vom Laternenlicht erhellte Warschauer Brücke. Mit im Schlepptau: Sophia Reiterowski und Marie Müller. Zwei 15-jährige Mädchen, denen man ihr Alter nicht ansah. Marie trug hochhackige Schuhe, einen Rock, der knapp den Tanga bedeckte, dazu ein bauchfreies Top. Trotz nächtlicher, herbstlicher Temperaturen.

Sophia war zwar zurückhaltender als ihre Freundin, aber auch die mit mehr Schminke im Gesicht. Ihre blondgefärbten Haare hingen wie ein Schluck Wasser auf ihren Schultern. Die aus grauem Kunstpelz hergestellte Jacke ließ das Mädchen wie eine Nutte wirken. Dazu trug sie Stiefel, die bis zu den Kniescheiben reichten und ihr das Laufen erschwerten. Die Feinstrumpfhose erkannte man erst auf den zweiten Blick. Ihre Jeans bedeckte immerhin ihren Po. Francis, Louis und Matthes wollten den Mädchen etwas bieten, um sie am Ende ins Bett zu bekommen. Statt Langeweile und einen Platzverweis der Polizei brauchten die Jungs Action. Etwas, womit sie sich beweisen konnten. Zu fünft liefen sie die Warschauer Straße hinunter bis zur Oberbaumbrücke.

»Gar nichts mehr los in diesem Nest«, meinte der 20-jährige Matthes Geiger und vergaß nicht zu erwähnen, dass die drei

12

Jungs aus der Nähe von Düsseldorf kämen. Wo es natürlich viel mehr Action als in Berlin gäbe. An der Oberbaumbrücke wechselten sie die Straßenseite. Sie schlenderten an der East-Side-Galerie entlang. Richtung Ostbahnhof. Auf der Suche nach dem absoluten Kick.

Samstag, 30.September
04:20 Uhr, Ostbahnhof, Friedrichshain

Gelächter riss den Mann aus dem Halbschlaf. Er erkannte Menschen. Vier oder fünf. Noch bevor er richtig zu sich kam, kroch das Gefühl der Angst in seinen Körper. Auch Svenya Schmid öffnete ihre Augen. Sie drehte sich in die Richtung, aus der sie die Stimmen vernahm.

»Stinkende Ratten«, hörte sie eine weibliche Stimme sagen. Wladimir Perenov erkannte Weinflaschen in den Händen der Leute. War das tatsächlich ein La Iglesia de Arínzano? Oder doch nur ein minderwertiger Abklatsch aus dem Supermarkt? In seinen besten Zeiten genoss der glatzköpfige Mann die besten Weine. Er liebte Weißwein. Nur den billigen bekam er nicht hinunter. Dann doch lieber Wodka. Perenov nahm eine Fußspitze an seiner Brust wahr. Ein Test, ob er reagieren würde.

Und er reagierte. Mit einem leichten Zucken. Es folgte ein stechender Schmerz. Ausgelöst durch einen brachialen Stoß in seinen Unterleib. Der Mann schrie nicht, weinte nicht, krümmte sich nur stumm vor Schmerz. Seine Begleiterin lag regungslos neben ihm. Hoffte, übersehen zu werden.

Dieser Tritt! Für Perenov ein deutliches Zeichen, zu verschwinden. Bevor er sich aufrichten konnte, fühlte er einen warmen

13

Strahl auf sich hinabregnen. Ein Mann hielt sein Glied über ihn. Der pisste ihn tatsächlich an. Leute lachten. Stöhnend griff der Obdachlose seinen Schlafsack samt Wodkaflasche. Er suchte Schutz im Bahnhofsgebäude. Seine Freundin blieb liegen und hielt verängstigt die Luft an. Wladimir Perenov sollte die Bahnhofshalle nicht mehr lebend verlassen.

Samstag, 30.September
04:45 Uhr, Eutingen im Gäu

Presslufthämmer schlugen gegen seine Schädeldecke. Seine Augen brannten und sein Mund fühlte sich so trocken wie die Sahara an. Matthias Eberle schaute sich um. Durch die Fenster des Wohnzimmers schimmerte spärlich Laternenlicht.

»Helene?« Niemand reagierte. Noch einmal schrie der Mann, so laut er noch konnte, den Namen seiner Frau. Mit größter Mühe erhob er sich vom Sofa. Die unzähligen Biere und den Schnaps von gestern Abend baute seine Leber noch nicht ganz ab. Wie ein Affe hielt er sich krampfhaft am Treppengeländer fest, zog sich Stufe für Stufe Richtung Schlafzimmer hinauf. Helene fand er nicht im Ehebett. Wieder schallte ihr Name durch das Haus. Diesmal lauter, weil mehr Wut, dazu erste Verzweiflung mitklang.

»Helene! Wo steckst du? Helene?« Zurück auf dem Flur stieß Matthias Eberle die Kinderzimmertür auf. Auch Klarissa lag nicht in ihrem Bett. Verwundert kratzte sich der Mann seine Halbglatze. Er schlich ins Bad. Am Waschbecken klatschte er sich eine Handvoll kaltes Wasser ins Gesicht. Etwas Flüssigkeit lief an seinem Körper herab und färbte seinen Slip von einem hellen Weiß in ein dunkles Grau. Der Mann löschte seinen Durst mit einem halben Liter Orangensaft und setzte sich anschließend ins Wohnzimmer. Allmählich begann er zu realisieren, dass sich tatsächlich niemand, außer ihm, im Haus aufhielt. Was konnte er denn jetzt bitte noch tun? Die Polizei oder Helenes beste Freundin Nancy Richter anrufen? Vorher wollte er Helene lieber selbst erreichen. Er bewegte sich mühsam zu dem kleinen Holzregal, auf dem immer die Mobiltelefone lagen. Die Smartphones hatten im Haus ihren angestammten Platz. Und der Schlafbereich galt als verbotene Zone für sämtliche Mobiltelefone. Matthias Eberles Frau glaubte diesen esoterischen Blödsinn nicht, dass irgendwelche Strahlen den Schlaf behindern würden. Nur wollte seine Frau einen erholsamen Schlaf. Und den bekam sie nur, wenn ihr Handy nicht neben ihr lag, sie im Unterbewusstsein nicht immer damit rechnen musste, einen Anruf zu bekommen. In Helenes Beruf keine Seltenheit. Auf dem Holzregal lag kein Smartphone. Nicht das eigene. Nicht das von seiner Frau. Das Regal gab dem Tritt des Mannes kampflos nach und klappte wie ein Schweizer Taschenmesser zusammen. In gebückter Haltung lief Matthias Eberle schließlich in die Küche. Auch dort blieb die Suche erfolglos. Zurück auf dem Sofa scheiterte der Versuch, sich an gestern Abend zu erinnern. Um 05:20 Uhr gewann schließlich die Müdigkeit die Oberhand über ihn.

Samstag, 30.September
05:30 Uhr, im Nachtzug NJ 470

Das Durcheinander an Stimmen, das Rascheln der Taschen und das einsetzende Gedränge Richtung Türen zog unbemerkt an

Helene Eberle vorbei. Die hielt ihre schlafende Tochter im Arm, welche so ausgeglichen atmete, dass selbst ihre Mutter sich daran beruhigen konnte. Der Zug verließ Potsdam. Noch fünfundzwanzig Minuten bis zum Berliner Hauptbahnhof, von wo es nur noch ein Katzensprung bis zum Ostbahnhof war. Die Dunkelheit beherrschte noch die Straßen Berlins, als der Zug den Westen der Stadt hinter sich ließ. Erst den Wannsee, Charlottenburg, den Bahnhof Zoo und zuletzt das Schloss Bellevue. Bis er auf den oberen Gleisen des Hauptbahnhofs zum Stehen kam. Helene und ihre Tochter gehörten zu den wenigen Fahrgästen, die hier nicht aussteigen wollten. Plötzlich riss Helene Eberle erschrocken die Augen auf, als sich eine fette Pranke auf ihre Schulter presste.

»Sie müssen hier aussteigen! Zug fährt nicht weiter.«

»Was?« Helene sortierte die ersten Gedanken am Morgen. Ihre Tochter rieb sich die Augen.

»Mama, sind wir da?«

»Aussteigen. Endstation.« Jetzt erst nahm die Frau, die gestern noch in Eutingen im Gäu lebte, die schulterlangen Haare wahr, die drei Wochen lang kein Shampoo sahen. Die Schminke der Zugbegleiterin klebte ausschließlich auf den wulstigen Lippen. Gähnend drückte Helene Eberle dem roten Lockenkopf einen Kuss auf die Stirn und stand auf. Aus den Ablagefächern zog sie die schwere Kofferschale und die Jacken herunter.

»Komm mein Schatz, wir müssen raus.« Das Mädchen griff unsicher nach der Hand ihrer Mutter.

Auf dem Bahnsteig vernahm Helene die für sie viel zu laute Ansage, dass der Zug hier endete, weil es am Ostbahnhof einen Polizeieinsatz gab. Sie ahnte noch nicht, dass sie dieser Einsatz noch sehr lange verfolgen sollte. Helene Eberle schaute sich auf

16

dem Bahnsteig um. Trotz der vielen Lichter wirkte es noch mehr dunkel als hell. Sie suchte nach dem Ausgang. Noch nie fuhr sie mit der Bahn zu ihrer Mutter nach Berlin. Immer nur mit dem Auto, immer nur zu dritt.

»Oh Gott.« Das hektische Treiben sorgte für kurze Verwirrung. Irgendwo musste es doch Treppen geben. Helene zog ihre Tochter im Slalom durch die Menschenmassen. In der rechten Hand klebte der Griff des schwarzen Trolleys. Am Ende vom Bahnsteig fanden beide endlich die Treppen. Doch eine Etage weiter unten herrschte noch mehr Hektik. Helene hielt an und kurz inne, ehe sie sich an den Rand stellte und ihre Tochter fest umklammerte.

Der überdimensionale Hauptbahnhof überforderte die Frau. Sie wollte nicht weitersuchen. Wonach auch bitte? Sie wusste ja nicht einmal, wohin. Vom Ostbahnhof aus kannte sie den Weg: Zwei Stationen zum Alexanderplatz, dort in die Buslinie 200 einsteigen, drei Stationen bis zur Bötzowstraße fahren. Doch von hier aus? Keine Ahnung. Sie kramte ihr Handy aus der Jackentasche. Beim Blick auf das Display wunderte sie sich nicht einmal, dass ihr Mann nicht einen Versuch unternahm, sie zu erreichen. Sie tippte die Nummer ihrer Mutter ein. Krampfhaft hielt die Frau ihr linkes Ohr zu, um ihre Gesprächspartnerin, trotz der immensen Lautstärke in der Bahnhofshalle, zu verstehen.

»Mama?«

»Hörst du mich?«

»Ja.«

»Ich stehe mit Klarissa am Hauptbahnhof. Ich habe keine Ahnung, wohin.«

«Hallo?« Helene Eberle vernahm nur Bruchstücke von dem, was Irene Siefert antwortete.

»Komm, wir müssen irgendwie nach draußen. Ich verstehe hier drin nichts.« Wieder startete die Suche nach einer Treppe. Unzählige Hinweisschilder in der Halle verweigerten jede Hilfe, verwirrten nur noch mehr. Mal hieß es Ausgang links, mal rechts. Welchen Ausgang also nehmen? Egal. Nur irgendwie raus. Weg von dieser Lautstärke. Helene brauchte dringend frische Luft. Frische Luft. In Berlin. Minuten später fand sie sich mit ihrer Tochter auf dem Europaplatz wieder. Vor dem Hauptbahnhof und neben einem Taxistand.

»Entschuldigung? Bitte in die Bötzowstraße.«

»Ich mach den Kofferraum auf«, schallte es lustlos zurück. Am Steuer saß ein dünner Mann mit schütterem Haar und Jeansweste. Helene packte ja gerne mit an, doch aus ihrer schwäbischen Heimat war sie es gewohnt, dass der Taxifahrer das Gepäck in den Kofferraum packt. Doch hier in Berlin tickten die Uhren scheinbar anders.

»Braucht die nen Kindersitz?«

»Die ist vier Jahre alt. Sie sollten als Taxifahrer den nötigen Sachverstand besitzen, ob Kinder in dem Alter einen Kindersitz benötigen.«

»Hab keine Kinder. Gibt außerdem Wichtigeres«, murmelte der Fahrer. Der Herbstwind pfiff Helene und ihrer Tochter Laub um die Ohren, obwohl nirgendwo Bäume standen.

»Und jetzt? Wollen sie nicht einsteigen?«

»Und jetzt? Wollen sie meiner Tochter keinen Kindersitz reichen?« Helene Eberle war es aus Berufsgründen gewohnt, auf beknackte Fragen schlagfertig zu reagieren.

»Liegt doch im Kofferraum. Mal die Augen aufmachen!« Helene schaute und zog ein Stück Styropor mit Stoffüberzug hervor. Misstrauisch starrte sie die Sitzschale an. Eher widerwillig legte die toughe Frau die Sitzerhöhung auf die Rückbank.

Noch einmal erklärte Helene, wo sie hinwollte. Keine zwei Sekunden später drückte der Taxifahrer das Gaspedal durch. Der Polizistin missfiel der Fahrstil. Es wurde so heftig beschleunigt wie abgebremst, an roten Ampeln nur gestoppt, wenn diese gefühlt schon eine Minute auf Rot standen, Radfahrer bekamen permanent die Hupe zu hören.

»Wenn Sie nachher Zeit haben, können Sie Ihr Auto putzen.«

»Hä?«

»Meine Tochter wird Ihnen ins Auto kotzen, wenn Sie so weiterfahren.«

»Die Reinigung müssen Sie bezahlen!«

»Die zahle ich gerne von dem Fahrgeld, was ich einbehalte, weil ich mit Ihrem Service nicht zufrieden bin.«

»Steigen Sie doch an der nächsten Ampel aus.«

»Das hätten Sie wohl gerne. Eher sammle ich weitere Punkte, die ich meiner Beschwerde anhefte, damit Sie keine Menschen mehr gefährden.«

Samstag, 30.September
09:30 Uhr, Tiefenseer Straße, Märkisches Viertel, Reinickendorf

Sophia Reiterowski starrte an die Decke ihres Jugendzimmers. In ihrem Unterleib brannte es, als hätte sie mit einer offenen Wunde in Jod gebadet. Gedanken an die Nacht im Ostbahnhof lenkten ab. Sorgten ebenfalls für Schmerzen. Dann doch lieber Unterleibsschmerzen als Bilder der letzten Nacht vor Augen zu haben. Bilder, die sie nie mehr loslassen werden.

Sophia wohnte im Märkischen Viertel. Einer Trabantenstadt im Norden Berlins. Wo man auch hinschaute, überall Betonsilos. Hier lernte man, sich durchzubeißen. Wer nicht beißen konnte, wurde gefressen. Wie dieser Penner am Ostbahnhof. Nachdem der gefressen wurde, fuhren Francis, Louis und Matthes mit Sophia Reiterowski in ein 4-Sterne-Hotel. Doch für Sophia verlief alles, was nach dem Besuch am Ostbahnhof passierte, wie im Delirium. Ihre Erinnerungen daran nur winzige Bruchstücke.

Auf dem Hotelbett roch es nach frischer Bettwäsche. Bis der Geschmack nach faulen Eiern den Duft ablöste. Dann vernahm sie einen durchdringenden Schmerz im Unterleib, als sie starr an die kargen Wände starrte. Sie konnte sich nicht an den Mann erinnern, der auf ihr lag, dabei wie ein Hund hechelte, ehe er wie ein Brunfthirsch aufstöhnte. Wenn jemand fragen würde, ob vielleicht mehrere Jungen auf ihr lagen, Sophia hätte darauf nicht sicher antworten können. Wie kam sie überhaupt nach Hause? Fuhr sie mit der Bahn? Mit dem Taxi? Begleitete sie jemand? Ihre Mutter riss plötzlich die Tür ihres Jugendzimmers auf.

»Liegst du immer noch im Bett? Hast du auf der Straße nicht genug gepennt? Meine Tochter – die Schlampe und Säuferin. Ich wusste schon immer, dass aus dir nichts wird. Bedanke dich dafür bei deinem Vater. Bringst mir die Polizei ins Haus. So, dass alle denken, ich sei eine schlechte Mutter. Dabei habe ich immer alles für dich getan. Und du? Undankbar bist du, sonst nichts!«

Das Gesicht ihrer Mutter verschwand wieder hinter dem Türbalken. Polizei? Straße? Das Mädchen starrte konsterniert an die Decke. Sophias Mutter kam zurück. Diesmal mit einem Wust an Zetteln, die sie in Richtung ihrer Tochter warf.

»Wieso hab ich dich heute früh überhaupt zurückgenommen? Ins Heim gehörst du.« Die Tür des Jugendzimmers knallte wieder zu.

Sophia pflegte nie das beste Verhältnis zu ihrer Mutter. Ein typisches Papa-Kind war sie. Mit ihrem Vater fuhr sie gemeinsam auf den Zeltplatz, baute geheime Höhlen im Kinderzimmer, spielte stundenlang Karten. Ihr Vater brachte ihr Gitarre-Spielen und Rommé bei. Dank ihm konnte Sophia bereits fließend lesen, bevor sie in die Schule kam. Bis sich ihre Eltern trennten. Weshalb, erfuhr Sophia bis heute nicht. Vor einem Jahr starb ihr Vater an einer unentdeckten Sepsis. Sophia saß jetzt auf ihrem Bett. Mit zwei Fingern griff sie nach der Zettelei.

Nackt!
Leichte Verletzungen im Genitalbereich!
Tiergarten!
Promillewert von 2,4!
Drogentest positiv!
Lebende Person ohne Bewusstsein!
Ausnüchterungszelle!
Übergabe an Mutter um 7:40 Uhr!

Die gelesenen Wörter sorgten für Kopfschütteln. Tränen lieferten sich jetzt einen Wettlauf über Sophias Gesicht. Das Mädchen suchte Halt. Doch wer konnte den geben? Ihr Vater nicht. Ihre Mutter nicht. Vielleicht Marie? Wie erging es Marie? Suchend schaute sich Sophia nach ihrem Smartphone um. Dringend musste sie ihre beste Freundin anrufen. Auf dem Boden fand sie kein Telefon. In der Ritze zwischen Matratze und Wand ebenfalls nicht. Sophia hatte jetzt einen hervorragenden Grund, aufzustehen. Erst jetzt fiel dem Mädchen auf, dass sie nackt im Bett lag.

Sie erhob sich, hatte Schwierigkeiten, die Balance zu halten, zog sich einen ihrer kuschelweichen Schlabberpullis über. Dazu eine graue Jogginghose. Sie verließ ihr Zimmer. Konnte sie ihre Mutter nach ihrem Telefon fragen?

»Willst du wieder abhauen? Tschüss! Bin ich endlich für immer alle Sorgen los.« Die Worte der Mutter regneten wie winzige Kieselsteine auf das Mädchen herab.

»Hau ab! Verpiss dich endlich! Wenn du Geld brauchst, gehe halt wieder anschaffen. Hauptsache, du lässt dich hier nie wieder blicken.« Die Mutter stürmte jetzt in den Flur. Sie riss beinahe die Wohnungstür aus den Angeln.

»Hier, hau ab! Los. Lass mich endlich in Ruhe!« Das Mädchen kratzte sich unsicher an der Stirn. Das Verhalten ihrer Mutter löste ein Erdbeben in ihrem Kopf aus. Mit sintflutartigen Regenfällen. Jetzt stürmte die Mutter auf sie zu, packte ihren rechten Arm und zog das Mädchen auf den Hausflur.

»Und wehe, du lässt dich hier jemals wieder blicken.«

Samstag, 30.September
10:00 Uhr, Alter St.-Matthäus- Kirchhof, Schöneberg

Walter Paul schaute auf die Blumen, die in den grünen Vasen ihre Köpfe hängen ließen. Er packte die frischen Tulpen aus. Gelbe Tulpen, die Lieblingsblumen seiner Frau. Er atmete den intensiven Duft bewusst ein. Anschließend steckte er die Blumen in die Vase. Das Wasser stand noch bis zum Hals. Das füllte er erst vorgestern auf. Paul schloss die Augen. Zwei Minuten später holte er aus seiner Tasche ein Matchbox-Auto und platzierte es neben der Vase.

»Hab ich gefunden. Vielleicht möchtest du es haben?«

Eine Träne bahnte sich den Weg über seine Wangen. Er erinnerte sich an diesen Mittwoch vor drei Jahren. Dieser Mittwoch, der sein altes Leben beendete. Und er stellte sich wieder einmal die Frage, ob nicht alles anders gekommen wäre, wenn er damals nicht kurzfristig abgesagt hätte. Ja, er gab sich noch immer die Schuld an dem, was passierte. Daran änderten auch die Gespräche mit verschiedenen Therapeuten nichts.

Samstag, 30.September
15:00 Uhr, Café am Marktplatz, Eutingen im Gäu

Vor dem Café schüttelte der Herbstwind die Sonnenschirme durch. In Eutingen schien an diesem Samstagnachmittag alles in ein fahles Grau getaucht zu sein. So grau fühlte sich auch Nancy Richter. Nervös drehte sie den rechten Zeigefinger in eine ihrer unzähligen blonden Locken. Matthias Eberle ließ einen Kaffeelöffel durch seine russische Schokolade tanzen.

»Warum bist du nicht mitgefahren?«

»Ich hatte noch einige Sachen zu erledigen. Und Helene genießt mit Klarissa hoffentlich die gemeinsame Zeit zu zweit. Das tut den beiden mal ganz gut.«

Nancy fiel noch nicht auf, dass Matthias Eberle sie in eine Falle lockte. Er wollte herausfinden, wo sich Helene aufhielt. Denn wenn jemand wusste, wo sie war, dann Nancy Richter. Und die erfuhr es auch. Aber nicht von Helene, sondern von der 4-jährigen Klarissa. Die erzählte Nancy nebenbei, während beide am Dienstagnachmittag vom Kindergarten heimliefen, dass sie am Freitag zur Oma nach Berlin fahren und im Zug schlafen werden. Das Mädchen betonte dabei aber mehrere Male, dass das ein großes Geheimnis sei, es daher niemand erfahren dürfe. Und genau diese Worte verunsicherten Nancy. Durfte Matthias erfahren, wo sich Helene mit Klarissa aufhielt? Und warum meldete sich Helene nicht bei ihrer besten Freundin? Nancy Richter und Helene Eberle kannten sich noch aus der gemeinsamen Schulzeit, vertrauten sich jedes Geheimnis an. Doch jetzt saß Helene in Berlin und Nancy mit ihrem Mann in einem Café in Eutingen im Gäu.

»Und warum wolltest du dich unbedingt mit mir treffen?«

»Ach, ich wollte mich nur noch von dir verabschieden, bevor ich hinterherfahre.«

»Lieb von dir. Aber ihr kommt doch zurück!?«

Matthias Eberle gab darauf keine Antwort. Er wusste, dass er das Gespräch in die für ihn passende Richtung lenken musste, damit er in Erfahrung bringen konnte, wo sich Helene aufhielt.

»Was würdest du an unserer Stelle tun?« Nancy legte ihre Stirn in Falten. Helenes Ehemann fragte sie doch noch nie nach ihrem Rat. Was für ein Spiel spielte er hier? Als Antwort auf Matthias Frage zuckte die blonde Frau überfordert mit den Schultern. Nancy Richter fühlte sich wie ein in die Enge getriebenes Pferd. Unsicher begann sie, in ihrer schwarzen Umhängetasche zu kramen. Das Klingeln des Telefons bot dem Pferd jetzt eine unvorhergesehene Fluchtmöglichkeit. Nancy Richter sprang auf, um vor dem Café zu telefonieren. Draußen sah sie Helenes Namen auf dem Handydisplay leuchten. Nancy wischte hektisch über den Bildschirm, als wollte sie einen Schwarm Fliegen vertreiben, die sich auf dem Bildschirm paarten.

»Helene? Sag mal, was wird hier gespielt?«

»Gespielt?«

»Matthias wollte sich unbedingt mit mir treffen. Er wollte sich verabschieden, weil ihr noch nicht sagen könnt, ob Ihr noch mal zurückkommt.«

»Was? Nein, Nancy, Matthias hat dich angelogen. Er wollte nur herausfinden, wo ich mich aufhalte. Ich habe ihm nichts erzählt.«

»Wieso nicht? Ich verstehe das alles nicht.«

»Ich bin bei meiner Mutter in Berlin.« Nancy verschwieg, dass sie diese Info bereits von Klarissa bekam.

»Warum und wieso erzähle ich dir, wenn wir uns wiedersehen. Sei nicht böse, aber ich möchte niemanden in den Schmutz ziehen. Bitte sage Matthias nicht, wo ich mich aufhalte. Sobald ich und Klarissa uns hier eingelebt haben, kommst du uns in Berlin besuchen, okay?«

»Das klingt super! Ich war noch nie in Berlin.«

Die Frauen beendeten das Gespräch. Nancy überlegte, ob sie ins Café zurückkehren sollte, als sie Matthias Eberle in der Tür stehen sah.

»Ich muss nochmal wohin. Wir hören voneinander.«

Die Frau streifte erneut ihre lockigen, blonden Haare hinters Ohr und schaute Helenes Ehemann verwundert hinterher. Dem reichte beim Telefonat das Wort Berlin, um zu wissen, was er als Nächstes zu tun hatte.

Sonntag, 01.Oktober
09:20 Uhr, Alexanderplatz, Mitte

Die Polizeihauptkommissarin trug an diesem Morgen eine schlichte, blaue Windjacke. Ihre Haare band sie zu einem

Pferdeschwanz zusammen. Sie genoss den leichten Herbstwind und die zarten Sonnenstrahlen. Der Herbst und der Frühling gehörten schon immer zu ihren Lieblingsjahreszeiten. Der Winter und der Sommer wirkten oft viel zu extrem. Und mit Extremen konnte die zierliche Frau nichts anfangen. Sie bevorzugte Kompromisse. Die goldene Mitte. Schon oft in ihrem Leben musste sie erfahren, dass zu viel oder zu wenig selten etwas Gutes mit sich brachte. Außer beim Essen – da war sie kompromisslos.

Am Alexanderplatz stieg die Neu-Berlinerin die Treppen in den U-Bahnschacht hinunter. Zur Linie 2. Auf beiden Gleisen standen Züge. Bevor die Frau aus Schwaben feststellen konnte, in welche Richtung sie überhaupt musste, schlossen die Türen. Die Bahnen hinterließen einen kräftigen Windstoß im U-Bahnschacht.

Nach rund vierzig Minuten erreichte Helene Eberle das Dienstgebäude des Landeskriminalamtes für Delikte am Menschen in der Keithstraße. Mit viel Mühe schob sie die Eingangstür auf. Der Pförtner ließ genervt von seiner Zeitung ab. Skeptisch schaute er Helene Eberle an. Dabei konnte er nur mit Mühe über den Tresen blicken.

»Wo wollen Sie denn hin?«

»Mein Name ist Helene Eberle. Ich trete hier morgen meinen Dienst an. Ich wollte daher gerne die Chance nutzen und mich vorher etwas umsehen. Vielleicht kann ich sogar schon ein paar Kollegen kennenlernen?

»Wo denn?«

»Was meinen Sie bitte mit *wo denn*?«

»Na, wo sie anfangen zu arbeiten.«

»Im Dezernat für Tötungsdelikte.« Der Pförtner schaute,

als erklärte sie ihm soeben das Fortpflanzungsverhalten von Schimpansen.

»Keine Ahnung, ob da heute überhaupt jemand im Büro sitzt.« Der Mann schob erst die Zeitung beiseite, anschließend seine Brille zurück auf seine Nase. Er blickte auf den Tresen vor ihm, auf dem unzählige Telefonnummern standen.

»Wie heißen Sie nochmal?«

»Helene Eberle.«

Der Pförtner griff nach einem gigantischen schwarzen Hörer, der aussah, als stamme er aus längst vergangener Zeit. Der Mann drückte mehrere Ziffern. Stille folgte. Er schüttelte den Kopf, um Helene zu verstehen zu geben, dass niemand abnahm. Bis im Hörer doch eine Stimme ertönte.

»Ja. Hier steht eine Elena Gerke oder so. Die meinte, bei euch ab Montag zu arbeiten.«

»Helene Eberle«, betonte die Polizeihauptkommissarin mit einer Prise Pfeffer in der Stimme.

»Helene Eberle«, wiederholte der Pförtner. Kurz darauf legte er den Hörer wieder auf.

»Da hinten stehen Holzbänke. Warten Sie dort. Kommt gleich jemand.« Während der Pförtner sich wieder mit seiner Zeitung beschäftigte, setzte sich die Frau, wie gewünscht. Es knarrte verdächtig. Jetzt erging es ihr ähnlich, wie all denen, die auf einer dieser harten Sitze verharrten, bis sie zur Vernehmung abgeholt wurden. Helene Eberle dachte an ihren Arbeitsplatz im Stuttgarter LKA zurück. Dort kannte sie jeder. Nicht jeder mochte ihre direkte Art, aber nie musste sie, wie ein Leierkasten, ständig ihren Namen wiederholen. Trotzdem. Für den Schritt nach Berlin gab es keine Option. Sie wollte doch einfach nur wieder ein unbeschwertes Leben führen. Auch für die kleine

Klarissa. Nur der Preis dafür war hoch, schließlich musste sie nun überall von vorne beginnen. Sich an einer neuen Arbeitsstätte beweisen, in einer neuen Stadt. Dazu eine neue Wohnung finden und für ihre Tochter einen Kindergartenplatz. Kurze Zeit später tänzelte Walter Paul lässig die Treppenstufen hinab. Bis ins Erdgeschoss. Er bog schwungvoll um die Kurve. Wie automatisiert lief er mit ausgestreckter Hand auf Helene zu. Und in Sekundenbruchteilen hörte er auf zu tanzen. Stattdessen erinnerten seine Bewegungen jetzt an eine Schildkröte. Helenes Lächeln lähmte ihn regelrecht. Ihr ganzes Auftreten wirkte auf Walter Paul so offen wie einfach. Aber trotzdem, auf ganz eigene Art elegant. Märchenhaft wertvoll. So, als hätte sie es nicht nötig, sich hinter Schminke und teuren Klamotten zu verstecken.

»Paul! Ähm ... Hallo.« Dem Polizisten fiel es schwer, Worte zu finden. »Also: Hauptkommissar Paul ... Walter Paul ...«, stotterte der schlanke Mann mit den kurzen grauen Haaren.

»Polizeihauptkommissarin Eberle. Helene Eberle.« Paul konnte sich nicht dagegen wehren. Er musste Helene von oben bis unten scannen. Ihr Lächeln, ihre mädchenhafte Figur, ihre braunen Haare, die sie zu einem lockeren Zopf zusammengebunden hatte. Paul musste sich sortieren, bis er wieder Worte fand.

»Ja, also ... ja ..., kommen Sie erstmal mit. Ich, also ... ich zeig Ihnen einmal das Wichtigste.«

Sonntag, 01.Oktober
12:00 Uhr, Schönhauser Allee, Prenzlauer Berg

In einem Hostel am Senefelder Platz öffnete sich im Zimmer 77 das erste Augenpaar. Die 21-jährige Marlene aus Kaarst kratzte sich am Kopf. Im Bett gegenüber lag Xaver Schuhmann. Mit dem Kissen auf seinem Kopf. Lediglich seine schwarzen Locken schauten empor. Der junge Mann hatte noch keine Ahnung, dass er Berlin nicht mehr lebend verlassen sollte.

Jessica Schneider, auch genannt Jessi, lag mit Konrad Wilde Rücken an Rücken im Bett darunter. Marlene stieg die Leiter vom Doppelstockbett hinab. Die Erinnerungen an die Nacht von Freitag auf Samstag verfolgten die junge Frau wie ein sexgeiler Stalker, der sich nicht abschütteln ließ, dazu für eine komische Angst sorgte, und für Druck. Druck, den Marlene noch nicht einordnen konnte. Im Badezimmer betrat sie die Duschwanne. Ihre Gesichtszüge entspannten sich langsam, als das warme Wasser aus dem Duschkopf erst ihre blonden, schulterlangen Haare, im Anschluss ihren durchtrainierten Körper benetzte. Doch die Bilder vom Ostbahnhof ließen sich mit der Duschbrause nicht wegspülen. Oft sah sie, wenn sie sonntags ihre Eltern besuchte, wie im Fernsehen, beim wöchentlichen Tatort, Menschen ums Leben kamen. Doch das war kein Vergleich. In der Nacht von Freitag auf Samstag erlebte sie ihren ersten Mord live. Und dieser fühlte sich schrecklich real an. Das Ruckeln an der Badezimmertür verdeutlichte der Frau, dass noch jemand ins Bad wollte.

»Ich beeile mich ja schon.« Marlene stellte das Wasser ab, verließ die Duschkabine und schaute in den Spiegel.

Statt sich selbst erkannte sie Blut und Zuckungen eines Mannes, der hilflos am Boden lag. Marlene wischte mit dem Handtuch das Kondenswasser vom Spiegel. Jetzt erst erkannte sie eine 21-jährige Frau, die in den letzten Tagen um Jahre alterte.

Sonntag, 01.Oktober
12:20 Uhr, LKA für Delikte am Menschen,
Keithstraße, Tiergarten

Walter Paul führte seine neue Kollegin durch das Dienstgebäude bis sie am Büro der Bereitschaftskommission ankamen.

»Arbeiten Sie ganz alleine hier? Also, Personalmangel hin oder her ...«

»Nein! Simone Otto und Dietmar Schulz gehören auch noch zum Team. Die haben heute frei. Und Juliane Bergmann. Die genießt bis nächste Woche die Sonne auf den Malediven. Udo Golombek führt die Einheit als erster Kriminalhauptkommissar. Dazu kommt noch ein umfangreiches Ermittlerteam, das mit uns arbeitet. Sie werden sie alle mit der Zeit kennenlernen.«

»Arbeiten Sie an einem aktuellen Fall?«

»Ja, die Akte liegt da drüben.« Paul zeigte auf Golombeks Schreibtisch. »Wenn Sie möchten, schauen Sie hinein.« Sofort widmete sich die Frau dem dünnen, roten Ordner.

»Mögliche Zeugen fanden wir noch nicht. Die muss es aber geben. Wir haben die Aufnahmen einer Überwachungskamera.« Helene reagierte nicht auf Pauls Worte. Stattdessen wirkte sie, als spreche sie zu sich selbst, als sie fragte, ob es sich bei dem Fall um den Polizeieinsatz am Samstagmorgen am Ostbahnhof handelte.

»Ja. Wieso?«

»Ich kam mit meiner Tochter Samstagmorgen in Berlin an. Eigentlich wollten wir bis zum Ostbahnhof fahren. Jetzt wird mir klar, warum der Zug nicht weiterfuhr.«

Eine halbe Stunde später schauten sich Helene Eberle und Walter Paul die Videoaufnahmen an. Helene bat Paul mehrere

Male, vor- und zurückzuspielen. Walter schaute mehr zu seiner neuen Kollegin, als auf den Monitor. Die starrte aber gebannt auf den kleinen Bildschirm. Der sanfte Geruch von Pfirsich und Vanille stieg in Pauls Nase.

»Die Personen auf den Bildern gelten als tatverdächtig?«

»Ja. Aber öffentlich gefahndet wird nach ihnen noch nicht.«

»Aber in den Akten steht, dass der Mann im Untergeschoss des Ostbahnhofs erstochen wurde.«

»Das stimmt. Aber das Untergeschoss des Bahnhofs trennt nur eine Durchgangstür vom Parkhaus.«

Helene Eberle brannte eine dringende Frage auf den Lippen.

Sonntag, 01.Oktober
15:00 Uhr, Berliner Ring, kurz vor dem ehemaligen Grenzübergang Dreilinden

Mitten in der Autokarawane befand sich ein grauer VW Sharan. Dessen Klimaanlage lief auf Maximum. Auch der Schweiß vom Fahrer. Herbeigeführt von Abstinenzerscheinungen (fehlender Alkohol), Anspannung (wie würde Helene reagieren, wenn ihr Mann vor der Tür stand?) und Wut (über den Stau). Bis auf den Berliner Ring kam Matthias Eberle ohne Probleme. Der Tacho stieg regelmäßig auf über 200 km/h. Inzwischen schwankte er zwischen Null und Zehn. Um den Stress und die Wut zu verarbeiten, schloss Matthias Eberle manchmal kurz die Augen, atmete bewusst ein und aus. Oder er schlug mit der flachen Hand gegen das Lenkrad. Beruhigend wirkte aber nur, dass Helene nicht drumherum kommen konnte, sich seinen Fragen zu stellen.

Warum haute sie ab?

Wieso nahm sie das gemeinsame Kind mit?

Wieso war ihr die Ehe auf einmal so egal?

Weshalb zerstörte sie das gemeinsame Familienglück?

Hatte sie eine Affäre in Berlin?

Und kommt sie vielleicht doch wieder zurück?

Die letzten beiden Fragen wollte Matthias Eberle nicht stellen. Den übrigen sollte sie nicht ausweichen können. Es spielte also gar keine Rolle, ob Matthias seine Frau erst in drei oder in einer Stunde wiedersah.

Der Stau gab zweihundert Meter Strecke frei. Zweihundert Meter, denen sich Matthias Eberle seiner Frau und seiner Tochter näherte. Der Wunsch nach etwas alkoholhaltiger Flüssigkeit mutierte immer mehr zum Drang. Der letzte Alkohol stammte noch vom letzten Abend. Matthias Eberle nahm sich vor, diszipliniert zu sein. Nur nichts trinken vor der Fahrt. Der Schweiß vermehrte sich jetzt rasant. Sein Sweatshirt zog er aus. Er beobachtete, wie Schweißperlen seinen runden Bauch hinabglitten. Matthias Eberle legte die nächsten fünfzig Meter zurück. Er hatte Schwierigkeiten, das Lenkrad mit seinen schweißnassen Händen zu halten. Das Bild vor ihm verschwamm. Mit gefühlten fünf Fäusten donnerte sein Herz gegen die Brust. Die Autos vor dem grauen Sharan bewegten sich vorwärts. Aber um das eigene Auto weiter nach vorne zu bewegen, fehlte Matthias Eberle die Kraft. Er legte den Kopf gegen das Lenkrad. Seine Atmung glich jetzt der eines untrainierten Marathonläufers, der nach zehn Kilometern kraftlos zusammenbrach.

Sonntag, 01.Oktober
15:15 Uhr, Schönhauser Allee, Prenzlauer Berg

Marlene saß mit Konrad Wilde, Jessica Schneider und Xaver Schuhmann in einem Café, gegenüber vom Hostel. Vor ihnen lagen mit Tomaten und Mozzarella belegte Beagles und Käsebrötchen.

»Wir müssen zur Polizei. Die fahnden doch nach uns.« Hilfesuchend schaute Marlene zu ihren Freunden.

»Bitte? Wie kommst du denn jetzt darauf? Außerdem interessiert mich nicht, was Freitagnacht passierte. Ich genieße den Sonntag.«

»Xaver hat Recht. Und was die Polizei nicht weiß, macht sie nicht heiß.« Etwas zu theatralisch hob Jessi ihren heißen Cappuccino in die Luft, als wollte sie mit der Tasse anstoßen.

»Außerdem hat immer alles einen Sinn und Zweck im Leben.«

Marlene schaute hilfesuchend zu Konrad, der bisher stumm in seinem Milchkaffee rührte. Bis er seinen Kopf hob und grinste.

»Meine Fresse! Endlich mal was erlebt in diesem Dorf.«

»Ja, klar. Was für ein Erlebnis, wenn Menschen ermordet werden. Wenn die Polizei uns auf die Schliche kommt, dann gute Nacht.«

»Und wie sollen die uns bitte auf die Schliche kommen? Denk doch mal nach.« Marlene hörte deutlich Xavers Gereiztheit heraus.

»Schon mal davon gehört, dass die Polizei Möglichkeiten hat, von denen wir überhaupt keine Ahnung haben? Denk du doch mal nach.« Marlene sprang auf, nahm ihre Jacke vom Stuhl und lief Richtung Ausgang.

Sonntag, 01.Oktober
15:30 Uhr, LKA für Delikte am Menschen,
Keithstraße, Tiergarten

Mit der linken Handfläche schrubbte er seine grauen Haare und verzog dabei sein Gesicht. Helene schaute Paul leicht schockiert an. Die Videoaufzeichnungen aus dem Parkhaus lagen zwar vor, doch die aus dem Untergeschoss des Bahnhofs fehlten. Das musste dringend mit den Kollegen geklärt werden.

»Wollen wir zum Tatort fahren? Wenn dort jemand mitdachte, existieren die Mitschnitte vom Freitag noch.«

»Demjenigen muss das Datenschutzgesetz ziemlich egal sein. Wenn du weißt, was ich meine. Aber lass es uns versuchen!«

Minuten später saßen beide in einem grauen BMW. Der Duft nach Pfirsich und Vanille breitete sich im Zivilfahrzeug aus.

»Weiß man wenigstens, um welche Personen es sich auf den Bildern handelt?«

»Nein, der Mord geschah doch erst in der Nacht von Freitag auf Samstag.«

»Und heute haben wir Sonntag.«

»Das weiß ich.« Sich auf den Verkehr zu konzentrieren, fiel Paul schwer. Er fühlte sich wie ein frisch verliebter 15-Jähriger, dessen Coolness grandios daran scheiterte, seine Verliebtheit zu überspielen. Dass seine neue Kollegin wegen den schlampigen Ermittlungen leicht verärgert war, zog so unbemerkt wie der Gegenverkehr an ihm vorbei. Links tauchte jetzt der Landwehrkanal auf, rechts passierte der BMW die Landesbibliothek. Links über ihnen schlängelten sich die Hochbahnschienen, die wie eine langgezogene Kobra wirkten.

»Wo wohnst du in Berlin?« Helene Eberle antwortete nur knapp mit dem Namen des Bezirks. Fasziniert sah sie aus dem Fenster.

»Willkommen in Kreuzberg. Früher kriminelles Pflaster, heute Hipster-Gegend.«

»Was? Hipster-Gegend?«

»Ja, hier wohnen Leute zwischen zwanzig und vierzig Jahren, die zu viel Geld haben. Statt zu arbeiten verdienen die zum Beispiel mit dämlichen Internetvideos Millionen.«

Minuten später lenkte Paul den Wagen durch einen Kreisverkehr.

»Darf ich vorstellen? Kottbusser Tor! Früher einmal *der* Drogenumschlagplatz Nummer 1.«

»Der Ort sagt mir sogar was. Ich glaube, in dem Buch Wir Kinder vom Bahnhof Zoo habe ich mal davon gelesen.« Keine drei Minuten später wiederholte sich Paul beinahe.

»Darf ich vorstellen? Der aktuelle Drogenumschlagplatz Nummer 1. Der Görlitzer Park.« Helene nickte.

»Also liegen zwischen früher und heute nur rund fünfhundert Meter? Das Problem hat man also nie gelöst. Nur verschleppt.«

»Sag das mal den Politikern!« An der Oberbaumbrücke bog der Wagen links ab und nahm Kurs auf den Ostbahnhof.

»Seit wann lebst du schon in Berlin?«

»Seit gestern.«

»Oh. Okay! Und wo hast du vorher gewohnt?«

»Schwaben.« Pauls Lache schallte so spontan wie laut durch den BMW. Helene verstand nicht.

Ein paar Minuten später stellte Paul den Wagen auf dem Oberdeck des Parkhauses vom Ostbahnhof ab.

»Ich werde mir mal den Tatort anschauen.«

»Da siehst du aber nichts mehr. Und wir haben ja die Fotos in den Akten.«

»Trotzdem. Ich benötige für mich ein eigenes Bild. Nicht böse sein.« Beide stiegen aus und überquerten die Straße. Vor der ausladenden Bahnhofshalle lungerten rechts wohnungslose Menschen, links saßen Leute, Cocktails schlürfend, auf einer kleinen, mit Holzbalken eingerahmten Terrasse. Die Automatiktür öffnete sich beinahe einladend vor den Beamten. Vor der Halle herrschte deutlich mehr Trubel, als in der Halle, wo die Stille beinahe gespenstisch wirkte. Kein Vergleich zum Hauptbahnhof.

Paul zeigte zur Rolltreppe, die hinunter zum Tatort führte. Helene Eberle musste erkennen, dass ihr neuer Kollege Recht hatte. Im Untergeschoss deutete nichts mehr darauf hin, dass hier vor kurzem jemand sein Leben verlor. Nicht einmal eine Kerze flackerte.

»Hier passierte tatsächlich vor nicht einmal zwei Tagen ein Mord?«

»Ja. Aber das Opfer vergaß man ja schon, bevor es starb.« Helene ließ diese Worte wirken. Sie starrte Richtung Rewe. Vor dem Eingang stand eine lange Menschenschlange mit Tüten voller Pfandflaschen.

»Wobei man nicht vergessen darf, dass das Opfer erstochen wurde. Es verblutete also innerlich, deswegen gab es kaum Blutspuren.« Die Polizeihauptkommissarin schlich jetzt durch das Untergeschoss.

»Was sagt eigentlich die Staatsanwaltschaft zu dem Fall?«

»Gar nichts.«

»Wie jetzt?«

»Die Berliner Staatsanwaltschaft ist chronisch unterbesetzt und beschäftigt sich nur noch mit absoluten Notfällen. Und der Tod an einem Obdachlosen zählt nicht dazu. Zumindest noch nicht.

Die lassen uns die Arbeit machen und erheben dann nur noch die Anklage.« Vor der Glastür zum Parkhaus blieb Helene Eberle stehen. Die Tür öffnete sie nicht. Stattdessen vollzog sie drei Schritte zurück zu Walter. Sie drehte sich einmal mit gehobenem Kopf um die eigene Achse. So, als suchte sie etwas an der Decke. Vom Erdgeschoss ertönte eine schreiende Männerstimme. Eine Frau weinte. Die Polizisten eilten die Treppenstufen hinauf.

Sonntag, 01.Oktober
15:45 Uhr, Schönhauser Allee, Prenzlauer Berg

Auf den Nachttisch legte sie eine Nachricht für ihre Freunde ab. Anschließend stellte sie ihren schwarzen Koffer auf den Flur und zog die Tür von Zimmer 77 hinter sich ins Schloss. Als sich kurz darauf im Erdgeschoss die Fahrstuhltüren wieder öffneten, zog Marlene ihr Gepäck Richtung Ausgang. Bis Konrad, Xaver Schuhmann und Jessica Schneider das Hostel betraten. Jessi starrte Marlene an. Die Jungs starrten sich an.

»Ich fahre nach Hause. Ich fühle mich nicht.« Die 21-jährige Frau suchte Halt an ihrem Trolley.

»Aber wenn wir uns jetzt nicht zufällig über den Weg gelaufen wären, hätten wir dich erst in Kaarst wiedergesehen!«, stellte Jessi gereizt fest.

»Ich habe euch einen Zettel im Zimmer hinterlegt.« Marlenes Versuch, die Wogen etwas zu glätten, misslang.

»Du bleibst hier! Wir fuhren zusammen her, wir fahren zusammen zurück.«

»Ich fühle mich wirklich mies. Das müsst Ihr mir glauben. Wenn Ihr mich fahren lasst, ich sage auch niemandem etwas.«

Marlene griff wieder nach ihrem Rollkoffer. Sie wollte nur noch raus aus dem Hostel. Aber dafür musste sie erst einmal an ihren Freunden vorbei.

»Das wird schon wieder. Spätestens oben auf dem Zimmer.« Konrad umarmte Marlene, drückte sie dabei härter als nötig an sich heran. Er drehte sich mit ihr gemeinsam um und zog sie zum Fahrstuhl.

Sonntag, 01.Oktober
16:45 Uhr, Hallesches Tor, Kreuzberg

In der Zwischenzeit fuhren Walter Paul und Helene Eberle zurück in die Keithstraße. Paul schüttelte den Kopf. Wieder und wieder musste er schmunzeln. Von Minute zu Minuten faszinierte ihn seine neue Kollegin mehr.

»Respekt!«

»Was meinst du?«

»Wie du die Leute von der Bahn hinters Licht geführt hast. Du arbeitest ja eigentlich erst ab morgen. Trotzdem hast du uns vor einer gigantischen Blamage bewahrt. Stell dir nur mal vor, die Presse erfährt, dass Dietmar vergessen hat, die Videoaufzeichnungen aus dem Bahnhof anzufordern.«

Walter Paul schaute seine neue Kollegin an. Ihr strahlendes Lächeln faszinierte ihn schon wieder.

»Du solltest lieber auf die Straße gucken.« Sofort setzte Paul Helenes Ansage um.

»Woher hast du gewusst, dass die Kamera nicht funktionierte?«

»Sie lief überhaupt nicht. In der Linse erkannte man außerdem einen winzigen Riss. Nicht gesehen?«

»Nein, ich hab ja keine Röntgenaugen. Aber du hast recht. Die hätten nie zugegeben, dass die Kamera nicht funktionierte.«

Helene Eberle erzählte bei den Mitarbeitern der Bahn, dass ein Streit zwischen dem Mann und der Frau, die im Obergeschoss weinten und schrien, im Untergeschoss stattfand. Dazu erfand sie eine Schlägerei. Sie wollte die Videoaufzeichnungen sehen. Den Angestellten der Bahn blieb keine Wahl. Sie mussten den Defekt der Kamera einräumen.

Der graue BMW schnellte weiter unbeirrt durch die Straßen Berlins. An diesem Sonntagnachmittag gab es selbst in der Hauptstadt nicht viel Verkehr. Kurz vorm Ziel ertönte die Filmmusik von *Knockin on heaven's door*. Paul schaute irritiert. Helene zog ihren Rucksack, der zwischen ihren Beinen stand, zu sich hoch und kramte ihr Handy hervor. Sofort nahm sie das Gespräch an. Ihre Mimik erinnerte Paul im Sekundentakt an eine Mischung aus Schockstarre, Atemnot und Ableben. Bis Helene erste Worte fand.

»Nein!«

«Oh Gott!«

«Bleibt ganz ruhig. Ich komme sofort nach Hause. Öffnet um Gottes Willen nicht die Tür.«

«Ja, ich beeile mich.«

Helene wischte sich mit ihrer linken Hand über das Gesicht. Wenn ihr neuer Kollege nicht neben ihr gesessen hätte, sie wäre in Tränen ausgebrochen.

»Alles okay?« Für diese Frage hätte sich Paul selbst ohrfeigen können. Nur wie sollte er sonst sein Interesse über das Telefonat bekunden?

»Ja, ja. Alles in Ordnung.« Walter Paul merkte, dass Helene

nicht die Wahrheit sprach. Er lenkte den Wagen aus dem Kreisverkehr am Wittenbergplatz. Am Straßenrand brachte er das Auto schließlich zum Stehen.

»Das glaube ich dir nicht!« Mit diesem Satz setzte er Helene Schach-matt. Sie zog ein Taschentuch aus ihrem Rucksack. Den Kampf gegen ihre Tränen hatte sie verloren.

»Du kannst mir vertrauen.« Schon wieder so ein Satz, den Paul bereute. Schließlich sah er Helene doch heute zum ersten Mal. Auch wenn er das Gefühl hatte, sie bereits seit Jahren zu kennen.

»Also, ... ich meine ... auch wenn wir uns noch nicht lange ... du kannst mir alles erzählen.«

»Mein Mann. Er hat uns gefunden!«

»Was?«

»Ich musste mit Klarissa einfach weg.« Paul verkniff sich die Frage, wer Klarissa war.

»Kannst du mich nach Hause fahren?«

»Klar! Wohin soll es denn gehen?« Ohne die Antwort abzuwarten, nutzte Paul die nächste Gelegenheit zum Wenden.

»Bötzowstraße.«

»Wo liegt die?« Helene antwortete nicht. Walter Paul schaute auf sein Handy. Mit der linken Hand hielt er das Lenkrad, mit der anderen tippte er die Straße ins Navi ein.

»Ach so, stimmt! Du hast es vorhin ja schon erwähnt.« Er musste wieder grinsen.

»Warum lachst du?«, fragte Helene mit einem weinenden und einem irritierten Auge.

»Du wohnst im Prenzlauer Berg.«

»Und?«

»Naja, du kommst ja aus Schwaben.«

»Was hat das jetzt bitte damit zu tun?«

»Wenn jemand aus Schwaben nach Berlin zieht, zieht er in den Prenzlauer Berg. Deswegen nennt man den Prenzlauer Berg auch Schwabilon.«

»Aha, dann wohne ich also in Schwabilon ...«

Walter Paul fuhr die gleiche Strecke zurück, die er vorhin zum Ostbahnhof fuhr. Nur bog er diesmal an der Oberbaumbrücke nicht links ab, sondern fuhr geradeaus. Richtung Frankfurter Tor.

»Magst du verraten, was mit deinem Mann passierte?«

»Ach, ich habe viel zu spät erkannt, dass der Alkohol ihn längst ruinierte. Ich habe wirklich alles versucht. Wollte ihm helfen. Aber nach fünf Jahren musste ich feststellen, dass alles umsonst war. Und ich musste doch an Klarissa denken.«

»Ich glaube, ich hätte das Gleiche getan!« Helene und Paul schauten sich an.

»Danke.«

»Wofür bedankst du dich?«

»Für deine Worte. Sie tun wirklich gut.«

Vor dem Altbau im Prenzlauer Berg blockierte ein Streifenwagen die Einfahrt. Noch bevor der graue BMW komplett zum Stehen kam, sprang Helene heraus. Die Haustür stand offen. Als wäre eine Horde Wölfe hinter ihr her, sprintete die Frau die Treppen hinauf. Wie von Sinnen schlug sie wieder und wieder gegen die Klingel.

»Gott sei Dank! Endlich.« Irene Siefert fasste sich ans Herz.

Wie eine Bärenmutter umklammerte sie Helene, drückte sie an sich, wie es ihre Kräfte gerade noch hergaben.

»Wo ist er?«

»Die Nachbarn haben die Polizei alarmiert. Du kannst es dir nicht ausmalen. Er urinierte in den Hausflur, schlug mit den Fäusten gegen die Wohnungstür. Er schrie wie ein Wahnsinniger.« Helene schloss die Tür. Klarissa klammerte sich wie ein Affenbaby an ihre Beine.

»Alles okay, meine Kleine. Es ist vorbei.« Jemand betätigte plötzlich die Klingel, die alte Frau zuckte zusammen.

»Nicht schon wieder. Bitte nicht!« Die pure Angst stand Irene Siefert ins Gesicht geschrieben. Helene legte sich fest: Von dem Klingeln an der Wohnungstür konnte diesmal keine Gefahr ausgehen. Ihr Mann hätte nicht geklingelt. Eher würde er gegen die Tür treten.

»Papa?«

»Nein meine Kleine. Nicht Papa!« Helene fragte sich, ob sie ihre Tochter damit beruhigte. Vielleicht wollte Klarissa ja ihren Papa sehen. Aber den Nüchternen. Den, mit dem sie einst Memory Junior oder Mau-Mau spielte. Nicht den Betrunkenen. Helene öffnete die Tür. Walter stand davor.

»Entschuldige die Störung. Ich wollte nur gucken, ob bei euch alles okay ist.«

Helene nickte. Paul schenkte ihr ein verlegenes Lächeln. So gerne hätte er seine neue Kollegin in beide Arme geschlossen und nie wieder losgelassen. Doch das musste er unterdrücken.

»Walter. Danke!«

»Schon gut. Ich muss weiter. Möchte nochmal ins Büro. Wir sehen uns morgen?«

»Wir sehen uns morgen. Ich freu mich!«

Helenes Begeisterung für den morgigen Tag hätte sich jedoch in Grenzen gehalten, wenn sie gewusst hätte, welcher Irrtum am nächsten Tag aufgedeckt werden sollte.

Sonntag, 01.Oktober
23:25 Uhr, Schönhauser Allee, Prenzlauer Berg

Die Luft kühlte inzwischen merklich ab. Die Laternen spendeten ausreichend Licht. Konrad Wilde und Xaver Schuhmann liefen zügig den Gehweg der mehrspurigen Allee entlang. Auf der Suche nach einem Schnellrestaurant. Jessi blieb bei Marlene. Die Möglichkeit, dass die ihren Fluchtversuch wiederholte, schätzten die Jungs als zu hoch ein.

Im Hostel stand der schwarze Koffer noch immer neben der Tür. Und ja, Marlene wartete nur darauf, endlich abzuhauen. Raus aus Berlin. Zurück nach Kaarst. Doch noch saß sie auf ihrem Bett und starrte auf ihr Smartphone. Unter ihr lag Jessi und tat es ihr nach. Nur während Jessi ziellos im Internet surfte, checkte Marlene die aktuellen Bahnverbindungen in ihre Heimatstadt.

»Wie fühlt man sich eigentlich so als Wachhund?«

»Wie bitte? Marlene, komm doch einfach mal wieder klar.«

»Ich komme klar. Für eure Gefühlskälte kann ich jawohl nichts.« An der Zimmerdecke erkannte Marlene auf einmal tanzende, blaue Lichter.

»Auweia!«

»Was denn jetzt schon wieder?«

Das einsetzende Geheul zahlloser Sirenen lockte die blonde Frau an das Fenster. Die Polizei sperrte die Straße ab. Menschen stürmten aus dem Hostel.

»Und jetzt?« Immer noch alles okay? Die Straße wimmelt von Polizisten.« Auch davon ließ sich Jessi scheinbar nicht aus der Ruhe bringen. Demonstrativ legte sie ihr Telefon zur Seite und zog ihre Decke bis zum Kinn.

»Na klar. Die werden ganz bestimmt wegen uns hier sein.«

Marlene konnte nicht verstehen, wie Jessi so ruhig bleiben konnte. Aber das durfte sie jetzt nicht interessieren.

»Jessi, bitte lass mich nach Hause fahren. Ich schwöre dir, ich werde keinem Menschen etwas verraten.«

»Ey, kapierst du es? Wir fühlen uns total verarscht von dir. Wir wollten zu viert coole Tage in Berlin erleben, aber du schiebst hier dermaßen Panik. Du versaust alles mit deinen scheiß Ängsten.«

»Dann versaue ich euch eben alles. Aber wenn ich nach Hause fahre, könnt ihr zu dritt ja noch das Beste aus den letzten Tagen rausholen.«

»Besprich das mit Konrad und Xaver. Ich entscheide das nicht allein. Am Ende trage ich die Schuld, wenn du weg bist und uns die Bullen auf den Hals hetzt.«

»Weißt du was? Ich bin ein freier Mensch. Ich kann gehen, wohin ich will. Wenn Ihr mir nicht vertraut, habt ihr eben Pech. Und wenn Ihr mich hier festhaltet, habe ich noch einen Grund mehr, zur Polizei zu gehen.«

Marlene griff ihren Koffer. Sofort warf ihre Mitbewohnerin die Decke zu Boden, sprang wütend auf und schubste Marlene beiseite. Die konnte sich nicht mehr halten, flog über ihren Trolley und landete langgestreckt auf dem Linoleumboden.

»Tickst du jetzt völlig aus? Komm endlich klar, du blöde Kuh.«

Mit den Fäusten donnerte jemand gegen die Tür.

»Polizei! Bitte öffnen Sie die Tür.«

Die Mädchen schauten sich erschrocken an. Jessi presste ihren rechten Zeigefinger auf den Mund. Ihre Augen schienen so weit aufgerissen, wie das Maul eines Krokodils.

»Polizei! Hält sich hier jemand im Zimmer auf? Bitte öffnen Sie die Tür.« Die Stimme klang bestimmend, aber nicht bösartig.

Die Schritte, die die Mädchen dann vom Flur wahrnahmen, entfernten sich wieder. Jessi starrte gebannt vor Angst an die Wand, während Marlene aufstand und nach ihrem Koffer griff. Von außen schloss sie die Zimmertür.

»Halt! Stopp!« Marlene drehte sich nicht um. Die Stimme hinter ihr ordnete sie zweifelsfrei dem Polizisten zu, der eben noch mit seinen Fäusten gegen die Tür donnerte.

»Warum haben Sie die Tür nicht geöffnet?«

»Entschuldigen Sie, ich stand im Badezimmer und räumte meine Sachen zusammen.« In Marlene tobte ein Erdbeben. Ihre Stimme überschlug sich. »Ich habe wirklich nichts mitbekommen. Ehrlich!«

»Schon gut. Hält sich noch jemand in dem Zimmer auf?« Die Frau drehte sich weg. Während sie ihren Koffer den Flur entlang zog, schüttelte sie den Kopf.

»Bitte verlassen Sie schnellstmöglich das Gebäude. Es gibt eine Bombendrohung«, rief der Polizist ihr noch nach.

Unten angekommen verließ Marlene erst den Fahrstuhl, lief durch das Foyer und anschließend durch die Automatiktür nach draußen. Blaue Lichter flackerten. Entfernt ertönte eine Lautsprecherdurchsage. Menschen rannten immer noch unkontrolliert umher. Marlene musste die Ruhe bewahren, wollte nur noch weg. Sie zog ihren Rollkoffer durch die Menschenmenge, lief über die abgesperrte Schönhauser Allee, bis sie im Tunnel des U-Bahnhofs Senefelder Platz verschwand. Da der nächste Zug erst in sieben Minuten fuhr, setzte sie sich auf eine Bank. Und endlich kamen auch ihre Gedanken etwas zur Ruhe. Vielleicht hatte Jessi ja Recht. Übertrieb sie vielleicht? Nein. Ein Mensch verlor wegen einer Dummheit sein Leben. Da konnte nichts übertrieben werden. Diese Gewissheit löste in Marlene Heimweh aus. Sie wollte jetzt nur noch nach Hause. Auch, um die Bilder vom Ostbahnhof schnellstmöglich zu vergessen. In ihr wuchs jetzt die unbändige Vorfreude auf ihre Eltern, auf ihren 7-jährigen Bruder und auf neue Gedanken. Als sie mit Jessi, Konrad und Xaver den Trip in die Bundes-hauptstadt plante, träumte sie davon, in Berlin mit Xaver ein Paar zu werden. Sie erfuhr von seinem Interesse an ihr. Auch sie machte aus ihrer Zuneigung kein Geheimnis. Außer Xaver gegenüber. Sie wollte es langsam angehen lassen. Nicht so eine *Wir sind ab jetzt zusammen und morgen mach ich Schluss* -Beziehung. Aber nun verspielte sie mit ihrer Flucht wohl alle Chancen auf eine gemeinsame Zukunft mit Xaver. Doch konnte sie froh sein, überhaupt noch eine Eigene zu haben, denn in der U-Bahn ließ sich eine folgenschwere Begegnung nicht vermeiden.

Montag, 02.Oktober
07:50 Uhr, U-Bahnhof Wittenbergplatz, Schöneberg

Polizeihauptkommissarin Helene Eberle stieg die Treppen vom U-Bahnhof hinauf. Pechschwarze Regenwolken drohten, Berlin an diesem Montagmorgen in ein Freibad zu verwandeln. Dichter Nebel sorgte zusätzlich für ein eingeschränktes Sichtfeld. Sie trug an ihrem ersten offiziellen Arbeitstag ihre dunkelblaue Windjacke. Darunter eine karierte Bluse, Jeans, Sportschuhe und ihren Rucksack. Wie eigentlich immer. Sie sah keinen Grund, an ihrem ersten offiziellen Tag auf der neuen Dienststelle etwas Besonderes auszudrücken. Auch, weil sie schon immer zu den Menschen gehörte, die nicht gerne im Mittelpunkt standen. Die Neu-Berlinerin lief von der Kurfürsten- in die Keithstraße. Sofort sah sie von weitem den Trubel vor dem Landeskriminalamt. Je näher sie kam, desto deutlicher erkannte sie die Kameras, die Mikrofone, all die Menschen, die das Gebäude fotografierten. Auf der Straße standen Übertragungswagen. Ohne über das Geschehen vor dem Gebäude nachzudenken, schob sich die zierliche Frau an dem Getümmel vorbei, um von dem großen Gebäude des LKAs verschluckt zu werden.

In der Pförtnerloge saß an diesem Morgen ein Mann mit grauen Locken. Im Gegensatz zu dem Pförtner vom vorigen Tag wirkte dieser Mann so lang wie freundlich.

»Guten Morgen. Mein Name ist Polizeihauptkommissarin Helene Eberle. Ich trete hier heute meinen Dienst in Berlin an.«

»Morgen. Wo denn?«

»In der Bereitschaftskommission.«

»Ich bringe Sie hin.« Das überraschte. Helene erinnerte sich an gestern, als sich ihre letzte Anmeldung langzog wie Kaugummi und einen Tag später sollte sie ihren eigenen Chauffeur bekommen?

Minuten später betrat Helene ihr neues Büro. Walter Paul sprang auf, lief ihr direkt entgegen. Mit einem zerknirschten Gesichtsausdruck reichte er ihr die Hand.

»Alles okay?« Paul schüttelte den Kopf. Dabei presste er seine Lippen zusammen.

»Komm erstmal an. Ich erzähle dir gleich alles Weitere.«

Im Anschluss lief ein Mann auf Helene zu, der so alt wie dick wirkte. Sie schätzte ihn auf mindestens Anfang Sechzig. Auf seinem Kopf nur noch Resthaar. Die Farbe von seinem aufgeplusterten Gesicht ähnelte der eines Feuerballs, weswegen Helene Eberle an die Alkoholprobleme ihres Mannes denken musste.

»Morgen! Golombek! 1. Kriminalhauptkommissar! Um 10:00

Uhr Dienstbesprechung. Da werden Sie vorgestellt. 12:00 Uhr Pressekonferenz.« Der Mann trottete wieder zurück zu seinem Schreibtisch. Helene schaute etwas ungläubig hinterher.

An dem rechten Pult saß eine Frau, deren Haut nach viel zu viel künstlicher Sonne aussah. Sie trug schwarzgefärbte Haare und einen Ring in der Nase. Ihr gegenüber saß ein Mann, der seine fehlenden Haare auf dem Kopf als Wampe vor sich herschob. Dieser Mann wirkte nicht so korpulent wie Udo Golombek, aber sein Bauch ragte deutlicher hervor. Aber auch er zeigte kein Interesse an der neuen Kollegin. Helene setzte sich schließlich zu Walter Paul. Der lächelte zurückhaltend.

»Wir haben uns gestern geirrt.«

»Was meinst du?«

»Neben der defekten Kamera, die wir entdeckten, gab es noch eine Zweite.«

»Halt die Fresse! Als passieren dir nie Fehler«, schrie der Mann mit der Plauze. Walter Paul schenkte dem Gebrüll keine Beachtung.

»Die zeichnete alles auf. Und noch viel dramatischer: Eine bekannte Boulevardzeitung riss die Aufzeichnungen an sich.«

Der Stuhl von Dietmar Schulz flog krachend nach hinten.

»Halt deine dämliche Fresse, hab ich gesagt!«

»Dietmar, darf ich vorstellen? Unsere neue Kollegin. Und sie muss in den aktuellen Fall involviert werden.« Der Mann, den Paul Dietmar nannte, rannte wutschnaubend aus dem Büro.

Helene zeigte sich überrascht von so einem Verhalten bei der Polizei. Irritiert schaute sie zu Udo Golombek. Doch der starrte vertieft auf seinen Monitor. Helene schaute hilfesuchend zu Walter Paul.

»Deswegen nachher die Pressekonferenz?« Paul bejahte stumm.

Anschließend bückte er sich nach unten, um eine Zeitung aus der Schublade zu ziehen. Auf der Titelseite stand in imposanten Buchstaben: Polizeiversagen 110!

Helenes Reaktion überraschte Paul.

»Und? Fehler lassen sich nicht vermeiden. Die Kripo verrichtet doch auch nur ihre Arbeit. Es muss egal sein, was in den Zeitungen steht.« Die Frau mit den schwarzen Haaren lachte gezwungen.

»Haha. Du hast echt null Ahnung von Berlin.«

»Ich muss keine Ahnung von Berlin haben. Ich habe Ahnung von meinem Beruf. Das reicht mir fürs Erste.«

»Haha. Die Pressefuzzies scharren schon mit den Hufen. Was glaubst du, warum die da draußen vor dem Gebäude ausharren? Die wollen uns auseinandernehmen.«

Die Lautstärke der Stimme von der Frau mit den schwarzen Haaren erhöhte sich, doch Helene beeindruckte das nicht.

»Das müssen wir ja nicht zulassen.«

»Du hast echt null Ahnung.«

Montag, 02.Oktober
10:30 Uhr, Park am Gleisdreieck, Kreuzberg

Marlene öffnete die Augen. Etwas unsicher und orientierungslos schaute sie sich um. Vereinzelt erkannte sie Menschen, die durch den Park liefen, doch keiner von denen schenkte ihr Beachtung. Die 21-Jährige hatte keine Ahnung, wie spät es war. Sie wusste ja nicht einmal, wo sie sich überhaupt aufhielt. Auf der Bank sitzend schaute sie in alle Richtungen. In der letzten Nacht sah das alles hier noch ganz anders aus. Sie erinnerte sich, dass sie am Ausgang Stresemannstraße den Bahnhof Potsdamer Platz verließ. Sie lief geradeaus. Immer die Anhalter Straße entlang. Die junge Frau war sich sicher, dass die Polizei inzwischen nach ihr suchte, weswegen sie schon letzte Nacht die großen Straßen meiden wollte. Sie lief am Tempodrom vorbei. Hinter der Veranstaltungshalle begann ein Park. Dessen Abgeschiedenheit nutzte sie, um sich auf einer Bank schlafen zulegen. Hier sollte sie niemand vermuten. Die Frau mit den blonden Haaren dachte an ihre zurückgelassenen Freunde. Werden auch die sie suchen? Jetzt erinnerte sie sich auch an das Geschehen von der letzten Nacht. An die Begegnung in der U-Bahn. Ja, sie hatte jetzt ebenfalls ein Menschenleben auf dem Gewissen. Eigentlich wollte sie doch nach Hause. Zurück nach Kaarst. Stattdessen saß sie hier im Park auf einer Bank und hatte Angst, entdeckt zu werden.

Die Idee, zum Hauptbahnhof zu fahren, schlug sie aus. Wenn Polizisten irgendwo lauerten, dann an Bahnhöfen. Da jetzt nach ihr gefahndet wurde, musste sie den Polizisten ja nicht noch in die Arme laufen. Doch was, wenn sie sich freiwillig der Polizei stellen würde? Schließlich war das alles doch keine Absicht. Sie war es schließlich, die in einer Notsituation steckte und bereits mit ihrem Leben abgeschlossen hatte. Doch warum sollte die Polizei ihr glauben?

Montag, 02.Oktober
10:55 Uhr, Polizeirevier Abschnitt 15, Eberswalder Straße, Prenzlauer Berg

Immer wieder döste Jessica Schneider im Warteraum der Polizeistation weg. Um 11:00 Uhr stand sie schließlich auf. Xaver

Schuhmann und Konrad Wilde wurden noch immer vernommen. Um 03:00 Uhr in der letzten Nacht erklärte die Polizei, dass von der Bombendrohung keine Gefahr mehr ausging. Die Zimmer konnten wieder bezogen werden. Eine Stunde später klopften drei Polizisten an die Zimmertür im Hostel. Jessi dachte erst an Marlene. Sie traute ihr zu, zur Polizei gedackelt zu sein. Doch die Herren in den blauen Uniformen fragten nicht nach Marlene. Sie wollten zu Konrad Wilde und Xaver Schuhmann. Kurz darauf schlichen beide wie reuige Hunde vor den Polizisten her. Reuige Hunde, denen man Handschellen anlegte. Jessi hatte keine Wahl. Sie musste die Jungs begleiten. Dabei hatte sie zu diesem Zeitpunkt noch keine Ahnung, was man ihnen überhaupt vorwarf. Wenn Marlene aber gequatscht hätte, säße Jessi jetzt nicht hier im Warteraum. Es musste also etwas anderes passiert sein. Eine Polizistin betrat das Wartezimmer. Jessi schaute sie fragend an. Sollte sie jetzt doch vernommen werden? Das freundliche Erscheinungsbild erinnerte Jessica Schneider an die Schauspielerin Anke Engelke.

»Guten Morgen. Möchten Sie etwas essen?« Jessi nickte.

»Können Sie mir sagen, wie lange es noch ungefähr dauert? Und was wird den beiden überhaupt vorgeworfen?«

»Das kann ich Ihnen noch nicht sagen. Wir sammeln noch Beweismittel. Es steht lediglich der dringende Verdacht im Raum. Die Beweise müssen jedoch felsenfest sein. Und bis dahin sollte man nicht mit Dritten darüber reden.« Jessica Schneider verstand.

Die Zeit schien nicht zu vergehen. Trotz Kaffee, Tee und Brötchen. Inzwischen standen die Zeiger der Uhr auf 11:30 Uhr. Jessi lag jetzt langgestreckt über mehreren Stühlen. Sie wollte nicht noch länger ausharren. Doch hatte sie eine Wahl? Xaver hatte die Rückfahrkarten bei sich und sie keine finanzielle Möglichkeit, selbst einen Fahrschein zurück nach Kaarst zu kaufen. Und ohne Ticket zu reisen, kam nicht in Frage. Die junge Frau kramte ihr pinkes Smartphone aus der Jackentasche. Sie versuchte, Marlene zu erreichen. Vielleicht hielt die sich ja doch noch in Berlin auf? Jessi wollte sie sehen. Denn nachdem sie die Jungs auf das Polizeirevier begleiten musste, hatte auch sie keine Lust mehr auf Berlin. Doch Marlene war vorübergehend nicht zu erreichen.

Montag, 02.Oktober
11:45 Uhr, LKA für Delikte am Menschen, Keithstraße, Tiergarten

Udo Golombek saß vor seinem Computer und starrte den Bildschirm an. Das klingelnde Telefon auf seinem Schreibtisch erzeugte bei ihm keine Reaktion. Stattdessen erhob sich Paul, begab sich zum Pult seines Vorgesetzten und nahm das Gespräch an. Udo Golombek starrte unbeirrt auf den Monitor. Mit dem Telefon in der linken Hand pustete Walter Paul einmal kräftig durch. Mit der rechten rubbelte er sich die Haare, als wollte er sie aus dem Tiefschlaf wecken. Die kaum hörbare Stimme von Udo Golombek glitt plötzlich wie eine Feder durch den Raum.

»Ich hab sie. Ich hab sie«, wiederholte er leise. Simone Otto und Dietmar Schulz schauten erst skeptisch und lächelten sich dann hämisch zu. Helene stand auf, lief zu Golombek rüber, schaute auf den Bildschirm vor ihm. Der flüsterte weiter und wirkte dabei, als spreche er zu sich selbst.

»Diese zwei Mädchen aus dem Parkhaus stammen beide aus

Berlin, beide noch minderjährig. Die drei Männer, alle 21 Jahre alt, stammen aus Ratingen bei Düsseldorf. Das eine Mädchen heißt Sophia Reiterowski. Wohnhaft im Märkischen Viertel. Sie liegt im Virchow-Klinikum. Nach einem Suizidversuch. Gegen Matthes Geiger liefen bereits mehrere Verfahren. Alle wegen Drogendelikten. Am Freitag erhielt er weitere Strafanzeigen. Wegen Drogenbesitz. Außerdem drohte er, jemanden ›kalt machen‹ zu wollen.«

»Entschuldigt bitte«, fuhr Paul dazwischen, »Rita hat angerufen. Im U-Bahn-Schacht am Alex fand man die Leiche einer Frau. Sehr wahrscheinlich wieder eine Obdachlose.«

»Rita?«, fragte Helene. Simone Otto schlug sich theatralisch mit der flachen Hand gegen die Stirn.

»Rita ist unsere Kommissarin im Dauerdienst. Wenn eine Leiche gefunden wird, ruft man sie. Anschließend liegt die Entscheidung bei ihr, ob die Mordkommission eingeschaltet wird.« Paul legte eine kurze Pause ein, warf einen Blick in die Runde, ehe er weiterredete.

»Ich denke, wir sollten uns aufteilen. Zwei Leute nehmen an der Konferenz teil, zwei fahren zum Alexanderplatz, einer besucht diese Sophie. Vielleicht hängt ihr Selbstmordversuch mit dem Geschehen von Freitagnacht zusammen.«

»Lass uns die Pressekonferenz verschieben. Es gibt vermutlich einen zweiten Mord. Das fände ich viel wichtiger. Die Presse muss erstmal hintanstehen.«

»Udo, was meinst du zum Vorschlag von Helene?« Der 1.Kriminalhauptkommissar begann wieder zu flüstern.

»Ermittlungen haben Vorrang. Pressearbeit auch.« Udo Golombek fuhr seinen Stuhl ein Stück vom Schreibtisch zurück, erhob sich und lief aus dem Büro. Bei Helene Eberle hinterließ er damit viele Fragezeichen. Sie konnte mit seiner Antwort rein gar nichts anfangen.

»Also, wer tut es sich an und nimmt an der Pressekonferenz teil?« Auf Pauls Frage meldete sich Simone Otto gleichzeitig mit Dietmar Schulz. Aber nur, um klarzustellen, dass sie zum Tatort fahren wollten. Die Pressearbeit fiel also auf Walter Paul und Helene zurück. Doch eine zynische Bemerkung konnte sich Paul nicht verkneifen.

»Also alles wie immer. Löffeln wir die Suppe aus, die du versalzen hast.« Der Mann mit der überdimensionalen Plauze sprang auf wie ein beißwütiger Pitbull, der den Schweißgeruch eines Postboten wahrnahm.

»Was soll das denn jetzt schon wieder? Willst Ärger?«, schrie er Paul mit drohender Stimme entgegen. Paul ließ das Gebrüll regungslos an sich abprallen.

Inzwischen erhöhte sich die Zahl der Übertragungswagen vor dem Gebäude auf vier. Auch die Reporter vermehrten sich zunehmend.

»Was spielen die hier eigentlich für ein Spiel? Ich werde das Gefühl nicht los, dass die bereits mehr in Erfahrung bringen konnten, als wir.«

»Vermutlich. Das Material der Überwachungskamera, die niemand von uns entdeckte, hat sich der Singer-Verlag unter die Nägel gerissen. Damit tut er das, was er am besten kann. Stimmung machen und hetzen. Eigentlich gehören Obdachlose für die zur Gattung Mensch, die selbst Schuld an ihrem Dasein haben. Aber jetzt gelten die als die Ärmsten. Die, die nicht einmal die Polizei schützt. Ich brauche noch einen Kaffee.«

Um 11:55 Uhr betrat Walter Paul mit Helene Eberle das Podium im Presseraum. Durch die heruntergelassenen Jalousien drang kaum Licht in den Saal. Trotzdem erkannte Helene Eberle die Massen an Journalisten. Ein Blitzlichtgewitter regnete auf sie und Paul ein. Ganz links saß eine Frau, die auf Helene kaum älter als vierzig Jahre wirkte. Diese Frau trug kurze, braune Haare. Durch ihr Kostüm wirkte sie auf die Hauptkommissarin sehr gepflegt. Paul nahm in der Mitte Platz, Helene am rechten Rand. Die gelben Lichter der Kameras tanzten noch immer wild und aggressiv vor den Polizisten. Vor allem Helene setzte das Gewitter zu. Sie tat sich schwer damit, ihre Rolle in diesem Raum zu akzeptieren. Sie war den ersten Tag hier in Berlin tätig und schon sollte sie an einer Pressekonferenz teilnehmen? Sie sollte also tatsächlich über einen Fall Auskunft geben, über den sie kaum etwas sagen konnte? Doch es fehlte die Zeit, weiter darüber nachzudenken.

Die Frau mit den kurzen braunen Haaren begrüßte die Journalisten. Jetzt erfuhr auch Helene Eberle, dass es sich bei dieser Person um Janette Brühl handelte. Eine Pressesprecherin der Polizei. Nur verwunderte Helene, dass kein Vorgespräch stattfand. Die Gefahr, sich hier noch mehr vor der Presse zu blamieren, stieg dadurch enorm. Janette Brühl führte mit ein paar Sätzen in das Thema ein, anschließend übernahm Walter Paul das Kommando.

»Dankeschön Janette. Eine Kamera im Bahnhof zu übersehen, stellt ohne Zweifel einen Fehler in den laufenden Ermittlungen dar. Für diesen Fehler möchten wir uns, im Namen der Berliner Polizei, entschuldigen. Ich betone aber ebenso, dass dieser Fehler die laufenden Ermittlungen in keiner Weise beeinträchtigt. Die Aufnahmen aus dem Parkhaus werteten wir bereits aus. Und nicht nur das. Auch die Identitäten der darauf erkannten Personen stellten wir bereits fest.«

Erste Zwischenrufe, sogar Gelächter ertönte. Schließlich bekam ein Reporter das Mikrofon gereicht. Helene Eberle erkannte durch das anhaltende grelle Licht sein Gesicht nicht.

»Und Sie sind sicher, dass es sich dabei um die Täter handelt? Wie wollen Sie das sagen können, ohne die Aufzeichnungen vom Tatort?« Walter Paul bekam keine Möglichkeit, seine Ausführungen zu beenden, denn Helene roch den Braten, den die anwesenden Journalisten hier aus dem Ofen holen wollten. Die Presseleute waren absolut scharf darauf, die Polizei vorzuführen. Doch diesen Braten wollte Helene vorher gehörig versalzen. Solche Momente lagen ihr schließlich besonders. Sie wusste, wer keinen Respekt bekam, musste sich welchen verschaffen.

»Die Kamera des Parkhauses zeichnete eine Straftat auf. Daher suchen wir die abgebildeten Personen. Wir gehen davon aus, dass diese Menschen zumindest als Zeugen des Attentats im Bahnhof dienen. Wenn nicht gar als Täter in Frage kommen.

»Das nimmt Ihnen doch kein Gericht ab.«

»Können Sie in die Zukunft schauen?« Helene erntete von Paul einen ersten skeptischen Blick. Erneute Zwischenrufe ertönten und Helene lief nun so richtig zur Hochform auf.

»Bitte, meine Damen und Herren. Hier sitzen lediglich sechs Ohren auf dem Podium. Wenn Sie durcheinanderreden, verstehen wir nichts.« Symbolisch strich die Hauptkommissarin ihre glatten, braunen Haare hinter ihr Ohr. Eine angriffslustige Frauenstimme ertönte aus den vorderen Reihen.

»Wie heißen die Personen auf dem Video?«

»Max und Moritz!«

»Helene, bitte.« Walter Paul versuchte alles, um seine neue Kollegin zu bremsen.

»Auf beknackte Fragen gibt es beknackte Antworten. Sie

denken doch nicht im Ernst, dass wir hier Namen nennen!? Möchten Sie noch die Adressen haben? Familienstand? Sexuelle Vorlieben?«

Janette Brühl erhob sich und warf Helene einen schneidenden Blick zu. Das Geraune vor dem Podium nahm zu. Wie auch das Blitzlichtgewitter. Diesmal stand Helene aber allein im Fokus.

»Es gibt inzwischen einen weiteren toten Obdachlosen. Ist hier ein Serienmörder am Werk?« Provokant starrte die Frau auf Janette Brühl. Helene wurde keines Blickes gewürdigt.

»Das können wir noch nicht sagen«, stammelte die Pressesprecherin.

»Anders formuliert: Der Fundort der Leiche wird noch begutachtet. Daher können wir noch nicht sagen, ob es sich um einen Serientäter handelt.«

»Also kein Serienmörder?« Helene Eberle schmunzelte.

»Haben Sie in der Schule gelernt, zuzuhören?«

Walter Paul vergrub seinen Kopf in seinen Händen. So als wollte er testen, wer mehr Kraft hatte. Sein Kopf oder seine Hände. Janette Brühl schüttelte fassungslos den Kopf.

Montag, 02. Oktober
13:10 Uhr, Tübinger Weg, Eutingen im Gäu

Der Ärmel seines dunkelblauen Jacketts war bereits von dem Schweiß seiner Stirn vollgesogen. Die mattgelbe Anzughose klebte an seinen Beinen. Die einzig trockene Körperstelle war seine Mundhöhle, was ihm den Geschmack von Fäulnis schmecken ließ. Die Temperatur im Raum hielt sich angenehm bei 23 Grad. Der Kronleuchter an der Decke spendete dezent Licht.

Vor Matthias Eberle lag ein lilafarbener Aktenordner auf dem langen Holztisch. Sein Gegenüber beschrieb in flinkem Tempo ein Blatt Papier, blickte anschließend zu seinem Mandanten auf.

»Also, ich wiederhole noch einmal: Ihre Frau hat die gemeinsame Tochter nach Berlin verschleppt, obwohl das Aufenthaltsbestimmungsrecht bei beiden Elternteilen liegt. Es besteht die akute Gefahr einer Kindeswohlgefährdung, weil Ihre Noch-Ehefrau ein massives Alkoholproblem hat. Dazu fehlt die Bereitschaft, sich helfen zu lassen. Ihre Noch-Ehefrau, mit Namen Helene Eberle, hält sich momentan bei ihrer Mutter in Berlin auf. Ist das so richtig?«

»Ja, das ist richtig.«

»Es wird daher veranlasst, das gemeinsame Kind sofort herauszugeben, bis das Sorgerecht von einem Gericht geklärt ist. Einer Aufkündigung des Eheverhältnisses ist eine Option, die sich mein Mandant offenhält. Soweit korrekt?« Matthias Eberle nickte.

»Allein die Sache mit Ihrem Kind erfüllt einen Straftatbestand. Da kann sich Ihre Frau warm anziehen. Ich werde noch heute die Anzeige stellen und die einstweilige Verfügung auf Herausgabe des Kindes einreichen. Wir haben ausgezeichnete Karten Herr Eberle.« Der Mandant lächelte wie ein kleiner Junge, der die eigene Schuld wie einen Haufen Hundescheiße einem unschuldigen Kind in die Schuhe schob. Er selbst kannte die Wahrheit, behielt die aber für sich.

Montag, 02.Oktober
14:20 Uhr, LKA für Delikte am Menschen,
Keithstraße, Tiergarten

Mit verschränkten Armen saß Janette Brühl im Büro. Auf Helene Eberle wirkte die Frau wie ein bockiges Mädchen. Nur ohne Schmollmund. Man diskutierte heftig über Helenes Verhalten auf der Pressekonferenz.

»Helene,« Walter Paul versuchte, konstruktiv auf seine neue Kollegin einzugehen, »wir brauchen die Medien. Durch deine Wortwahl auf der PK hast du uns keinen Gefallen getan.«

»Moment mal, niemand muss sich von den Medien blöd kommen lassen. Kritische Fragen finde ich in Ordnung, solange der Respekt gewahrt bleibt. Wir dienen denen doch nicht als Handlanger.«

»Aber ohne die Medien können wir einpacken. Die werden uns nicht mehr entgegenkommen. Verstehe das doch! Wir brauchen die für Fahndungsaufrufe.«

»Wenn Sie euch entgegenkommen möchten, zögen sie nicht so ein Theater ab. Die wollen nur Macht. Und für Macht brauchen sie stichhaltige Fakten. Ohne uns bekommen sie diese Fakten nicht. Das weißt du aber hoffentlich?«

Janette Brühl saß noch immer im Bürostuhl von Dietmar Schulz. Genervt starrte sie aus dem Fenster. In ihrem Kopf die Frage, was sich Helene Eberle überhaupt herausnahm, schließlich war heute ihr erster Arbeitstag. Udo Golombek saß vor seinem Schreibtisch. Sein PC verweilte, wie Golombek selbst, im Ruhemodus. Der 1. Kriminalhauptkommissar saß einfach nur da und starrte nach vorne.

»Wenn die Leute von der Presse Infos wollen, bekommen

sie die. Dafür brauchen die uns nicht. Aber wir brauchen sie. Begreif das doch bitte.« Paul fiel es schwer, seine Stimme unten zu halten. »Die können uns auseinandernehmen mit ihren Berichterstattungen.«

»Du meinst mit ihren Lügen. Sei doch mal ehrlich. Wenn die Journalisten die Wahrheit schreiben, muss hier niemand etwas befürchten. Wenn sie lügen, lassen wir uns nicht auf das Niveau herab.« Walter Paul drehte sich genervt weg, ehe er einen erneuten Anlauf startete.

»Wenn sie lügen, wissen wir das. Aber nicht die Menschen da draußen. Außerdem reden wir hier nicht von einer Lüge. Wir haben einen Fehler gemacht und der wird den Leuten da draußen jetzt brühwarm aufgetischt. Die nächsten Wochen wird über kein anderes Thema so viel geschrieben werden. Die werden uns durchs Dorf treiben wie eine Kuhherde zum Schlachthof.«

Jemand öffnete die Bürotür. Simone Otto betrat mit Dietmar Schulz das Büro. Als Janett Brühl Schulz erkannte, sprang sie sofort auf. Die Erfahrung, sich ohne weiteres auf den Stuhl von Dietmar Schulz zu setzen, wollte sie kein zweites Mal sammeln. Sie konnte sich noch genau erinnern, wie er sie einmal anschrie und dabei fragte, was sie sich erlaube, sich auf seinen Stuhl zu setzen. Janett Brühl zuckte nur erschrocken zusammen, konnte keine Antwort geben. Jetzt setzte sich Dietmar Schulz breitbeinig auf seinen Stuhl und fuhr in Machopose zurück zum Fenster.

»Will jemand was Neues hören?«

»Wenn es bedeutsam ist!? Aber danke, dass du vorher fragst.« Schulz schaute irritiert. Walter Paul lächelte Helene zu. Diesmal gefiel ihm ihre Schlagfertigkeit.

»Wie Frau Eberle soeben mitteilte: Bitte informieren Sie uns über alles Wichtige.«

Udo Golombek warf diesen Satz wie einen Tennisball in den Raum. Seine spärlichen Worte fanden sofort Gehör.

»Bei der Toten handelt es sich vermutlich um eine Obdachlose. Papiere fanden wir keine«, begann Simone Otto den Vortrag.

Dietmar Schulz ergänzte: »Deswegen haben wir noch keine Ahnung, um wen es sich genau handelt. Aber die muss aus einem Zug geschmissen worden sein. Das konnte Horst schon mit Gewissheit sagen.« Bevor Helene die Frage stellen konnte, schaute Paul in ihre Richtung.

»Horst ist Gerichtsmediziner. Er unterstützt unsere Arbeit, wo er nur kann. Wenn du Fragen hast, keine Scheu. Geht nicht, gibt es bei ihm nicht.«

»Darf ich jetzt weiterreden?« Paul nickte der Otto zu.

»Die Frau war zwischen vierzig und sechzig Jahre alt. Wegen der Verletzungen meinte Horst, dass jemand die Frau aus einem fahrenden Zug geworfen haben muss. Sie starb aber nicht an den Verletzungen des Sturzes. Sie landete so übel, dass sie nicht mehr aufstehen konnte. Im Tunnel rollten noch mehrere Züge über die Frau. Ein Mechatroniker der BVG fand sie heute Morgen gegen 08:30 Uhr.«

Paul fragte nach möglichen Zusammenhängen.

»Beide obdachlos«, ergänzte Dietmar Schulz genauso kurz wie mürrisch.

»Ach, echt! Das habt ihr ja noch gar nicht erwähnt«, konterte Helene.

»Gibt es Videoaufzeichnungen?« Von dieser Frage fühlte sich Dietmar Schulz sofort provoziert. Wutentbrannt rannte er zur Tür, als sei ein nerviger Schwarm Bienen hinter ihm her.

»Woher willst du die denn kriegen bitte? Willst du die Aufzeichnungen aus jedem einzelnen U-Bahnwagen durchforsten?« Die

Ironie aus Simone Ottos Stimme überhörte weder Paul noch Helene, die sofort zum nächsten Angriff überging.

»Das würdest du tun? Ich würde mich nur auf die Wagen konzentrieren, die zum möglichen Tatzeitpunkt den Tatort passierten.«

»Du scheinst Zeit zu haben. Aber hier in Berlin haben wir keine Zeit. Hier müssen wir leider effektiv arbeiten. Nix Beschäftigungstherapie.«

Zwischen den Frauen drohte ein Zickenkrieg auszubrechen. Walter Paul unterstützte Helenes Idee. Auch, weil ihm selbst keine Bessere einfiel.

»Was meintest du? In welchem Zeitraum muss das Vergehen passiert sein?«

»Zwischen 23:00 Uhr und 5:00 Uhr«, antwortete die Otto.

»Na bitte! In dem Zeitraum fahren meist nur Kurzzüge und die Bahnen fahren ungefähr im dreißig Minuten Takt. Das stellt also kein allzu großes Problem dar.«

»Na viel Spaß!« Simone Otto lehnte sich so weit zurück, dass die Lehne von ihrem Bürostuhl ein knackendes Geräusch von sich gab. Dazu zog die dunkelbraungebrannte Frau einen Schmollmund.

Montag, 02.Oktober
14:45 Uhr, Luisenstraße, Mitte

Verloren schaute sich die Frau um. Seit mehr als vier Stunden lief sie durch die Gassen von Berlin. Sie mied die Hauptstraßen, aus Angst vor der Polizei. Doch hatte sie überhaupt keine Ahnung, wo sie sich aufhielt, weil ihr nicht einmal die Straßennamen

Orientierung geben konnten. Trotz Pullover und gefütterter Jacke fühlte sich der Herbst für Marlene wie ein Jahrhundertwinter an. Auch ihre schwarze Stretch-Jeans diente nicht als Wärmequelle. Der wolkenlose Himmel ließ zwar die Sonne gewähren, trotzdem herrschten im Körper der 21-Jährigen zweistellige Minusgrade. Im Kopf tobte der Gedanke daran, dass man sie suchte. Sie tötete einen Menschen. Natürlich. Die Polizei würde ausreichend Möglichkeiten haben, den Mörder zu finden. Sie zu finden, dachte sie. Ihr Smartphone steckte noch immer in der Jackentasche. Was passierte, wenn sie es hochfahren würde? Sollte sie Xaver, Konrad oder Jessi kontaktieren? Dann wäre es nur eine Frage der Zeit, bis die Polizei ihr Handy orten würde. Sie ließ das Mobiltelefon in der Jacke. Ihre jetzt ehemaligen Freunde wollten mit ihr bestimmt nichts mehr zu schaffen haben.

Marlene lief die Hannoversche Straße entlang. Ihr Gefühl sagte ihr, dass sie noch immer durch das Zentrum von Berlin lief. Und ihr Gefühl täuschte sie nicht. Sie wollte nur noch raus aus dem Zentrum, Richtung Stadtrand. Dorthin, wo weniger Leute herumliefen. Weniger Leute, die sie erkennen könnten. Bevor Marlene in die Invalidenstraße abbog, öffnete sie ihren Trolley und kramte ein Kopftuch hervor. Wärmen tat das nicht, aber die Chance, nicht erkannt zu werden, wuchs etwas. Sie schlich die belebte Straße entlang, zügig durch die Menschenmassen hindurch, vorbei an Geschäften und Straßenverkäufern. Auf einmal zuckte sie zusammen. Ihr Kopf bebte. Das schallende Klingeln auf der Straße brachte ihr Trommelfell beinahe zum Platzen. Diese Lautstärke kante Marlene aus ihrem Heimatort nicht. Diese Lautstärke! Vergleichbar mit einem Flugzeug, das direkt neben ihr landete. Erschrocken drehte sie ihren Kopf zur Straße. Neben ihr klingelte noch immer eine Straßenbahn.

Vor dieser stand ein Auto, was die Bahn an der Weiterfahrt hinderte.

Marlene lief weiter. Noch einmal drehte sie sich zur Bahn um. Über der Frontscheibe stand *Stadtgrenze Ahrensfelde* geschrieben.

Na bitte. Das klang doch nach dem, was sie suchte. Raus aus dem Zentrum. Richtung Stadtrand. Zügig zog die Frau ihren Koffer hinter sich her. Die nächste Haltestelle konnte sie schon sehen. Am Invalidenpark stieg sie schließlich zu.

Endlich raus aus der City. Dahin, wo weniger Menschen lebten. Doch wo weniger Menschen lebten, fielen Fremde schneller auf.

Montag, 02.Oktober
16:00 Uhr, LKA für Delikte am Menschen, Keithstraße, Tiergarten

Dietmar Schulz schob seinen ausladenden Mollenfriedhof durch die Bürotür. Seine Hände stellte er in die Hüften. Walter Paul und Helene nahmen trotzdem keine Kenntnis von ihm und Simone Otto war nicht im Büro. Sie fuhr ins Virchow-Klinikum, um Sophia Reiterowski zu besuchen.

»Jetzt hackt mal wieder auf mir rum. War beim Zeitungsverlag. Die geben aber die Aufzeichnungen nicht her.«

Helene Eberle hob den Kopf, erkannte Schulz und schaute ihn fragend an.

»Hab aber nen richterlichen Beschluss ergattert. Morgen fahr ich mit dem wieder dahin. Lass da die Bombe platzen. Und wir erfahren endlich, wer der Mörder ist.« Jetzt erst bemerkte auch Paul seinen Kollegen.

»Entschuldige, was hast du gerade gesagt?«

»Ich kriege morgen die Videoaufzeichnungen.«

»Wunderbar! Und wir haben die Videoaufzeichnungen aus allen Wagen erhalten, die zum besagten Zeitpunkt auf der Strecke fuhren. Wir durchforsten sie noch. Helene meint zwar, dass es nicht der gleiche Täter sein muss, aber wenn wir morgen beide Videomitschnitte besitzen, haben wir auch den oder die Mörder.«

Dietmar Schulz vollzog einen Armeegruß, ehe er die Kaffeemaschine anpeilte. Auf dem Gang dorthin streckte er seinen Speckgürtel majestätisch und stolz heraus.

»Ich habe es gefunden. Unfassbar! Ich kann es nicht glauben. Da! Ich habe den Videomitschnitt.«

Helene Eberle hielt beide Hände vor ihr Gesicht. Sofort fuhr Paul mit seinem Bürostuhl hinüber zu ihrem Pult. Und wieder nahm er den Duft von Pfirsich und Vanille wahr, doch dem durfte er jetzt keine Beachtung schenken. Dietmar Schulz stand mit einer Tasse Kaffee hinter seinen Kollegen. Auch er wollte das Video sehen. Jedoch nicht, um vorher seinen Unmut über die dünne braune Brühe zu äußern.

Alle drei sahen auf den leicht verschwommenen Aufzeichnungen einen Kampf. Eine ältere, hagere Frau erhob sich, schlich zur einzigen Mitfahrerin im Wagon. Was gesprochen wurde, hörten die Polizisten nicht. Die Frau griff in die blonden Haare der jüngeren Frau, zog sie hoch und schmiss sie wieder zu Boden. Es folgten Tritte. Die junge Frau lag dann wie ein Embryo auf dem Boden. Die Ältere bespuckte sie, trat wieder auf sie ein, zog sie erneut an den Haaren hoch. Die Kontrahentin wehrte sich nicht.

»Komisch. Die Alte ist doch das Opfer«, warf Schulz ein. »Die wurde doch aus der U-Bahn gefegt und platt gemacht.«

Helene empfand die Wortwahl ihres Kollegen unpassend, doch das behielt sie jetzt für sich. Stattdessen fragte sie Schulz, ob er sicher sei, dass tatsächlich die ältere Frau tot aufgefunden wurde.

»Klar!«

»Pass auf!« Paul tippte Helene an. Auf dem Video erkannten die Polizisten, wie der Zug in einen Bahnhof einfuhr und schließlich zum Stehen kam. Die hagere Frau öffnete die Tür, obwohl niemand ein- oder aussteigen wollte. Als sich die Türen wieder schlossen, stellte die Ältere einen Fuß in die Tür. Der Zug fuhr an. Die Tür war einen Spalt offen. Anschließend stellte sich die junge Frau in die Tür. Das Gesicht konnten die Polizisten auf dem Video nicht erkennen. Die Frau hielt mit beiden Händen und scheinbar letzter Kraft die Tür auf.

»Stopp! Kann man das noch ran zoomen?«

Walter Paul musste gestehen, dass er keine Ahnung von Computertechnik hatte. Dietmar Schulz dafür aber umso mehr. Er ragte mit seiner rechten Pranke über seine Kollegen hinweg und zoomte an der Tastatur den Mitschnitt heran.

»Dankeschön. Schaut bitte genau hin. Jetzt erkennt Ihr es. Die Frau in der Tür zittert.«

Das Video lief weiter. Die drei Polizisten glaubten nicht, was sie sahen. Helene schüttelte den Kopf. Walter Paul hielt sich die Hand vor den Mund. Dietmar Schulz gönnte sich den nächsten Schluck lauwarmen Kaffee. Dabei schien er durch den Bildschirm hindurchzusehen. Paul fand zuerst wieder zu Wort.

»Wir müssen herausfinden, um wen es sich bei dieser Frau handelt.«

»Ja, und wir müssen sie finden«, ergänzte Helene, bevor noch katastrophalere Sachen passieren.«

Paul ahnte, worauf Helene anspielte.

»Die Personen, die man auf der Parkhauskamera erkannte, ...

Helene verneinte Walters Frage, ohne, dass er sie stellte.

»Nein, auf beiden Videos sind gänzlich andere Personen zu sehen.«

Montag, 02.Oktober
18:20 Uhr, Bahnhof Alexanderplatz, Mitte

Jessica Schneider, Xaver Schuhmann und Konrad Wilde saßen in einem Fast-Food-Laden im Bahnhof Alexanderplatz. Das Gepäck stand neben ihnen. Die Drei wollten heute noch die Heimreise antreten.

»Auch wenn sie uns im Stich ließ. Ich kann es kaum erwarten, Marlene in Kaarst wiederzusehen«, sagte Jessi. Die Jungs schauten sich an.

»Wir haben keine Ahnung, wo sich Marlene aufhält, aber in Kaarst ist sie noch nicht.«

»Was?« Jessica Schneider riss gleichzeitig ihren Mund und ihre Augen auf. Sie glaubte, sich verhört zu haben.

»Woher wollt Ihr das wissen?«

»Ich habe vorhin mit meiner Mutter telefoniert. Wegen der Sache auf dem Polizeirevier. Meine Eltern kennen ausgezeichnete Anwälte. Die haben mich meiner Freiheit beraubt. Das kostet!« Konrad schaute arrogant, Jessi dafür umso skeptischer.

»Ihr beide habt eine Bombendrohung losgelassen. Ihr habt unzählige Menschen zu Tode erschreckt. Wegen euch räumten die dieses blöde Hostel. Und die Polizei hielt euch nicht gefangen.

Die haben euch nur vernommen. Aber, verdammt, das spielt jetzt überhaupt keine Rolle. Wo ist Marlene?

»Keine Ahnung. Ihre Eltern besuchten meine Eltern, als ich anrief. Und die haben gesagt, dass Marlene nicht in Kaarst sei.«

Jessi kratzte sich am Hinterkopf. Konrad schlürfte durch einen Strohhalm Cola aus einem Pappbecher.

»Und was machen wir jetzt?«, fragte Jessi. Xaver, der sich bisher kaum am Gespräch beteiligte, hatte die Idee.

»Bei Marlene anrufen?«

Natürlich. Wieso kam Jessi nicht gleich darauf? Gesagt, getan. Doch sie erinnerte sich. Schon auf dem Polizeirevier erreichte sie Marlene nicht. Das Gleiche auch in diesem Moment. Jessi führte einen Kampf gegen ihre Tränen.

»Ich fahre nicht ohne Marlene nach Hause.«

»Jetzt beruhig dich mal. Die wird noch im Zug sitzen, oder an irgendeinem Bahnhof was essen, aber auf jeden Fall wird sie nicht mehr in Berlin sein.«

Auf Jessis Frage, wie sicher sich Konrad da sei, fiel dem eine überzeugende Antwort schwer. Was auch daran lag, dass er seinen Augen nicht traute. In der Schlange an der Kasse des Schnellrestaurants erkannte er ein ihm bekanntes Gesicht. Jessi konnte es nicht sehen, weil sie mit dem Rücken zum Kassenbereich saß. Konrad erinnerte sich an die Begegnung am Ostbahnhof. Francis war mit einem Matthes, einem Louis und zwei Mädchen unterwegs. Sie kamen ins Gespräch, weil sie feststellten, dass neben Konrad und seiner Gruppe auch Francis und dieser Matthes aus der Nähe von Düsseldorf kamen. Jetzt erkannte auch Francis die andere Gruppe.

»Hey, cool euch zu sehen. Alles schick bei euch? Sagt mal, habt

Ihr das Mädchen von euch irgendwo versteckt?« Jessi schaute wieder irritiert. Und wieder brachte es Xaver mit einer schmucklosen Frage auf den Punkt.

»Was meinst du?«

»Ihr wisst das noch nicht?«

»Was denn?« Jessis Stimme drückte jetzt ihre innere Anspannung aus.

»Na, nach der Einen von euch wird gefahndet. Haben wir vorhin in der Bahn gesehen.«

»Wie bitte? Liefen da Polizisten mit einem Phantombild rum, oder was? Du willst uns doch verarschen.«

»Nein, hier in den U-Bahnen hängen doch solche Bildschirme, wo immer irgendeine Meldung eingeblendet wird. Da erkannte ich die Eine von euch, als ein Polizeibericht eingeblendet wurde.« Jessica wischte auf dem Bildschirm ihres Smartphones herum. Im Internet griff sie auf die Website einer Berliner Zeitung zu.

Und tatsächlich. Marlene! Ohne Zweifel. Jetzt brachen bei Jessi alle Dämme. Weinend entfernte sie sich von den Jungs. Konrad und Xaver liefen ihr nach, wollten sie beruhigen.

»Jessi. Stopp! Wegrennen bringt jetzt nicht die Lösung. Marlene braucht unsere Hilfe.«

»Bestimmt suchen die Marlene wegen der Sache am Ostbahnhof. Wir müssen zur Polizei. Es bringt doch sowieso nichts. Wir müssen denen die Wahrheit sagen.«

»Ja, klasse«, warf Konrad ein. Wir sitzen aber alle mit drin. Wir haben uns geschworen, niemanden allein zu lassen. Und wenn wir jetzt zu den Bullen gehen, dann war es das.

»Ich hab eine bessere Idee. Wir rufen Marlene an. Selbst wenn ihr Handy abgestellt ist, sprechen wir ihr auf die Mailbox.« Jessi nickte Xaver zu. Der nahm sein Mobiltelefon in die rechte Hand

und streifte sich mit der linken durch seine schwarzen Locken.
»Sag mal, was hast du eigentlich? Ihr Handy ist doch an.«

Montag, 02.Oktober
22:30 Uhr, Bötzowstraße, Prenzlauer Berg

Im dunklen Wohnzimmer lag Helene Eberle neben ihrer Tochter.
Die Mutter genoss diese raren Momente mit ihrem Kind. Sie
strich der gleichmäßig atmenden Klarissa durch ihre rot-braunen
Locken. Ein schlechtes Gewissen plagte sie, weil sie kaum Zeit für
ihre Tochter hatte. Sogar die Suche nach einem Kindergartenplatz
musste die Oma übernehmen. Schon in Eutingen im Gäu saß
Helene manchmal allein auf der Terrasse, trauerte der Zeit nach.
All der ungenutzten Zeit, die bereits verging. Diese Zeit, die man
nicht mehr zurückdrehen konnte.

In Klarissas ersten Lebensjahren beschäftigte sich Helene
Eberle immer mehr mit ihrem Beruf, als mit ihrer Tochter. Vielleicht lag es daran, dass sie ihre Arbeit auch als Flucht ansah.
Die Flucht vor dem, was sie daheim erwartete. Weg von ihrem
alkoholkranken Mann, dessen Anblick sie nicht mehr ertrug.
Sie stürzte sich in die Arbeit, nutzte Mord und Totschlag als
Lebenskrücke. Sie dachte, hier in Berlin würden die Dinge eine
Wendung nehmen, doch scheinbar brauchte sie diese Krücke
inzwischen, um überhaupt gehen zu können. Vielleicht, weil
sie die Bestätigung ihrer Arbeit brauchte? Dabei bekam sie von
ihrer Tochter doch viel mehr Anerkennung. Helene musste es
nur zulassen.

»Kommst du mit raus auf den Balkon?« Helene drehte sich um.
Ihre Mutter stand mit zwei Rotweingläsern vor dem hölzernen

Wohnzimmertisch. Für Helene ein idealer Grund, noch einmal aufzustehen. Sie zog sich einen roten Kapuzenpullover über und folgte Irene Siefert hinaus in die kühle Abendluft. In Gedanken versunken stand Helene an der Brüstung der Loggia. Sie schaute in die Weite, bemerkte dabei aber den Blick ihrer Mutter nicht, die sie sorgenvoll ansah.

»Woran denkst du?« Helene zuckte mit den Schultern.

»Ich sage dir besser, woran ich nicht denke. Das dauert nicht so lange.« Jetzt setzte sich Helene ihrer Mutter gegenüber.

»Wenn ich in Eutingen abends in den Himmel sah, standen immer viele Sterne oben. Hier in Berlin erkennt man nicht einen.«

»Trauere der Zeit nicht nach. Du hast alles richtig gemacht. Du hattest keine andere Möglichkeit. Ich verspreche dir, ich unterstütze dich, wo ich nur kann.« Irene Siefert legte ihre faltige Hand behutsam auf die ihrer Tochter.

»Ich bereue es ja nicht, Matthias verlassen zu haben. Im Gegenteil! Viel zu lange habe ich abgewartet. Nur rechnete ich nicht damit, in Berlin sofort ins kalte Wasser geworfen zu werden. Beruflich meine ich. Ich kann Klarissa nicht einmal den Einstieg in dieser fremden Umgebung ermöglichen.«

»Na, na, na! So fremd ist diese Umgebung ja nun auch nicht mehr.« Helene lächelte sanft. Aus dem Wohnzimmer erklang *Knockin on heaven's door.* Aufgeschreckt rannte sie hinein. Sie musste verhindern, dass ihre Tochter von dem Handyklingeln geweckt wurde. Auf dem Display saß sie den Namen von Walter Paul. Helene begab sich in die Küche. Dort konnte sie in Ruhe telefonieren. Kaum, dass sie das Gespräch angenommen hatte, fragte Paul direkt, wie es mit ihrer Zeit aussehen würde. Helene fühlte sich etwas überrumpelt, rechnete sie doch damit, dass Paul sich mit ihr verabreden wollte. Und sie schlug doch heute bereits eine Einladung von ihm aus. Doch die vermutete Einladung hatte ausschließlich berufliche Gründe. Paul berichtete, dass eine Zeugin die Frau aus dem Video erkannte. Die würde sich in einem Hochhaus, im Außenbezirk Marzahn verstecken. Den Schilderungen der Zeugin nach, schlief sie dort auf der Nottreppe zwischen dem 17. und 18. Stockwerk.

»Natürlich komme ich hin. Wo treffen wir uns?«

»Ich hole dich ab.«

»Nein, das dauert zu lange. Fahr du direkt hin. Ich bestelle mir ein Taxi. Wo hält sie sich genau auf?« Paul nannte Helene die genaue Adresse. In Windeseile bestellte die Kriminalhaupt-kommissarin ein Taxi und band ihre Haare zu einem Zopf zusammen.

»Mama, ich muss nochmal los. Die Frau, die wir suchen, wurde gesehen. Nicht böse sein. Wir holen unseren gemeinsamen Abend nach.«

»Wie kann ich dir böse sein? Ich war doch selbst einmal Polizistin.« Helene drückte erst ihrer schlafenden Tochter einen zarten Kuss auf die Wange, anschließend ihrer Mutter, bevor sie sachte die Wohnungstür ins Schloss zog.

Vor dem Haus wartend schaute Helene wieder in den Himmel. Das herbstliche Wetter fühlte sich auf einmal wärmer an, als auf der Loggia. Lediglich der Wind pfiff um die Altbauten. Klarissas Vater bohrte sich ihr in den Sinn. In ihrem Kopf entstanden aber auch Gedanken an Walter. Gedanken, die sie nicht zulassen wollte. Nicht zulassen konnte. Er lud sie für das nächste Wochenende zum Essen ein. Bei seinem Lieblingsdöner, wie er es nannte. Innerlich sorgte seine Einladung bei ihr für Begeisterung, aber angenommen hat sie auch diese nicht.

Vielleicht später einmal.

Sie lehnte mit ihrem Rücken an der Hauswand. Hier im Bötzowkiez liefen um kurz vor Mitternacht kaum noch Menschen durch die Straßen. Bis auf ein paar einsame, volltrunkene Seelen. Helene schaute Richtung Straßenecke. Noch kein Taxi zu sehen. Sie dachte an ihre Tochter. Wann kam sie hier in Berlin in den Kindergarten? Wie verkraftete die Kleine die Trennung von ihrem Papa? Noch ahnte Helene Eberle nicht, dass die gemeinsame Tochter sehr bald noch viel mehr ertragen musste.

Zwei Lichter zogen um die Ecke, woraufhin sich die 34-Jährige zur Bordsteinkante begab, doch das Taxi düste an ihr vorbei. Auf der nächsten Kreuzung wendete es schwungvoll, fuhr zurück und kam schließlich fünfzig Meter vor Helene zum Stehen. Etwas verunsichert schlich sie zum Wagen. Handelte es sich um ihr Taxi? Sie öffnete die hintere Tür, schaute kurz und setzte sich hinein.

»Wenn Sie wieder nen Kindersitz brauchen, Sie wissen ja, wo der liegt.« Helene fielen beinahe die Augen aus dem Kopf. Wie konnte das bitte in Berlin passieren? Wo doch unzählige Taxifahrer in ihren Droschkenkutschen unterwegs waren. Und ausgerechnet sie erwischte zweimal hintereinander den Irren.

»In die Mehrower Allee bitte.«

»Wo liegt das?«

»Fahre ich Taxi oder Sie?«

»Wir können gerne tauschen.«

»Bitte beeilen Sie sich. Ich habe es eilig.«

»Beim letzten Mal haben Sie sich noch beschwert ...«

»Können Sie bitte losfahren? Man kann sich auch beeilen, wenn man die Verkehrsregeln einhält.« Der Fahrer begann, gemächlich die Adresse in das Navigationssystem einzugeben.

»Ach du Scheiße! Das wird aber nicht billig um diese Zeit. Wissen Sie überhaupt, wo das liegt?«

»Diese Frage klärten wir bereits. Fahren Sie endlich los!«

»Von mir aus.«

Auf der Fahrt wechselten Helenes Augen ständig zwischen Navi und Tachoanzeige. Nie zog die Tachonadel an der Fünfzig vorbei. Helene wurde klar: Hier wollte jemand provozieren. Schon an der Landsberger Allee fuhr der Fahrer geradeaus. Das Navi zeigte aber an, dass abgebogen werden musste. Die Polizistin biss sich lange auf die Zunge. Erst 20 Minuten später musste der Taxifahrer feststellen, dass er die Geduld seiner Mitfahrerin aufgebraucht hatte, als die ihren Polizeiausweis aus der Geldbörse zog.

»Wie schön, dass Sie inzwischen lernten, Auto zu fahren, aber hier handelt es sich um eine polizeiliche Maßnahme. Wenn Sie ihr Kindergartenverhalten nicht sofort beenden, sind Sie der Nächste, den ich heute Nacht in Gewahrsam nehme.« Irritiert schaute der Fahrer in den Rückspiegel und sah den Ausweis. Jetzt verstand auch er die Lage.

»Hätten Sie ja gleich sagen können.« Zehn Minuten später erreichte die Kriminalhauptkommissarin schließlich ihr Ziel. Sie schaute sich suchend um. Wo stand Walter Paul? Und wo war ihr Handy? Jetzt fiel es ihr ein. In der Hektik vergaß sie, alles Wichtige mitzunehmen. Nicht nur ihr Handy. Ihr ganzer Rucksack stand noch in der Bötzowstraße.

Helene sah in den Nachthimmel und pustete einmal kräftig durch. In ihr brodelte es. Sie ärgerte sich über sich selbst, schließlich konnte sie niemanden von ihren neuen Kollegen erreichen und umgekehrt ebenfalls nicht. Sie fand die Eingangstür des beschriebenen Hochhauses. Links neben ihr ein Meer an Namen der Menschen, die hier wohnten. Helene konnte nicht einmal sagen, wie die Frau hieß, die den entscheidenden Tipp gab. Sollte sie irgendwo klingeln? Oder lieber abwarten, bis Paul eintraf? Sie lief ein paar Schritte rückwärts, schaute nach oben. Noch nie in ihrem Leben sah sie ein Wohnhaus mit 18 Stockwerken. Sechs Erwachsene kamen hektisch aus der Haustür. Keiner von ihnen sah älter als 30 aus. Helene erkannte sie sofort. Die Frau aus dem Video. Doch etwas irritierte sie. Auch der Mann ganz außen kam ihr bekannt vor. Natürlich. Das Video aus dem Parkhaus. Doch wie sollte die Polizistin reagieren? Allein gegen sechs.

»Entschuldigt, hat jemand von euch eine Uhrzeit für mich?« Alle aus der Gruppe drehten sich um.

»Dreiviertel zwölf!« Helene verstand nicht. Die Art der Uhrzeit kannte sie nicht.

»Entschuldigung, was heißt das genau?«

»23:45.« Sofort wendete sich die Gruppe wieder ab und lief Richtung Hauptstraße.

In einiger Entfernung erkannte Helene einen Bahnhof, der eine perfekte Fluchtmöglichkeit für die Gruppe bot. Es half also alles nichts. Noch bevor das Grüppchen der jungen Erwachsenen endgültig verschwinden konnte, musste Helene Eberle alles auf Rot setzen.

»Entschuldigt nochmal.« Wieder drehten sich alle um.

»Mein Name ist Eberle. Kripo! Ich habe da ein paar Fragen an euch.« Die Gruppe nahm sofort ihre Beine in die Hand. Natürlich rannten sie Richtung Bahnhof. Helene musste ihre Sprinterqualitäten abrufen. Im Rennen galt sie schon zu Schulzeiten als talentiert. Doch heute Abend vergrößerte sich der Abstand zwischen ihr und der Gruppe. Auch, weil sie die falschen Schuhe trug. Und Helene konnte nicht einmal Hilfe anfordern. Selbst ihr »Stehen bleiben, Polizei« verhallte zwischen den Marzahner Plattenbauten. Am Horizont verschwanden die Flüchtigen schließlich im Bahnhof. Doch Helene gab nicht auf und folgte der Gruppe weiter. Jetzt durfte nur keine Bahn kommen, mit der sie wegfahren konnten, dann saßen sie in der Falle. Die Kommissarin erreichte den Bahnhof. Sie sprang die Treppenstufen hinunter, eilte durch den Tunnel, bis sie den Treppenaufgang zum Bahnsteig erreichte. Doch am Ende des Tunnels erkannte sie einen zweiten Ausgang. Welchen nahm die Gruppe?

Helene flitzte die Treppe zu den Gleisen hinauf. Verwaschenes Licht erhellte den Bahnsteig, auf dem sie nicht einen Menschen erkannte. Die Frau schaute sich um. Entfernt vernahm sie Gelächter. War also doch jemand hier oben? Sie erkannte die Gruppe wieder, die feixend am Bahnsteigende auf einer Bank saß.

»Alter, die schon wieder«, hörte sie einen Mann brüllen. Sofort sprangen alle auf und hinunter auf die Schienen. Die Kommissarin konnte nicht einmal den Bahnverkehr stoppen lassen. Ihr blieb wieder keine Wahl. Zum zweiten Mal musste sie der Gruppe hinterherrennen. Doch bemerkte sie nicht, dass Walter Paul sie aus einiger Entfernung Richtung Bahnhof rennen sah und alles gab, um ihr zu folgen.

Dienstag, 3.Oktober
03:30 Uhr, Wilhelmsruher Damm,
Märkisches Viertel, Reinickendorf

Kurz nach zwei Uhr in der Nacht klingelte das Telefon. Marie
Müller schlich übermüdet aus ihrem Bett und kramte ihr Handy
hervor. Matthes Geiger rief an. Er ließ Marie kaum zu Wort
kommen.

»Hey, gib mir mal deine Adresse. Wir wollten uns doch
wiedersehen. Ich komme jetzt vorbei.« Das Mädchen wirkte
zuerst etwas überrumpelt, doch die Euphorie, Matthes Stimme
zu hören, überwog. Trotz der nächtlichen Uhrzeit.

»Äh … Wilhelmsruher Damm.«

»Wie komme ich dahin?«

»Mit dem X33er bis Wilhemsruher Damm Ecke Treuenbrietzener Straße. Von da aus siehst du es schon. Am Haus einfach bei
Müller klingeln.« Marie wischte sich über das Gesicht. Sie wirkte
verschlafen.

»Treuenbrietzener ... *was*? Sprich mal deutlicher. Ach egal, ich
hab ja Google. Finde das schon. Bis gleich.«

»Wo bist du denn jetzt?« Diese Frage beantwortete Geiger nicht
mehr.

Marie verbrachte anschließend zwei Stunden im Badezimmer.
Sie rasierte ihre Beine, schminkte ihr Gesicht, zog den Minirock
samt bauchfreiem Oberteil vom letzten Freitag an, womit sich das
15-jährige Mädchen in ein Idealbild für Männer verwandelte.

Ihre einstige Freundin Sophia enttäuschte sie. Noch nie zuvor
konsumierte die irgendwelche Drogen. Hatte viel zu viel Schiss
davor. Doch in der Nacht zu Samstag probierte sie es. Natürlich
kokste Sophia nur, um bei den Jungs zu landen. Dabei erzählte

Marie ihr vorher noch, dass sie in Matthes verliebt sei. Der nahm anschließend, gemeinsam mit seinen Freunden, die zugedröhnte Sophia mit ins Hotel. Seitdem hörte Marie nichts mehr von den Vieren. Bis Matthes anrief.

Inzwischen stand die Uhr auf 04:30 Uhr. Nervös lief Marie durch die Wohnung. Zum Glück hatte ihre Mutter heute Nachtschicht, denn auch wenn die einen eher legeren Erziehungsstil pflegte, Marie hatte keine Lust auf nervige Erklärungen. Sie genoss die Vorfreude, ihren Schwarm wiederzusehen. Vom Balkon hielt sie Ausschau nach Matthes. Noch konnte sie ihn nicht in der Dunkelheit erkennen. Sie lief zurück ins Badezimmer, überprüfte noch einmal ihr Make-up im Spiegel. Für das 15-jährige Mädchen gab es in diesem Moment nur Eines: den Erwartungen von Matthes Geiger gerecht zu werden. Das Handy klingelte. Wie von Sinnen rannte Marie in ihr Zimmer, griff nach dem Telefon. Tatsächlich: Matthes!

»Mach mal auf, wir stehen vorm Haus.« Die Stimmen im Hintergrund sorgten bei Marie für leichte Irritationen.

»Klingel mal bitte, sonst kann ich den Türöffner nicht betätigen.«

»Ach so, wo denn?«

»Bei Müller.« Maries Herz schlug Purzelbäume.

»Ach du Scheiße! Hier stehen so viele Namen.«

»In der Liste vom vierten Stock«, sagte Marie fast entschuldigend. Und wieder ertönten verschiedene Stimmen im Hintergrund. Keine drei Minuten später läutete es erneut. Diesmal oben an der Wohnungstür. Marie nahm sich vor, Matthes mit einem zarten Wangenkuss zu begrüßen. Nur nichts überstürzen, die Initiative sollte von ihm ausgehen und sie würde sich ihm vollständig hingeben. Doch als sie die Wohnungstür öffnete, fühlte sie sich von einer Horde Elefanten überrannt. Sechs Leute strömten in die Wohnung.

»Wir müssen uns hier verstecken. Geht doch klar, oder?« Marie wirkte so überrascht wie enttäuscht. Ihre Vision von Matthes Besuch hatte sich schon jetzt nicht erfüllt. Sie glaubte an absolute Hingabe, an ein romantisches Frühstück, ein gemeinsames Abhauen, bevor ihre Mutter von der Nachtschicht heimkam. Stattdessen setzte sich Matthes mit Francis und Louis jetzt ins Wohnzimmer. Dazu noch Marlene, Jessi und Xaver. Doch Marie gab die Hoffnung auf verliebte Zweisamkeit noch nicht ganz auf.

»Ja, also, wollt Ihr was trinken?«

»Hast du Bier da?«

»Nein, leider nicht. Aber Cola. Irgendwo steht bestimmt auch noch eine Flasche Wein.«

»Lass mal den Wein rüberwachsen.« Marie begab sich auf die Suche nach der Weinflasche. Francis und Louis drehten sich derweil genüsslich eine übergroße Zigarette.

»Wieso müsst Ihr euch eigentlich hier verstecken? Geht es immer noch um die Sache am Ostbahnhof?«

»Auch«, sagte Marlene vorsichtig. Auf einmal begannen alle, durcheinanderzureden. Marie verstand kaum mehr ein Wort. Die Lautstärke nahm mehr und mehr zu, weil sich alle gegenseitig übertönten. Marie hörte heraus, dass die Polizei nach Marlene fahndete.

»Wieso wirst du denn gesucht? Wegen dem Typen am Ostbahnhof kann es doch nicht sein.

»Passierte inzwischen noch mehr. Will jetzt aber nicht darüber sprechen.« Damit ließ Marie von Marlene ab. Sie suchte sich einen Platz neben Matthes. Der reichte ihr den Joint und Marie tat alles dafür, sich nicht anmerken zu lassen, dass sie noch nie Gras rauchte. Scheinbar selbstbewusst zog sie an der übergroßen Zigarette. Mit Mühe unterdrückte sie den aufkommenden Hustenreiz, der sich anfühlte, als schabe jemand mit einer Gabel in ihrer Lunge herum.

»Die Bullen suchen sie«, wiederholte Matthes noch einmal kurz und knapp. Er deutete auf Marlene. »Und Konrad haben sie schon geschnappt. Was macht überhaupt deine Freundin? Nochmal was von der gehört?«

»Nein, die kann mich mal.« Marie wollte gar nicht mehr über Sophia sprechen. Für sie war viel wichtiger, wie sie es ihrer Mutter erklärte, dass sie gleichzeitig Besuch von sechs Leuten hatte. Leute, die sich hier verstecken mussten. Und ihre Mutter kannte nicht einen von ihnen. Die 15-Jährige biss sich aber auf die Zunge. Sie wollte vor Matthes nicht wie ein kleines Schulmädchen wirken. Dann ergriff Xaver das Wort.

»Wie boxen wir Marlene da wieder raus? Die Bullen interessiert doch nicht, ob sie in Notwehr gehandelt hat.«

»Mit einer neuen Frisur kriegen wir dich easy an den Bullen vorbei. Dazu ein bisschen Schminke. Und wenn du dann im Zug nach Hause sitzt, hast du es geschafft.«

Louis Idee sorgte für Begeisterung, denn niemand rechnete damit, dass alles noch viel schlimmer werden sollte.

Dienstag, 03.Oktober
06:00 Uhr, Virchow-Klinikum, Wedding

Zaghaft zog sie ihre Augenlider auf. Grelles Lampenlicht stach in ihre Augen. Sophia Reiterowski erkannte und spürte Schläuche, die in verschiedenen Öffnungen ihres Körpers steckten. Ihr Kopf, mit einer Art Turban versehen, wirkte so schwer wie Blei. Ein blauer Gipsverband schmückte ihren rechten Unterarm. Auch ihr rechtes Bein samt Oberschenkel konnte sie wegen einem Gipsverband nicht bewegen. Das Atmen fiel dem Mädchen noch nie schwerer. Im Schildkrötentempo ordneten sich Gedanken im Kopf. Langsam realisierte Marlene ihren Krankenhausaufenthalt. Tatsächlich! Sie atmete noch. Wenn auch genauso schwer wie unfreiwillig. Ihr Fluchtversuch aus dem 18. Stock in der Tiefenseer Straße misslang also. Der Wunsch, sämtliche Fremdkörper aus ihrem Leib zu reißen, keimte auf. Erinnerungen an das Geschehen am Ostbahnhof wurden rücksichtslos geweckt, was dazu führte, dass Tränen Sophias Gesicht schmückten. Plötzlich legte jemand seine Hand auf den Kopf des Mädchens.

»Alles kommt wieder in Ordnung.« Sophia fragte sich, wer da gerade gelogen hat. »Die Schwester kommt jeden Moment.« Keine Krankenschwester der Welt konnte die inneren Wunden von Sophia Reiterowski heilen. Auch kein Arzt. Niemand konnte das, denn Sophia wollte nicht mehr geheilt werden. Sophia wollte sterben. Sterben, um zu vergessen. Und niemand würde sie vermissen. Am wenigsten ihre Mutter. Niemand würde später einmal nach einer Sophia Reiterowski fragen.

»Frau Reiterowski? Können Sie mich hören?« Jemand sprach zu ihr. Doch mehr als Nuancen erkannte Sophia nicht. Sie sah ihr Umfeld, als schwamm sie unter Wasser. Wie gerne wäre sie unter Wasser gewesen. Wie jemand, der ertrinkt und niemals gefunden wird. Jemand zerrte an ihrem Unterarm, erzählte etwas von einem Beruhigungsmittel. Wenn sie doch nur genauso hätte sehen können, wie sie hörte. Kurz darauf schloss Sophia Reiterowski wieder die Augen.

Dienstag, 03.Oktober
09:30 Uhr, LKA für Delikte am Menschen, Keithstraße, Tiergarten

Helene Eberle lief eilig Richtung Büro. Die Nachricht von Walter Paul sorgte für eine gehörige Portion Wut. Sie erkannte ihn sofort. Schon von weitem. Seine markante Glatze, dazu sein dünnes Gesicht. Unverwechselbar. Letzte Nacht stolperte er über seine eigenen Füße, fiel daraufhin auf die Gleise, weshalb Helene Eberle wenigstens ihn festnehmen konnte. Und wie überrascht Helene war, als Walter Paul plötzlich angerannt kam. Er stoppte den Zugverkehr und forderte einen Einsatzwagen an.

Und nun? Nun lief ihr Konrad Wilde grinsend auf dem Korridor entgegen. Neben ihm ein adrett gekleideter Herr. Dessen dunkelblauer Anzug saß perfekt. Ebenso die Frisur. Beide Männer marschierten an Helene Eberle vorbei, die Augen provokant geradeaus gerichtet. Sie mieden bewusst den Blickkontakt mit der Polizistin. Doch dieses Spiel spielte die nicht mit.

»Konrad Wilde?« Der Mann im Anzug tippte Wilde mit dem Ellenbogen an und als legte er damit einen Schalter um, erhöhten beide auf der Stelle ihr Tempo.

»Konrad Wilde!?« Helenes Stimme schallte jetzt durch den Flur. Sie lief den beiden Männern hinterher, die bereits um die Ecke bogen.

»Sofort stehenbleiben!«, ertönte es forsch.

»Was wollen Sie? Wir haben alles mit ihren Kollegen geklärt. Guten Tag!«

»Den wünsche ich Ihnen auch. Dankeschön! Wo möchten Sie bitte mit Herrn Wilde hin? Er wurde letzte Nacht in Gewahrsam genommen, bis ein Haftbefehl vorliegt.«

»Ich sagte ja eben schon einmal, dass wir bereits alles mit ihren Kollegen klärten.«

»Was haben Sie denn geklärt?« Helene Eberle trug noch Pauls Stimme im Ohr. Er erzählte am Telefon, das der Anwalt von Konrad Wilde vor Ort sei, um seinen Mandanten abzuholen. Aufgrund der Rechtslage könne man so schnell nichts tun, außer Wilde gehen zu lassen. Sie wusste also, was jetzt kam, doch eine böse Vermutung wuchs in ihr, wucherte wie Unkraut.

»Ich bin der Anwalt von Konrad Wilde. Wenn Sie weiterhin gegen ihn ermitteln möchten, bin ich diesbezüglich erster Ansprechpartner. Aber solange kein Haftbefehl gegen ihn vorliegt, werde ich ihn selbstverständlich mit nach Kaarst nehmen. Und jetzt lassen Sie uns bitte gehen.«

»Sehr gerne. Sobald Sie Ihren Anwaltsausweis gezeigt haben.«

»Wie bitte?« Der Mann im Anzug wirkte für einen kurzen Moment überrascht.

»Ihre Kollegen erfassten bereits meine Daten. Das reicht jawohl fürs Erste. Wie oft soll ich das eigentlich noch sagen?«

Die schlagfertige Polizistin zweifelte inzwischen erheblich an den Worten des Mannes.

»Fürs Erste reicht das durchaus. Aber doppelt hält besser. Ihren Ausweis.«

»Das lasse ich mir nicht gefallen! Ihren Dienstgrad und Ihren Namen. Ich werde mich über Sie beschweren.«

»Nur zu, wir haben hier ja sonst nichts zu tun. Ohne all die unzähligen Beschwerden, die hier bearbeitet werden, würde die Zeit überhaupt nicht vergehen. Mein Name ist Helene Eberle Polizeihauptkommissarin. Möchten Sie sich das nicht notieren?

Ich hätte Ihnen auch eine Visitenkarte gereicht, nur benötige ich noch keine. Für so bedeutsam halte ich mich noch nicht.« In den Augen des Mannes spiegelte sich enorme Wut wider. Das war der Kripo-Beamtin aber egal.

»Und Ihren Namen möchte ich gerne auf Ihrem Anwaltsausweis sehen. Vorher verlassen Sie dieses Gebäude nicht!«

»Das ist unerhört!«

»Allerdings. Kennen Sie eigentlich schon unsere Arrestzelle? Ihr Mandant lernte diese ja bereits kennen.«

»Wollen Sie mir drohen?«

»Ja. Ihren Ausweis. Sofort!«

»Das lasse ich mir nicht bieten! Konrad, wir gehen.« Der letzte Satz des Mannes bestätigte Helenes Vermutung. Seit wann nannte ein Anwalt seinen volljährigen Mandanten denn bitte mit dem Vornamen?

Eine Hand legte sich auf die Schulter von Helene Eberle.

»Helene, das ist der Anwalt von Konrad Wilde.« Die Frau drehte sich um. Sie erkannte Walter Paul, der den Streit mitbekam. Jetzt blieb ihr keine Wahl. Sie musste mit ihrer Vermutung rausrücken.

»Das ist nicht der Anwalt von Herrn Wilde, sondern sein Vater.« Konrad schwieg, doch der Mann mit der perfekt sitzenden Frisur lachte höhnisch auf.

»Sie haben ja nicht mehr alle Tassen im Schrank! Entschuldigen Sie die Äußerung, aber Ihre Hirngespinste behalten Sie doch bitte für sich.«

»Keine Sorge. Darauf können Sie sich verlassen. Walter, hat dir der Mann seinen Anwaltsausweis gezeigt?«

»Nein, das reicht, wenn er den unten beim Pförtner vorzeigt.«

»Als ich vor zehn Minuten das Gebäude betrat, saß niemand in der Pförtnerloge.« Walter begann zu stottern. Langsam stieg ein unangenehmes Gefühl in ihm auf.

»Stehe ich hier, um mich vor jedem, der mir in diesem Gebäude begegnet, ausweisen zu müssen? Außerdem reicht meine Visitenkarte. Es kann jawohl nicht schaden, sich mal etwas zu vertrauen.«

»Auf Verlangen der Polizei haben Sie sich überall auszuweisen. Zu jeder Zeit. Egal, ob im Landeskriminalamt oder im Bordell. Anwälte sollten davon Kenntnis haben.«

»Helene, bitte!«

»Walter, bitte! Bei diesem Mann handelt es sich um den Vater von Konrad Wilde. Das sieht doch ein Blinder.«

»Mir reicht es jetzt endgültig.«

»Bitte seien Sie so nett, zeigen Sie meiner Kollegin Ihren Ausweis.«

»Wieso?

»Polizeiliche Anordnung. Noch Fragen?« Helenes Stimme nahm an Schärfe zu, während der Kopf des Mannes die Farbe einer Tomate annahm.

»Das wird Konsequenzen haben!«, probierte dieser es mit einer letzten Drohung.

»In jedem Fall«, konterte Helene. Der Mann wühlte theatralisch in seiner braunen Ledertasche. Dabei ließ er weitere Drohungen regnen.

»Haben Sie noch weitere Androhungen auf Lager? Ich lerne ja noch richtig was von Ihnen. Und Ihr Ausweis steckt doch sicher in ihrer Geldbörse, oder nicht?« Am Gesichtsausdruck des Mannes erkannte Helene, dass sie die Nuss knackte. Sicherheitshalber schlich sie einmal um den Mann herum und stellte sich vor die Treppe, die hinunter zum Ausgang führte. Was nutzte ihr schließlich der Ausweis, wenn der Mann das Weite suchte?

»Ich habe ihn vergessen. Das kann ja wohl mal vorkommen.« Für die Neu-Berlinerin eine Steilvorlage. Jetzt galt es, diese zu verwandeln.

»Finden wir einen Kompromiss. Entweder lassen Sie Ihren Sohn hier, bis Sie nachweisen können, dass Sie tatsächlich Anwalt sind, oder ...«

»Wollen Sie mich erpressen?«

»Nein, ich wollte Ihnen alternativ vorschlagen, dass Sie uns Ihren Personalausweis zeigen. Den haben Sie doch bei?«

»Was wollen Sie damit?«

»Man, zeigen Sie ihn doch einfach. Wir haben noch mehr zu tun.« Auch Paul wurde jetzt langsam ungeduldig.

»Zeigen Sie uns irgendein amtliches Dokument, aus dem hervorgeht, wer Sie sind.« Helene genoss diesen Moment. Der Straßenköter im feinen Anzug saß in der Falle. Und es gab keinen Ausweg mehr. Der Mann begann, wieder in seiner braunen Aktentasche zu suchen. Er zog eine abgewetzte Geldbörse heraus. Doch nicht Helene, sondern Walter Paul hielt er geziert seinen Personalausweis vor das Gesicht. Dabei schaute der Mann zur Seite. Wie ein kleiner Junge, den man beim Lügen ertappte. Helene schaute Walter triumphierend an. Der griff nach dem Ausweis.

»Einen Moment Herr Schmidt.« Herr Schmidt? Hieß der Mann nicht Wilde mit Nachnamen? Helene schaute ihrem Kollegen hinterher. Sie täuschte sich nicht. Nicht hier, nicht heute. Nein. Niemals!

»Hören Sie, wenn Sie uns endlich laufen lassen, behalte ich dieses peinliche Theater für mich.«

»Sie haben doch meinen Kollegen gehört. Und sie möchten

doch nicht so kurz vor der Pointe verschwinden? Jetzt wird es doch erst spannend. Also lassen Sie uns gemeinsam noch diesen kleinen Moment warten.« So sicher, wie die Kriminalhauptkommissarin klang, schien die sich ihrer Sache bei weitem nicht mehr. Pokerte sie zu hoch? Klar, sie empfand unbändige Wut, weil ihr Einsatz in der letzten Nacht scheinbar umsonst war, doch aber nicht so sehr, dass sie keinen klaren Gedanken mehr zu fassen in der Lage war.

Nach fünf Minuten kam Walter Paul zurückgeschlendert. Sein Gesichtsausdruck wirkte völlig neutral. Helene schaute ihn neugierig an.

»Herr Schmidt. Wenn Sie sich als Anwalt von Herrn Wilde ausgeben, sollte nicht die gleiche Adresse wie die ihres Mandanten in Ihren Papieren stehen. Ihr Sohn trägt den Nachnamen der Mutter. Komischerweise fand ich Sie auch nicht als Anwalt im Internet.«

Helene fiel ein Stein vom Herzen. Ihr Gefühl täuschte sie nicht.

»Sie bleiben hier, wir geben den Fall an die Kollegen weiter. Ihr Sohn bleibt ebenfalls bei uns.« Helene stimmte Paul zu. Einen letzten Kommentar konnte sich die Neu-Berlinerin aber nicht verkneifen.

»Na Mensch, ich hatte schon Angst, Ihrem Sohnemann letzte Nacht umsonst hinterhergerannt zu sein. Jetzt hab ich ja doch noch einen Gesprächspartner, dem ich, während meiner langweiligen Arbeitszeit, ein Ohr abkauen kann. Und Sie können ja, während Sie auf die Kollegen warten, schon mal an Ihrer Beschwerde arbeiten.«

Dienstag, 03.Oktober
10:15 Uhr, Wilhelmsruher Damm,
Märkisches Viertel, Reinickendorf

Die Crackpfeife, die den wandernden Joint ablöste, genoss Geiger allein. Die Weinflasche lag, bis auf den letzten Tropfen geleert, neben dem Sofa im Wohnzimmer. Die Stimmung wirkte heiter. Marie und Jessi verpassten Marlene eine neue Frisur. Vor ihnen saß jetzt das Double von Schneewittchen.

»Ich hätte nie gedacht, dass mir sowas steht.«

»Das hast du allein den Bullen zu verdanken.« Louis Statement sorgte für Lacher.

»Ihr schleicht euch jetzt mal vor die Tür. Marlene und ich haben noch was vor!« Matthes Anspielung auf Marlenes neuem Look verstanden alle. Vor allem Marie, die Geigers Worte wie einen Faustschlag in die Magengrube vernahm. Und der nächste Schlag folgte prompt. Marie vernahm als Erste das klappernde Schloss der Wohnungstür.

»Oh Scheiße! Meine Mutter. Fuck!«

Marlene, Louis und Xaver stierten Marie an. Sie fragten sich, worauf das Mädchen anspielte. Bis auch Gabrielle Müller ihre Tochter anstarrte.

»Darf ich fragen, was hier abgeht?« Die Mutter wischte sich ihre angegrauten Strähnen aus dem Gesicht. Ihre grün-grauen Augen waren tellergroß.

»Also Mama, ...« Matthes würgte Maries Erklärungsversuche sofort ab.

»Wir wollten unsere beste Freundin Marie besuchen. Sie fürchtete sich doch. So alleine zu Hause.« Matthes grinste hämisch.

»Sie ist doch noch ein kleines Mädchen.« Doch Geigers Antwort verkleinerte Maries Probleme nicht. Im Gegenteil. Die startete einen neuen Erklärungsversuch.

»Also Mama...« Diesmal unterbrach sie ihre Mutter.

»Sagen Sie mal, Sie sind doch die Frau, die gesucht wird. Ihr Gesicht. Ich sah es auf den Monitoren in der U-Bahn. Ich dachte noch, was für eine bildhübsche Frau. Und jetzt sitzen Sie hier in meiner Wohnung und ließen sich Ihre Haare färben.«

»Mama, bitte glaub mir, es ist wirklich alles in Ordnung.«

»Das kann ja sein, aber trotzdem muss ich die Polizei informieren. Erzählt denen mal, dass alles in Ordnung ist.«

»Mama, bitte!«

»Marie, ich glaube dir gerne, aber die Frau wird gesucht. Wenn wir ihr hier Unterschlupf gewähren, was glaubst du, was die mit mir anstellen? Es ist wirklich das Beste, wenn wir die Polizei informieren. Glaub mir!« In diesem Moment klingelte Xavers Handy. Sofort pulte der es aus der Hosentasche.

»Krass! Konrad hat mir gerade geschrieben. Die Bullen lassen ihn nicht weg.«

Dienstag, 03.Oktober
12:30 Uhr, LKA für Delikte am Menschen, Keithstraße, Tiergarten

Nur eine Besenkammer konnte mit der Größe des Raumes mithalten, in dem Konrad Wilde Helene Eberle gegenübersaß. Janette Brühl saß hinter den beiden und führte Protokoll. Aus der Körperhaltung von Konrad Wilde konnte die Kommissarin nichts herauslesen. Wirkte der 21-jährige Mann lustlos? Vielleicht fiel es ihm aber auch schwer, sich vor Angst auf dem Stuhl zu halten. Helene nahm sich vor, auf kooperative Art Wilde zum Sprechen zu bewegen.

»Herr Wilde. Eins vorweg. Niemand hier gibt Ihnen die Schuld an dem Verhalten ihres Vaters.« Der glatzköpfige Mann ließ weiter jede Regung vermissen.

»Sie sitzen hier auch nicht als Tatverdächtiger. Sie sitzen hier, weil wir nur Sie schnappten. Und ich frage mich, warum liefen Sie vor mir weg?« Konrad Wilde sackte etwas mehr in sich zusammen, doch schwieg er weiterhin. Helene Eberle nahm jetzt einen unangenehmen Geruch im Raum wahr. Die Luft stand und kratzte ihr im Hals. Das war nicht besonders förderlich für solch ein Gespräch.

»Herr Wilde, wir klären hier einen Mord auf. Für diese Aufklärung benötigen wir Ihre Hilfe. Schließlich geht es auch darum, ihre Unschuld zu beweisen.« Erstes leichtes Kopfnicken konnte die Polizistin jetzt erkennen. »Ich gehe nicht davon aus, dass Sie den Mord am Ostbahnhof begingen. Wenn ich mich irre, dürfen Sie selbstverständlich die Aussage verweigern. Sie müssen sich nicht selbst belasten.« Wieder folgte ein dezentes Nicken. Helene wusste, diese Nuss brachte sie noch zum Knacken. Die ersten Risse waren schon zu erkennen. »Herr Wilde, lassen Sie uns den Fall gemeinsam klären. Helfen Sie uns. Das ist auch das Beste für Sie.« Konrad Wilde verschob seine Mundpartie, schielte dabei, fast schüchtern, zur Hauptkommissarin.

»Herr Wilde, warum rannten Sie vor mir weg?« Der Mann zuckte mit den Schultern. Helene Eberle versuchte, ihm in die Augen zu schauen. Doch vergebens.

Beide schwiegen erstmal eine Weile. Bis ein rhythmisches Klopfen gegen die Tür die Stille unterbrach. Paul schaute herein und hielt einen Schokomuffin nach oben.

»Kleine Stärkung gefällig?« Helene schüttelte den Kopf, Paul schloss wieder die Tür. Eigentlich hätte er doch wissen müssen, dass er seine Kollegin mit dieser Unterbrechung völlig aus dem Konzept brachte, doch genau dieser Muffin-Moment ließ das Eis bei Konrad Wilde schmelzen.

»Marlene.« Mehr sagte der Mann erstmal nicht. Auch Helene hielt sich mit einer Wortmeldung vorerst zurück. »Sie wollten doch Marlene kriegen.«

»Ach so, Sie meinen die Frau, nach der gefahndet wird?« Wilde nickte. »Herr Wilde, haben Sie unsere Anzeige überhaupt gelesen?«

»Nur davon gehört.«

»Wir suchen diese Marlene nicht, weil sie als Täterin in Frage kommt. Wir suchen sie, weil es einen schrecklichen Unfall gab. Wir werteten die Videoaufnahmen aus einem U-Bahnwagen aus. Diese Marlene trifft keine Schuld an dem was passierte. Wir haben nur Angst, dass sie sich, wegen dem, was geschah, etwas antut. Genau diesen Eindruck bekamen wir durch die Videoaufnahmen.« Helene pausierte kurz, ließ Konrad Wilde die Worte erst einmal verdauen.

»Marlene wurde in einer U-Bahn attackiert. Sie wehrte sich nicht, wirkte auf dem Video wie in Trance. Und nochmal: Für uns sieht es nach einem schrecklichen Unglück aus. Natürlich besteht die Möglichkeit, dass der Staatsanwalt ein Ermittlungsverfahren einleitet. Und trotzdem werden wir auch dem nichts anderes mitteilen.« Konrad Wilde lächelte befreit.

»Wo hält sich Marlene aktuell auf?« Diese Frage konnte Wilde nicht beantworten. »Als Sie aus dem Haus kamen, wo wollten Sie hinlaufen?«

»Eigentlich wollten wir nur zur Dönerbude. Wir dachten doch

alle, dass Marlene gesucht wird. Also als Mörderin. Deswegen versteckte sie sich in einem Hochhaus.«

»Aber dort sah man sie und rief die Polizei«, ergänzte Helene. »Können Sie Marlene anrufen? Nein. Halt! Geben Sie mir die Nummer. Meine Kollegen werden anrufen.« Konrad Wilde zog sein Smartphone aus der Hosentasche, wischte ein paar Mal über den Bildschirm und überreichte der Kommissarin sein Telefon. »Dankeschön. Ich bin sofort wieder da.« Die Polizistin verließ den Raum. Konrad Wilde atmete tief durch und legte seinen Kopf auf den Tisch. Fünf Minuten später kam Helene Eberle wieder zurück.

»Wir haben Marlene nicht erreicht. Aber wir geben nicht auf.«

Eilig setzte sich die Polizeihauptkommissarin wieder auf ihren Stuhl.

»Herr Wilde, ich muss Ihnen noch eine Frage stellen. Sie rannten ja vor mir weg. Mit Personen, die zweifelsfrei eine Straftat am Ostbahnhof verübten. Und damit meine ich nicht den Mord an Wladimir Perenov. Eine Gruppe junger Erwachsener griff den Mann bereits vorher im Parkhaus an. Erklären Sie sich bereit, den Mitschnitt einer Überwachungskamera anzusehen, um die Personen zu identifizieren?« Wilde bejahte stumm, rechnete er doch mit dem Schlimmsten. Doch in keinem Fall rechnete er damit, dass Helene Eberle damit nur seine Glaubwürdigkeit prüfen wollte. Schließlich wurde sie von ihm und seinem Vater erst vor ein paar Stunden belogen. Und die Polizistin brauchte Aussagen, auf die sie sich stützen konnte. Identifiziert hat die Leute auf dem Video außerdem ja bereits Udo Golombek.

Die Polizistin führte Konrad Wilde in den Nachbarraum. In diesem stand Walter Paul mit Dietmar Schulz, der eine Fernbedienung in der Hand hielt. Vor dem Fenster stand eine

Leinwand. Am Ende des Raumes summte ein Beamer, wie man ihn in den 90er Jahren benutzte.

»Hallo Herr Wilde«, begrüßte Paul den 21-jährigen Glatzkopf. »Willkommen bei der Berliner Polizei, daher die 90er Jahre-Ausstattung.« Konrad und Helene grinsten verschmitzt. Dietmar Schulz drückte auf Play. Gebannt schaute Konrad Wilde die Aufzeichnungen an. Er sah, wie jemand nach Wladimir Perenov trat, wie auf ihn uriniert wurde. Halb kriechend, halb gehend verschwand der Obdachlose durch die Eingangstür zum Ostbahnhof aus dem Video.

»Herr Wilde, es handelt sich zweifelsfrei um die Leute, mit denen Sie letzte Nacht vor mir wegliefen. Diese Menschen werden verdächtigt, Wladimir Perenov mit einer zerbrochenen Bierflasche erstochen zu haben.«

»Ach, Bullshit«, mischte sich Dietmar Schulz ein. »Nur weil ich jemanden anpisse, bringe ich den noch lange nicht um.«

»Spielst du jetzt hier den Verteidiger, oder was?« Walter Paul wirkte erzürnt.

»Nee, spiel ich nicht. Aber Tatsache bleibt Tatsache.«

»Wolltest du nicht noch zu diesem Verlag fahren? Wegen den Aufzeichnungen?«, fragte Helene.

»Wollt ihr mich jetzt hier loswerden?«

»Ich wollte nur nicht, dass du es vergisst.« Dietmar Schulz stapfte wütend aus dem Raum. Doch Helene Eberle kam weiterhin nicht dazu, Konrad Wilde zum weiteren Geschehen am Ostbahnhof zu befragen. Udo Golombek erschien in der Tür. Seine tomatenähnliche Gesichtsfarbe wirkte um einige Nuancen dunkler als sonst.

»Frau Eberle, wenn Sie Ihr Gespräch hier abgeschlossen haben, können Sie dann bitte mal kurz zu mir kommen?« Die Neu-Berlinerin schaute fragend zu Paul, der zuckte ahnungslos mit den Schultern. Doch Helene ließ sich nicht aus dem Konzept bringen. War sie doch kurz davor, ihren ersten Fall in Berlin zu klären. Nach nicht einmal zwei Tagen.

Dienstag, 03.Oktober
14:00 Uhr, Wilhelmsruher Damm,
Märkisches Viertel, Reinickendorf

Hier im Märkischen Viertel merkte man nichts von den Feierlichkeiten rund um den 03. Oktober. Marlene saß weinend in einer Ecke des Wohnzimmers. Francis stand hilflos vor dem alten Röhrenfernseher. Matthes Geiger schrie und fuchtelte wie ein durchgeknallter Samurai mit einem Brotmesser herum.

»Haltet die Schnauze jetzt!«, rief er. »Für wen mache ich denn das hier alles?« Marie entgegnete ihm, dass er übertreibe. Sie bettelte ihn an, ihre Mutter wieder loszubinden, der Geiger vorher mit Paketklebeband Arme und Beine zusammenband. Auch ihren Mund klebte er zu. Gabrielle Müller lag auf der Auslegware und versuchte nicht einmal, zu zappeln.

»Ich verstehe euch nicht. Wir hauten alle zusammen vor dieser Bullenschlampe ab, schworen Zusammenhalt und jetzt fallt ihr mir alle in den Rücken? Ihr könnt mich mal am Arsch lecken! Und zwar alle.«

»Genau. Matthes hat recht. Und wer jetzt noch irgendwas sagt, kriegt gehörig Probleme.« Für Louis Schütz barg das Geschehen in der 4. Etage des Hochhauses im Wilhelmsruher Damm die Chance, sich vor Geiger zu profilieren. Diese Möglichkeit wollte er unbedingt nutzen. Jessi saß bei Marlene in der Ecke. Tröstend redete sie auf ihre Freundin ein, streichelte ihre Wange. Bis Matthes Geiger vor ihnen auftauchte.

»Sag der mal, dass das alles hier nur wegen ihr passiert. Die da«, Geiger deutete auf die Frau mit den zusammengeklebten Gliedern, die neben dem Fernseher lag, »hätte sie sonst an die Bullen ausgeliefert. Die hätte euch alle ausgeliefert. Wollt Ihr das? Wenn nicht, verstehe ich euch nicht. Was wollt Ihr dann? Die bedingungslose Kapitulation? Wollt Ihr, dass die uns alle wegsperren?« Geigers Stimme klang erregt.

»Könnt Ihr haben. Wenn ihr euch nicht bereiterklärt, den Kampf für die Freiheit aufzunehmen.« Marlene presste sich in die Ecke. Ihre Tränen erinnerten an einen reißenden Strom.

»Aber sie hat doch recht. Du übertreibst komplett. Genauso wie am Ostbahnhof.« Xavers Worte tauchten Geigers Gesicht in ein kräftiges dunkelrot.

»Was hast du gesagt? Spinnst du? Ich zeige dir, was es heißt, zu übertreiben.« Geiger hielt das Brotmesser wie eine Trophäe vor Xavers Gesicht.

»Alles okay!« Verängstigt wedelte der schwarzgelockte Mann aus Kaarst mit beiden Händen und bettelte um Gnade. »Ich habe es wirklich nicht so gemeint. Ehrlich.« Doch die Worte beruhigten Matthes Geiger nicht mehr. Das Küchenmesser bohrte sich erst in Xaver Schuhmanns Schulter, im Anschluss in den Bauch und verfehlte dann knapp die Halsschlagader.

Dienstag, 03.Oktober
15:45 Uhr, LKA für Delikte am Menschen, Keithstraße, Tiergarten

Das Ermittlungsteam saß im Versammlungsraum zusammen. Die Luft konnte stickiger kaum sein. Die Deckenlampen mussten alles geben, um das Grau von draußen zu überspielen. Mit dabei auch Pressesprecherin Janette Brühl, die ihre Kränkung bei der Pressekonferenz am letzten Montag so langsam verdaut hatte.

»Danke, dass alle die spontane Zusammenkunft ermöglichten.« Udo Golombek stand vor den im U-Format aufgestellten Tischen. Alle im Raum verhielten sich möglichst leise, damit sie ihren Vorgesetzten auch hören konnten.

»Ich habe Sie zusammengerufen, um einmal alle Fakten zusammenzutragen. Es müssen ja alle ungefähr auf dem gleichen Stand sein. Frau Otto, Sie besuchten doch dieses Mädchen, das Suizid begehen wollte. Was kam da heraus?«

Simone Otto räusperte sich unüberhörbar, ehe sie kurz und laut auflachte. Ihrer Haut sah man an, dass Sie wieder ihr Hautkrebsrisiko erhöhte. Ihre schwarzgefärbten Haare trug sie ausnahmsweise offen, womit sie auch nach außen ihr spätpubertäres Mädchenverhalten zur Schau stellte.

»Ja, was kam heraus? Die Sophia stürzte sich aus dem 18. Stock im Märkischen Viertel. Sie erlitt mehrere Knochenbrüche und weitere innere Verletzungen. Sie wird überleben, aber eventuell mit dauerhaften Schäden.« Und wieder lachte die Otto. Auf Helene wirkte das unpassend, auch wenn ihre Kollegin damit lediglich die eigene Unsicherheit überspielte.

»Die Ärzte haben geraten, sie frühestens in vier Tagen zu befragen. Daher besuchte ich heute die Mutter zu Hause. Ich sage mal so: Es gibt Mütter, die trifft es mehr, wenn ihre Kinder aus dem 18. Stock springen. Die Mutter warf mir die Dokumente der Polizei vor die Nase. Überlassen wollte sie mir die nicht. Ich kontaktierte aber bereits die zuständigen Beamten. Die stellten mir eine zweite Ausführung aus.« Die Otto reichte einen Stapel Zettel in die Runde. »Bitte mal selber lesen. Dauert sonst zu lange.«

»Danke.« Udo Golombek schaute auf seine Notizen. »Herr Schulz. Den richterlichen Beschluss, setzten Sie den durch? Beschlagnahmten Sie die Aufzeichnungen?« Schulz erhob sich leicht, griff mit den Händen unter den Stuhl und platzierte diesen einen Meter vom Tisch weg. Dann starrte er breitbeinig in die Runde. So, als lasse irgendetwas in seiner Jeans keine andere Haltung zu. Helene wollte sich diese Machopose nicht ansehen, schaute lieber aus dem Fenster.

»Die meinten, die finden die Aufzeichnungen nicht mehr.« Diesmal lachte Walter Paul, was Dietmar Schulz natürlich wieder persönlich nahm.

»Kannst du dich mal zusammenreißen, Kollege? Schon mal was von Respekt gehört?«

»Entschuldige Dietmar. Das richtete sich natürlich nicht gegen dich. Ich verwette drei Monatsgehälter, die besaßen gar keine Mitschnitte.«

»Mir egal. Die meinten, die finden die nicht mehr. Wir bräuchten also keine Angst vor einer Veröffentlichung haben.«

»Aber damit hast du dich doch hoffentlich nicht abgefunden?« Helene wollte nicht glauben, was Schulz erzählte.

»Was willst du denn jetzt?«

»Dir sagen, dass die dich an der Nase herumführten. Oder anders gesagt: Du wurdest verarscht.« Walter Paul legte seine linke Hand auf den Schenkel seiner neuen Kollegin, um sie zu beruhigen. Doch die schaute ihn erschrocken und mit aufgerissenen Augen an. Paul war sofort klar, dass seine Botschaft nicht so ankam, wie er es wollte.

»Was wird das jetzt hier? Kannst ja nächstes Mal mitkommen.«

»Sehr gerne.«

»Bitte weiter Herr Schulz.«

»Wenn ich nicht wieder unterbrochen werde, gerne.« Schulz stand auf und stützte sich mit seinen Händen auf den Tisch. Dadurch wirkte er noch autoritärer. Außer auf Helene. Auf die wirkte diese Pose nur lächerlich. Sie gab sich große Mühe, nicht zu lachen.

»Also, die Aufnahmen findet man nicht mehr. Deswegen können die auch nicht an uns rausgegeben werden. Und die betonten, dass die ja deswegen sowieso nicht veröffentlicht werden können. Also, wir haben doch unser Ziel erreicht.«

»Dankeschön Herr Schulz. Herr Paul, Frau Eberle, ...«

Jemand öffnete plötzlich die Tür vom Versammlungsraum.

»Entschuldigung für die Verspätung!« Der Mann, der den Raum betrat, reichte Walter Paul zur Begrüßung die Hand, anschließend griff er Helene über die Schulter und reichte ihr ebenfalls seine Hand.

»Merkel, angenehm. Hmmm, Sie duften aber gut.« Helene Eberle dachte zuerst, dass Bud Spencer persönlich vor ihr stand. Horst Merkel platzierte sich neben Paul. Udo Golombek versuchte, die Kontrolle über die Versammlung zu wahren.

»Bevor Frau Eberle und Herr Paul zu Wort kommen, eine Bitte an Herrn Merkel. Können Sie etwas zum Tod der obdachlosen Frau sagen?«

»Selbstverständlich.« Horst Merkel ließ sich sehr viel Zeit, seine Unterlagen auf dem Tisch zu platzieren. »Die Frau fiel im U-Bahntunnel auf die Gleise. Bei dem Sturz zog sie sich schwere Verletzungen zu. Mehrere Rippenbrüche, eine Oberschenkelhals- und eine Beckenfraktur. Vermutlich schaffte die Frau es deshalb nicht, wieder aufzustehen. Es konnte nur Minuten gedauert haben, bis sie die erste Bahn überrollte. Mit Sicherheit kann ich sagen, dass sie, vom Zeitpunkt her, nach der dritten Bahn ihren Verletzungen erlag.« Der Neu-Berlinerin dämmerte es. Neben Walter Paul saß der Gerichtsmediziner. Er sah aus wie Bud Spencer im Holzfällerhemd. Dietmar Schulz sprang erneut auf.

»Die Frau hieß Svenya Schmid. Obdachlos! Und sozusagen die Geliebte von diesem Wladimir Perenov. Haben Simone und ich rausgefunden.«

»Dankeschön Herr Schulz. Frau Eberle, Herr Paul, bitte berichten Sie von der Vernehmung von Konrad Wilde.«

»Kurz gesagt, Konrad Wilde erkannte die Personen auf dem Video aus dem Parkhaus wieder. Er kannte sie, weil er mit ihnen gemeinsam vor Helene weglief. Konrad Wilde schilderte uns außerdem glaubhaft, wie Wladimir Perenov ums Leben kam. Er stand daneben. Die beiden Gruppen trafen sich am Ostbahnhof das erste Mal. Die Gruppe von Konrad Wilde bestand aus der Marlene, nach der wir auch suchen. Jessica Schneider, einem Xaver Schuhmann so wie seiner Person. Zur zweiten Gruppe zählten zwei Mädchen, deren Namen er nicht kannte. Aber wir wissen ja durch dich, Udo, dass es sich dabei um Sophia Reiterowski und Marie Müller handeln musste. Dazu kommen die drei Männer um die 20. Louis Schütz, dieser Matthes Geiger und Francis Thamm. Matthes Geiger soll demjenigen zweihundert Euro geboten haben, der sich traute, jemanden umzulegen. Zuerst meldete sich niemand. Der Matthes hob eine leere Bierflasche vom Boden auf, zerschlug sie und erhöhte auf dreihundert Euro. Konrad Wilde meinte, dass alle lachten. Geiger legte schließlich noch ein Gramm Gras drauf und eine Tüte, deren Inhalt für Konrad Wilde nach Kokain aussah. Warum sich die Sophia schließlich bereiterklärte, jemanden umzulegen, wie er es nannte, entzog sich der Kenntnis von Herrn Wilde. Er merkte zwar, dass die Mädchen ein großes Interesse an den Jungs hatten, aber Wilde konnte sich nicht vorstellen, dass man dafür jemanden umbringt. Perenov stellte auch kein zufälliges Opfer dar, da die eine Gruppe den gleichen Mann bereits im Parkhaus drangsalierte. Und das haben wir ja auf dem Video des Parkhauses. Und die vermeintliche Täterin, Sophia Reiterowski war ebenfalls auf dem Video zu erkennen. Dieser Matthes tanzte nach dem Mord jubelnd durch das Untergeschoss. Er küsste die Täterin mit einem, wie Konrad Wilde es nannte, ekelerregenden Zungenkuss.«

Udo Golombek hob die Hand. Dabei wirkte er, als koste das dem Mann alle Kraft, die er noch hatte. Paul stellte sofort das Reden ein.

»Das heißt, unsere Haupttäterin liegt im Virchow-Klinikum. Das ist doch ausgezeichnet. Wenn man das so sagen darf.«

»Und wir müssen nach diesem Matthes Geiger fahnden. Auch wenn wir uns mit bisher einer Zeugenaussage noch auf dünnem Eis bewegen. Kriegen wir den mit einem Geständnis, wird er mehr als seine läppischen 300 Euro zahlen müssen.«

Walter Paul drückte mit seiner Äußerung die Wut aus, die alle im Raum empfanden.

»Frau Brühl, bitte seien Sie so nett, geben Sie die Fahndung nach Matthes Geiger in einer Pressemitteilung heraus. Gemeinsam mit den Bildern aus der Überwachungskamera.« Janette Brühl saß die bisherige Zeit starr in der hintersten Ecke, fertigte Notizen an und nickte schließlich etwas gequält.

Dienstag, 03.Oktober
16:20 Uhr, Wilhelmsruher Damm,
Märkisches Viertel, Reinickendorf

Im Erdgeschoss stieg Matthes Geiger, mit einem Küchenmesser bewaffnet, gemeinsam mit Louis Schütz aus dem Fahrstuhl. Sie liefen zur Haustür, wollten abhauen.

»Stopp! Scheiße, zurück.« Vor dem Haus erkannte Geiger zwei Streifenpolizisten. Er und Louis Schütz rasten zurück zum Aufzug. Geiger schlug wie irre mit der flachen Hand auf den Etagenknopf, auf dem man noch hätte eine Vier vermuten können.

»Was jetzt?«

»Blöde Frage. Zurück in die Wohnung.«

»Die werden uns da nicht mehr reinlassen.«

»Das werden sie. Glaub mir! Das werden sie.« Louis Schütz erkannte an Geigers aufgerissenen Augen, dass er schon dafür sorgen würde, wieder reingelassen zu werden. Der steckte das Messer zwischen seine Zähne und betrachtete sich dabei im Spiegel, der an der Fahrstuhlwand angebracht war. Dabei schnaubte er wie ein Elefant, dem man den Rüssel zuhielt.

Wieder in der 4. Etage angekommen, stampfte Geiger voran. Richtung Wohnung von Marie und ihrer Mutter. Er hob sein rechtes Bein, trat wiederholt mit der Sohle gegen die

Wohnungstür. Ohne Erfolg. Die Tritte sorgten für Schreie in der Wohnung. Jemand weinte.

»Aufmachen! Wenn ihr nicht aufmacht, bringe ich euch um. Kapiert? Aufmachen!« Die Tür der Neubauwohnung hielt den brachialen Tritten stand.

»Hast du die Kreditkarte von deinem Vater bei? Vielleicht kriegen wir die Tür damit auf.«

»Willst du mich verarschen?« Unbemerkt von den beiden öffnete sich die Fahrstuhltür. Zwei Männer waren jetzt ebenfalls auf dem Weg zur Wohnung. Im gleichen Moment schaute eine alte Dame, von dem Krach im Hausflur aufgeschreckt, aus der Nachbarwohnung.

»Da können Sie gegentreten, wie Sie wollen. Die bekommen Sie nicht auf.« Geiger fühlte sich von der Dame provoziert. Mit drei flinken Schritten begab er sich zu der älteren Frau. Die Rentnerin starrte durch ihre dicken Brillengläser auf die Klinge des Brotmessers.

»Du verpisst dich in dein Loch, hörst du? Aber wehe du schließt die Tür.« Louis Schütz stand desorientiert zwischen beiden Wohnungen. In dem Moment erlosch das Licht im Hausflur. Die beiden Männer, die eben den Fahrstuhl verließen, standen jetzt im Dunkeln vor der Wohnungstür der Müllers. Einer der beiden betätigte den Klingelknopf. Niemand reagierte.

»Hier ist der Rettungsdienst. Frau Müller, hören Sie mich?«, rief der, der sehr viel größer als sein Kollege war. Das Weinen aus der Wohnung brach abrupt ab. Die alte Frau mit den dicken Brillengläsern und den schulterlangen, grauen Haaren schlich, wie von ihr verlangt, zurück in ihre Wohnung. Matthes Geiger reagierte blitzschnell und sprintete zu den Rettungssanitätern herüber. Noch bevor jemand die Tür der Müllers öffnete.

»Los! Rein da! Sofort. Wirds bald.« Die beiden Männer drehten sich um und sahen die Klinge des Messers in der Dunkelheit funkeln. Sie schauten sich an, als würden sie sich gegenseitig fragen, was für ein Spiel hier gespielt wird.

»Taschen ablegen!« Mit erhobenen Händen schlichen die Sanitäter in die Richtung der alten Dame. In diesem Moment öffnete sich die Wohnungstür von Familie Müller. Geiger schaute und bemerkte dies. Er zog den kleineren der beiden Sanitäter zurück. Der strauchelte, fiel aber nicht. Und wieder glänzte die Klinge des Brotmessers in der Dunkelheit. Der Sanitäter riss instinktiv die Hände nach oben.

»Alles okay«, stotterte der. »Alles okay, ich gehe ja schon.«

Ein ohrenbetäubender Knall ließ plötzlich den Hausflur erzittern. Der großgewachsene Sanitäter warf die Wohnungstür der alten Dame von innen ins Schloss und brachte sich und die alte Frau damit in Sicherheit. Marie, die noch erstarrt in der Wohnungstür stand, kam der gleiche Gedanke zu spät. Sie hätte auch gar nicht die Möglichkeit gehabt, die Tür zu schließen, denn der zweite Sanitäter stand mit Geiger bereits in der Tür. Durch den Knall, den der Sanitäter mit der Tür auslöste, war Geiger für einen kurzen Moment abgelenkt. Mit einem gewagten Tritt gegen die Hand schaffte es der Krankenpfleger, dass Geiger das Messer fallen ließ. Doch der reagierte schnell, wich dem zweiten Tritt aus, ehe er dem Pfleger eine Gerade gegen die Nase verpasste. Der verlor das Gleichgewicht, taumelte in den Flur der Wohnung, wo er mit dem Hinterkopf gegen die Ecke der Schuhkommode knallte.

Dienstag, 03.Oktober
17:15 Uhr, Kantstraße, Charlottenburg

Die Laternen tauchten die mehrspurige Charlottenburger Kantstraße in ein Meer aus tausend Lichtern. Noch immer herrschte in Berlin diese typische Feiertagsstimmung, die eine Ruhe in die Stadt trug, die unheimlich schaudernd wirkte. Eine Ruhe wie in einem Thriller. Es fehlte nur noch der Psychopath, der auf einmal aus der Kanalisation stieg, denn in Berlin fühlte man sich im größten Trubel immer noch am sichersten. Helene ließ sich an diesem Feiertagsabend doch verleiten und nahm die Einladung von Walter Paul an. Gemeinsam steuerten sie geruhsam ein China-Restaurant an. Einem Geheimtipp ihres Kollegen. Kaum betraten beide das Speiselokal, bereute Paul den ausgewählten Ort auch schon wieder, trat doch hier der Duft von Pfirsich und Vanille völlig in den Hintergrund. Umso intensiver roch es nach asiatischen Gewürzen. Helene und Paul saßen sich gegenüber. Paul fiel es schwer, seine Augen von Helene zu lassen. Er konnte sich nicht erinnern, jemals einen Menschen kennengelernt zu haben, der sich so schlicht gab, dabei aber so unbezahlbar und wertvoll wie die Luft zum Atmen wirkte. Ja, Helene Eberle wurde mehr und mehr zum lebensnotwendigen Sauerstoff für Paul. Ein Leben ohne sie war für ihn völlig unmöglich. Er brauchte sie, um zu leben. Auch Helene lächelte Paul an. Allerdings eher verlegen, nachdem sie einen Blick in die Speisekarte warf. Die Neu-Berlinerin fühlte sich hier eher fehl am Platz. Sie hoffte, dass Paul nicht davon ausging, hier ein 3-Gänge-Menü zu bestellen. Die Vorspeisen sagten ihr nämlich überhaupt nicht zu. So bescheiden Helene Eberle in vielen Dingen auf Paul wirkte, so einfach gab sie sich auch beim Essen. Fisch bedeutete für sie das Grauen. Doch auch den Ekel vor den meisten Gemüsesorten legte Helene seit ihrer Kindheit nicht mehr ab. Und sie liebte Fast Food. Auch wenn man das ihrer grazilen Figur nicht ansah.

Die Lampen an der Decke spendeten dezent Licht. Helene saß ratlos vor der Karte. Sie las etwas von Wan-Tan-Suppe mit Garnelen oder Meeresfrüchtesuppe. Doch auch die Tofu-Suppe mit Gemüse sagte ihr nicht zu. Sogar die Frühlingsrollen füllte man hier mit Meeresfrüchten. Und die Salate? Sämtliches Grünzeug ignorierte Helene schon immer gewissenhaft. Dann fand sie doch etwas, was ihr zusagte.

»Ich hab mich entschieden.« Paul schaute fragend von der Karte hoch. »Ich nehme das Hühnerfleisch mit Currysoße.«

»Ich glaube, du schaust bei der Mittagskarte«, entgegnete Paul lächelnd.

»Oh, gar nicht gesehen.« Helene grinste kurz und blätterte weiter. Minuten später fand sie schließlich noch ein anderes Gericht, was ihrem Geschmack entsprach. Nudeln mit Hühnerfleisch. Paul bestellte das Gleiche.

»Darf ich dich was fragen?«

»Klar doch.«

»Udo Golombek?«

»Seine Frau hat Krebs. Hirntumor. Unheilbar! Sie haben alles probiert. Operationen, Chemo. Nichts schlug an. Jetzt wird die Zeit entscheiden.« Helene griff betroffen nach ihrem Glas.

»Auweia! Das tut mir leid.«

»Jetzt möchte ich dich was fragen.« Helene schaute gespannt zu ihrem Kollegen.

»Wie hast du das eigentlich herausgefunden, dass der Anwalt von diesem Konrad Wilde in Wahrheit sein Vater war?«

»Der Gang, die Körperhaltung, die Gesichtszüge. Die Ähnlichkeit der beiden sprang mir regelrecht ins Gesicht.« Paul fragte sich, warum ihm das nicht selbst auffiel. Sofort begann er wieder, von Helene zu schwärmen.

»Weißt du was? Du bist echt der Hammer. Mit so einer tollen Kollegin wie dich durfte ich noch nie zusammenarbeiten.«

»Danke, das Kompliment gebe ich gerne zurück.« Paul konnte sich nicht dagegen wehren. Er musste Helene mit verliebten Augen anschauen. Die begann, aus Verlegenheit, in ihrem Rucksack zu kramen.

Minuten später servierte ein asiatisch aussehender Mann das Essen. Doch in Helenes Kopf tanzte auf einmal ihre 4-jährige Tochter einen wilden Tango. Sie konnte doch nicht einfach hier sitzen und sich amüsieren. Die wenige freie Zeit, die sie hatte, musste sie doch Klarissa widmen. Doch stattdessen saß sie mit Walter Paul in einem China-Restaurant. Ein schlechtes Gewissen nagte jetzt an ihr. Was war sie nur für eine schlechte Mutter. Wenigstens konnte Walter Paul sie etwas ablenken.

»Was ich dich noch fragen wollte: Was wollte Udo eigentlich von dir?«

»Mist! Das habe ich total vergessen.« Helene musste jetzt über ihre eigene Zerstreutheit schmunzeln. Sie fuhr sich mit der linken Hand durch ihre Haare.

»Redest du halt morgen mit ihm.«

»Ja, wenn ich es nicht wieder vergesse. Aber jetzt bin ich wieder dran mit Fragen stellen. Du hattest jetzt zwei hintereinander. Wo wohnst du in Berlin? Ich sehe dich immer nur im Büro.« Paul blickte nach unten. Diese Frage fühlte sich für ihn an, als hätte ihn Helene bei irgendetwas ertappt, was ihm unangenehm war.

»Hier in der Nähe. Krumme Straße.«

»Ach so. Daher kennst du das Restaurant hier.«

»Kann man so sagen.«

»Du lässt dir aber auch alles aus der Nase ziehen.«

»Wie meinst du das?«

»Du erzählst kaum was über dich.«

»Gibt Wichtigeres.« Paul fragte sich, was er denn von sich erzählen sollte. Dass er wieder bei seinen Eltern lebte? Dass er wieder sein altes Kinderzimmer bewohnte? Dann hätte er die komplette Geschichte erzählen müssen. Doch das fand er nicht richtig. An diesem Abend wollte er nicht davon erzählen, dass seine Frau und sein Sohn einst bei einem Verkehrsunfall ums Leben kamen, dass er deswegen nicht mehr allein in der großen Wohnung leben konnte. Er brauchte Menschen um sich herum, drückte den Reset-Knopf und zog zurück zu seinen Eltern. Dazu kündigte er sämtliche Freundschaften. Einzig seine Arbeit bei der Kripo behielt er. Und seinen Fußballverein.

»Was kann denn wichtiger sein, als du?« Helene versuchte, Paul aus der Reserve zu locken.

»Na du! Und nichts anderes. Überhaupt nichts anderes.« An Helenes Reaktion merkte Paul, dass ihr so viel Schmeichelei eher unangenehm schien.

»Sorry. Ich wollte nicht so direkt sein.«

»Egal! Lieber so, als andersrum. Aber jetzt mal raus mit der Sprache. Hast du eine Frau? Kinder? Erzähl doch mal.« Paul irritierte Helenes Aufforderung. Merkte sie denn gar nicht, dass sich ihr Kollege Hals über Kopf in sie verliebt hatte? Weshalb interessierte es sie dann, ob er eine Frau hatte?

»Mag ich ungern drüber reden.«

»Das klingt, als wärst du mit jemanden zusammen, aber nicht glücklich.« Paul schüttelte den Kopf.

»Wie ich schon sagte, ich mag gerade nicht drüber sprechen. Vielleicht später mal. Nicht böse sein.«

»Auf dich? Nie im Leben! Aber egal. Nächste Frage: Wie lange lebst du schon in Berlin?«

»Zehn Jahre.« So langsam bekam auch Helene mit, dass ihr Kollege nicht über seine Vergangenheit reden wollte.

Der Klingelton von *Knockin on heaven's door* ertönte unter dem Tisch. Helene tauschte die Gabel gegen ihren Rucksack und kramte ihr Handy hervor. Doch noch bevor sie das Gespräch annehmen konnte, stellte sich das Klingeln auch schon wieder ein.

»Deine Mutter?«

»Nein. Die Nummer sagt mir auch gar nichts. Aber egal, wenn es wichtig ist, ruft man nochmal an.« Helene nahm ihr Glas Cola, Walter sein Bier und beide stießen an. In dem Moment klingelte das Telefon von Paul. Der reagierte schneller als Helene, zog das Telefon fix aus seinem Sakko und drückte auf den grünen Hörer. Zuerst zeigte er gar keine Reaktion, als Helene ihn anschaute. Er lauschte gespannt der Stimme in seinem Telefon. Doch dann verfinsterten sich seine Gesichtszüge zunehmend.

»Alles klar. Wir kommen hin.«

»Ja, wir beeilen uns. Wie lautet die Adresse?«

»Schick sie mir rüber. Bis gleich!« Paul atmete unüberhörbar aus.

»Das war Dietmar. Die haben diese Marlene wiedergefunden. Im Märkischen Viertel. In der gleichen Wohnung halten sich noch andere Personen auf. Dazu vermutlich ein Toter. Kommst du mit?« Helene musste sich erst einmal sortieren, ehe sie auf Pauls Frage antworten konnte.

»Natürlich.«

»Jetzt unterhielten wir uns einmal so nett. Und jetzt das.«

»Egal. Reden wir eben im Auto weiter.«

Helene trank ihr Glas in einem Zug leer, die halbvollen Teller ließen sie stehen. Für den Kellner legte Paul einen 20-Euro-Schein auf den Tisch.

Dienstag, 03.Oktober
17:45 Uhr, Wilhelmsruher Damm,
Märkisches Viertel, Reinickendorf

Rund um das Hochhaus im Märkischen Viertel standen unzählige Menschen vor einem Absperrband. Die rot-weiß gestreifte Flatterleine tanzte in der Dunkelheit und gab dabei ein leichtes Rascheln von sich. Das nahm jedoch kaum einer wahr, denn, sozusagen im Kanon, ertönte ein hemmungsloses Durcheinander an Stimmen. Dazu steppten blaue Lichter von einem Bein auf das Andere. Immer wieder. Paul stellte seinen dunkelblauen Renault Clio in einer Nebenstraße ab.

Die letzten Meter bis zum Ort des Geschehens legten die Polizisten zu Fuß zurück.

»Kriminalpolizei! Bitte lassen Sie uns durch!« Sofort bildeten die Menschen eine Gasse. Leute schlugen dem Hauptkommissar auf die Schulter. Der störte sich nicht daran. Im Gegensatz zu Helene.

»Hey Süße, du darfst mich gerne verhaften.«

»Lassen Sie mal«, entgegnete die Kripo-Beamtin. »Menschen wie Sie werden doch von jedem Gericht wegen fehlender Schuldfähigkeit freigesprochen.« Helenes Schlagfertigkeit sorgte für Gelächter in der Menge. Der Mann fühlte sich bloßgestellt. Ein

109

Jugendlicher rief: »Gedisst, Alter!«

Die Polizisten liefen weiter dem Absperrgitter entgegen.

»Guten Abend.« Zwei Polizisten drehten sich um. Einer sah aus wie Wolfgang Petry. Der Zweite trug ebenfalls einen Oberlippenbart. Doch statt mit einer lockigen Mähne auf dem Kopf musste der sich mit übergroßen Geheimratsecken anfreunden.

»Mordkommission! Polizeihauptkommissar Paul, meine Kollegin Helene Eberle.«

»Und was wollen Sie?«

»Mit dem Einsatzleiter sprechen.« Der Wolfgang-Petry-Verschnitt schaute Helene an, obwohl Paul auf seine Frage antwortete.

»Nicht möglich. Was wollen Sie überhaupt von ihm?«

»Wir möchten gerne über den aktuellen Stand hier informiert werden.«

»Wie bitte? Sie sehen doch, dass wir hier arbeiten.« Walter schaute zu Helene. Zu gerne wünschte er sich in diesem Moment wieder einen ihrer bissigen Kommentare. Und sein Wunsch wurde erfüllt.

»Wie ich sehe, müssen Sie hier zu zweit die tobende Meute zurückhalten. Wenn Sie überfordert sind, scheuen Sie sich nicht, die Schusswaffe zu gebrauchen.« Der Mann mit den Geheimratsecken sah Helene irritiert an. Wolfgang Petry verstand die Ironie und lugte sie durch zwei fiese Augenschlitze an. Paul zog derweil sein Handy aus der Tasche.

»Dietmar? Hier Walter! Wo steckst du?«

»Okay, wir stehen auf dem Wilhelmsruher Damm. Richtung City. Bis gleich!«

Fünf Minuten später schob Dietmar Schulz seinen dicken Wanst unter dem Absperrband hindurch und begrüßte seine

Kollegen mit einem saftigen Händedruck.

Auf dem Weg zum Tatort ahmten es Paul und Helene ihrem Kollegen nach und duckten sich, ohne weitere Nachfrage, unter dem Absperrband hindurch. Helene irritierte dieses Verhalten etwas. Nicht fragen, machen. So hatte man in Berlin scheinbar mehr Erfolg.

Vor dem Haus stellte Dietmar Schulz den Einsatzleiter vor. Er hieß Martin Quast, war vierundfünfzig Jahre alt und von kräftiger Statur. Sein kahler Kopf wirkte aufgedunsen. Walter Paul kannte Quast bereits von früheren Einsätzen. Auf Helene wirkte der Händedruck, mit dem sich die beiden Männer begrüßten, nicht mehr als kollegial. Man akzeptierte gerade so, dass der Andere ebenfalls vor Ort war.

»Aktuell können wir noch nicht viel sagen, außer dass es eine Geiselnahme gibt. Wir probieren noch immer, den Kontakt in die Wohnung herzustellen.«

»Woher wissen Sie, dass es sich tatsächlich um eine Geiselnahme handelt? « Helene wollte mehr erfahren.

»Uns erreichte ein Notruf aus einer Nachbarwohnung.«

»Vielleicht ließe sich mehr durch denjenigen erfahren, der den Notruf absetzte?!«

»Sie meinen, hochfahren, an den Türen klingeln und fragen, wer anrief? Nehmen wir an, Schusswaffen spielen eine Rolle. Für den, der hochfährt, stellt das eine enorme Gefahr dar.«

»Hat man nicht den Namen oder die Nummer des Anrufers? Ich bezweifle außerdem, dass eine Schusswaffe eine Rolle spielt. Warum schoss man sich dann nicht den Weg frei, solange sich noch die Möglichkeit dazu bot?«

»Wir können doch nicht einmal sagen, ob es diese Möglichkeit überhaupt gab.« Auf die Neu-Berlinerin wirkte Martin Quast etwas zerstreut. Das konnte aber auch an der Aufregung liegen.

»Wenn man bisher mit keiner Forderung herausrückte, spielt vermutlich Flucht eine Rolle. Wahrscheinlich, um einer Festnahme zu entgehen.« Martin Quast nickte kurz und schaute anschließend zu zwei grellen Lichtern, die in seine Richtung fuhren. Paul sah zu Helene. Sein Blick drückte aus, dass seine neue Kollegin von Quast besser nichts erwarten sollte. Vor dem Lichtschein, der langsam auf die Polizisten zurollte, erkannte Helene eine dünne Gestalt mit langen Haaren. Mit wedelnden Händen wies die der in der Dunkelheit monströs wirkenden Maschine den Weg bis vor das Hochhaus.

»Wir räumen die gesamte 4. Etage. Die Bewohner werden über die Balkone auf die Hebebühne klettern.«

»Balkone sehe ich hier an drei Häuserfronten.«

»Ja. Es wird bestimmt eine Stunde dauern. Mindestens. Aber wir rechnen mit dem Schlimmsten. Deswegen schöpfen wir alle Möglichkeiten aus, um keine weiteren Personen zu gefährden.«

Martin Quast beging damit einen eklatanten Fehler, doch das sollte sich erst sehr viel später zeigen.

»Ich möchte versuchen, selbst Kontakt in die Wohnung aufzunehmen. Lassen Sie mich zur Wohnungstür?!«

»Nein. Viel zu gefährlich! Sind Sie irre?«

»Ich trage allein das Risiko.« Helene wirkte selbstsicher. Im Gegensatz zu Quast, der nach außen so souverän wirken wollte, wie er es im Inneren nicht war. Der Wind wehte Helene immer stärker durch die Haare. Sie band ihren Zopf fester zusammen.

»Ich sagte bereits Nein!«

»Ich garantiere Ihnen, dass es da oben keine Schusswaffe gibt, mit der auf mich geschossen werden kann. Wo liegt also das Problem?«

»Bevor ich Sie hochgehen lasse, schicke ich erst einmal Spezialisten hoch. Glauben Sie mir, ich weiß, was ich tue.«

»Dann hindern sie mich an meinem Vorhaben. Gerne auch durch körperliche Gewalt. Sonst laufe ich nach oben und verstoße damit gegen ihre Anweisung.«

»Woher haben Sie Ihre Hartnäckigkeit?« Helene lächelte. Und Quast musste feststellen, dass er keine Chance gegen Helenes Sturheit hatte.

»Passen Sie um Gottes willen auf sich auf!«

»Verlassen Sie sich auf mich.«

Auf dem Weg zur Haustür lief Helene Eberle wortwörtlich Walter Paul in die Arme, der sich inzwischen in der näheren Umgebung umsah.

»Wohin willst du?«

»Ich versuche mein Glück an der Wohnungstür.«

»Wie bitte?« Paul schaute seine Kollegin an, als hätte sie ihm gerade gebeichtet, sich als Geisel anbieten zu wollen.

»Ich kann nicht untätig vor dem Haus stehen.«

»Verstehe ich. Aber ich lasse dich nicht alleine da hoch. Dafür bedeutest du mir zu viel.« Paul rechnete mit irgendeiner Reaktion auf dieses Bekenntnis. Vielleicht Abweisung? Vielleicht Jubelrufe? Aber Helene hatte für Pauls Worte gar keinen Kopf.

»Warum stehen wir dann noch hier? Los komm!« Paul wurde in diesem Moment klar, Helene verstand ihn falsch. Er wollte nicht zum Ausdruck bringen, mitzukommen. Er wollte, dass sie ihr Vorhaben doch bitte noch einmal überdenkt, um dann zu dem Entschluss zu kommen, nicht hochzugehen. Doch es war zu spät. Und widersprechen konnte er ihr nicht.

In der Wohnung saß Marie Müller zusammengekauert in einer Ecke des dunklen Wohnzimmers. Zwischen schwarzer

Schrankwand und grauem Fernsehtisch. Beide Möbelstücke wirkten wie Marie. Sie sahen schon mal bessere Zeiten. Ihre Mutter saß vor ihr auf der geblümten Auslegware. Noch immer geknebelt schielte die zu ihrer Tochter. Und Marie verstand den Gesichtsausdruck ihrer Mutter. Sie musste um jeden Preis still sein. Nicht mehr weinen. Jedes noch so heimliche Winseln würde Geigers Aggressivität wie einen Raubvogel in die Höhe steigen lassen. Xavers Leib lag in der Badewanne. Wie bedeutungslosen Schlachtabfall trugen Jessi und Francis ihn vorhin in das Badezimmer. Ihnen blieb keine Wahl. Beide saßen jetzt mit dem Sanitäter, dessen Platzwunde laienhaft verbunden wurde, auf dem Sofa. Marlene hockte weinend vor der Wanne. Sie trauerte um Xaver Schuhmann.

In der Mitte vom Wohnzimmer lag ein Schinkenmesser auf dem Boden. Links daneben ein Officemesser, womit sich spielend leicht Zwiebeln und Kräuter schneiden ließen, rechts zwei Santokumesser. Eins für Fisch, eins für Fleisch. Maries Mutter bekam dieses Messer-Set vor zwölf Jahren zur Hochzeit geschenkt. Die Ehe zerbrach. Und in dieser Nacht musste sie schmerzlich erkennen, dass selbst die Hochzeitsgeschenke einzig als Eintrittskarte in die Hölle dienten. Matthes Geiger saß grinsend vor den Schneidegeräten. Seine Augen wechselten zwischen der Fernsehecke und dem Sofa hin und her. Im Schlafzimmer fand er noch zwei Flaschen Wein. Eine davon leerte er bereits zur Hälfte. Die Zweite stand auf dem Küchentisch. Neben der Crackpfeife. Plötzlich klopfte es dezent an der Wohnungstür. Geiger spitzte die Ohren.

Erneutes Klopfen.

Ganz langsam erhob er sich, lief durch den dunklen Flur und schaute durch den Spion. Auch im Hausflur leuchtete kein Licht.

Geiger konnte also nichts erkennen. Auch verstand er nicht, was vor der Tür geredet wurde. Dafür sprach er umso deutlicher.

»Ihr habt 30 Sekunden, um zu verschwinden. Tut ihr das nicht, gibt es hier den nächsten Toten.« Um seine Forderung zu untermauern, trat er mit Wucht gegen die Tür.

»Wir verschwinden sofort. Wir haben lediglich ein paar Fragen.«

»Verpisst euch!« Geigers Stimme erinnerte von der Heftigkeit an einen Löwen. Lediglich die Stimmlage klang eine Etage zu hoch.

»Wie viele Personen halten sich in der Wohnung auf?«

»Noch fünfzehn Sekunden. Stellt Ihr noch eine Frage, fließt Blut.«

»Hören Sie, ich verstehe Ihre Wut. Aber das hier passiert doch nicht ohne Grund. Bitte sagen Sie uns, was sie fordern.« Matthes Geiger gab keinen Laut von sich. Er musste überlegen, lief dann in die Küche. Die Wohnungstür musste er natürlich geschlossen halten. Nur wie konnte er sonst die Leute auf dem Hausflur angreifen? Er musste sie loswerden. Und zwar schnell. Wieder vernahm er ein Flüstern. Er schlich zurück zur Tür und drückte sein linkes Ohr dagegen. Aber er verstand nichts. Da kam ihm eine Idee.

»Ich werfe meine Forderung in fünf Minuten vom Balkon.«

Auf der anderen Seite der Tür starrten sich Helene und Paul an. Beide rechneten jetzt mit dem Schlimmsten. Zügig liefen sie zum Lift. Walter drückte auf den Knopf, doch auf das Geräusch, wenn sich in einem entfernten Stockwerk die Fahrstuhltür schließt, der Lift Fahrt aufnimmt, bis er im gewünschten Stockwerk die Türen wieder öffnet, warteten die Polizisten vergebens. Noch einmal drückte Walter auf den Button.

»Lass uns die Treppen nehmen.« Paul reagierte prompt auf Helenes Worte. Er schaute sich suchend um, ehe er das Treppenhaus ansteuerte. Er öffnete erst die Tür zum Notbalkon, anschließend die zum Treppenaufgang.

Im Treppenhaus schaltete Helene das Licht an. Sofort fiel ihr der Mann auf den Stufen auf, der, überrascht von den Geräuschen hinter ihm, sein Gesicht zu Helene und Paul drehte. Unaufgefordert rutschte er näher an die Wand, um die Menschen vorbeizulassen. Die Polizisten schlichen zwar erst einmal vorbei, doch dann blieb Helene stehen und schaute zurück.

»Entschuldigung, können wir Ihnen irgendwie helfen?« Der Mann schaute erneut hoch, schüttelte aber nur den Kopf.

»Sie kommen mir bekannt vor.« Der Mann reagierte nicht.

»Was meinst du?«, fragte Paul. Doch Helenes Aufmerksamkeit galt in diesem Augenblick ausschließlich dem jungen Mann auf der Treppe.

»Ich erkenne doch Ihr Gesicht wieder. Natürlich. Sie gehörten doch zu der Gruppe aus dem Marzahner Hochhaus. Ich erinnere mich genau an Ihr Gesicht.«

Helene behielt es aber lieber für sich, dass genau dieses Gesicht sie an einen typischen Sonderschüler erinnerte. Worin auch der Grund lag, weshalb sie sich dieses Gesicht so gut merkte. Die kurze, dunkle Igelfrisur, das aufgeplusterte Gesicht mit den großen Lippen. Doch Helene hatte keine Zeit, sich für ihre abfälligen Gedanken zu schämen. Der Mann auf der Treppe musste etwas mit der Geiselnahme zu tun haben. Helene roch es förmlich. Und sie wusste, sie hatte nur einen Versuch. Nur einen Wurf, um alle Neune umzuhauen. Sonst würde sich der Mann womöglich komplett verschließen.

»Ich gehe davon aus, dass Sie uns etwas zu dem Geschehen im

4. Stock sagen können?« Mit geröteten Augen schaute der Mann Helene an.

»Sie meinen wegen Matthes?« Volltreffer!

»Können Sie mir sagen, was genau passierte?«

Helene ließ Paul unten an der Treppe stehen und setzte sich neben Louis Schütz.

»Ich kann mich kaum noch erinnern. Es lief alles so schnell. Als wenn jemand mein Leben vorgespult hätte.« Helene schwieg standhaft. Sie wusste, jeden Moment würde dieser Typ weiterreden. Sie zog sich den Haargummi aus ihren Haaren, um sich einen neuen Zopf zu binden. Und Walter Paul kippte beinahe die Kinnlade herunter. Er fand, dass Helene mit offenen Haaren noch viel eleganter aussah. Die schaute noch immer zu Schütz. Kurz wünschte sich Paul, dass sie ihm den gleichen Blick schenken würde. Einen Blick – gefüllt mit Verständnis. Verständnis für seine Gefühle, die er für seine neue Kollegin in sich trug. Schütz begann schließlich mit zittriger Stimme, von den Vorkommnissen im 4. Stock zu erzählen. Die Hauptkommissarin hörte gebannt zu. Im Anschluss folgte Schütz den Polizisten nach unten.

Auf der Straße begleitete Helene den dünnen Mann mit der Stoppelfrisur und den großen Lippen in eines der Versorgungszelte vom Roten Kreuz. Walter Paul versorgte derweil den Einsatzleiter mit den neuesten Informationen. Jetzt kannten sie sicher den Namen des Geiselnehmers. Auch Namen der Opfer nannte Schütz. Francis Thamm. Marie Müller und ihre Mutter. Dazu ein Mädchen, deren Namen Schütz aber vergaß. Und ein Rettungssanitäter. Doch den Tod von Xaver Schuhmann verschwieg er.

Draußen begannen plötzlich Menschen zu kreischen. Helene

stand von dem Feldbett auf, auf dem sie mit Schütz saß, und lief nach draußen. Menschen hielten sich die Hände vor ihre Gesichter, schauten verängstigt nach oben. Die Polizistin lief eilig um das Haus herum.

»Oh mein Gott!«

Auf der Brüstung des Balkons im 4. Stock erkannte sie einen Oberkörper, der wie eine Puppe herunterhing. Sie bewegte sich ein paar Schritte zurück, fand sich jetzt neben Dietmar Schulz wieder und wagte es, doch wieder hochzuschauen.

»Der, der da oben auf der Brüstung liegt, der sieht aus, als sei der schon tot.«

»Du hast recht. Der wirft uns eine Leiche runter. Soll er doch. Mich erschreckt er damit nicht.«

»Aber schau dir die Menschen hier unten an. Der sorgt für totale Panik. Wichtig ist, dass wir jetzt umso mehr die Ruhe bewahren. Und auch wenn es geschmacklos klingt, aber allein durch den Sturz wird niemand mehr zu Schaden kommen.«

Helene schaute ein weiteres Mal hinauf. Schulz ebenso.

»Da steht doch ne Frau.«

»Ich erkenne das nicht genau.«

»Doch. Sicher. Eine Frau steht auf dem Balkon.«

Im nächsten Augenblick flog der entseelte Körper von Xaver Schuhmann aus dem 4. Stock. Helene zuckte kurz zusammen, als der Leib keine zwei Meter neben ihr aufschlug. Die Menschen um sie herum klangen jetzt wie ein jaulendes Wolfsrudel.

»Kannst du nicht mit dem Einsatzleiter sprechen? Die müssen die Menschen hier wegbringen. So viele Psychologen, wie wir sonst benötigen, gibt es auch nicht in Berlin.«

»Wird erledigt.«

Zwei Rettungsassistenten tauchten schlagartig neben Helene

auf. Sie stellten die Trage neben der Leiche ab.

»Lassen Sie den Mann liegen!« Die Sanis schauten kurz zu Helene, wollten dann wieder nach dem Körper greifen.

»Jedes Kind erkennt, dass es sich hier um einen Toten handelt.«

»Ja, aber vielleicht können wir ihn noch reanimieren«, brüllte einer der beiden zurück.

»Sind Sie blind? Selbst ich erkenne, dass der Mann seit mindestens einer Stunde tot ist. Sie lassen den Körper liegen. Darum kümmert sich die Gerichtsmedizin.«

»Wir haben aber die Anweisung, den Mann ...«

»Berühren Sie die Leiche, sorge ich persönlich dafür, dass Sie heute Abend Ihren letzten Arbeitstag haben. Sie lassen die Finger davon.«

Die Sanitäter nickten nervös. So schnell sie kamen, verschwanden sie wieder in der Dunkelheit.

Gegen 19:30 Uhr vernahm Matthes Geiger eine Durchsage der Polizei.

»Wir fordern Sie auf, den Tatort zu verlassen. Jeder Schaulustige hindert die Polizei an ihrer Arbeit.«

Matthes Geiger stand starr in der Mitte des Wohnzimmers.

»Vielleicht können wir Ihnen helfen, aus dieser Nummer wieder rauszukommen«, flüsterte der Sanitäter. Geiger fletschte wie ein Kampfhund die Zähne.

»Halte deinen Mund«, knurrte der. Dabei drohte er, jeden Moment komplett auszurasten.

Marie schmiegte sich verängstigt an ihre gefesselte Mutter.

»Das bringt doch alles nichts. Werde doch vernünftig. Schau mal, du lässt uns frei und wir helfen ...« Ein Faustschlag ließ Francis Oberlippe aufplatzen. Ein Zweiter landete an seiner rechten

Schläfe. Francis Thamm sackte auf dem Sofa zusammen. Marie hatte Mühe, nicht los zu weinen.

»Wer hier noch irgendwas sagt, kriegt die nächste Flugstunde spendiert. Na, wer will? Warum spricht niemand? Habt Ihr Schiss?« Geiger griff nach einem Messer und warf es auf Maries Mutter, die in letzter Sekunde mit ihrem Kopf auswich. Wieder ertönte eine Durchsage:

»Herr Geiger. Wir wissen, dass Sie noch vier Personen in Ihrer Gewalt haben. Wir fordern Sie auf, die Personen frei zu lassen. Andererseits sehen wir uns gezwungen, die Personen gewaltsam zu befreien.« Die Durchsage wurde noch einmal wiederholt.

»Haha, die gehen über Leichen. Könnt Ihr euch denken, was das heißt? Wir werden alle sterben. Uns geht es allen bald genauso, wie diesem Lockenkopf. Mal schauen, wer die nächste Flugstunde spendiert bekommt.«

Geiger versprach sich von seinem angsteinflößenden Kommentar zumindest ein Weinen von Marie. Die starrte Geiger nur noch schweigend und mit weit aufgerissenen Augen an. Francis Thamm richtete sich langsam wieder auf. Er saß auf dem Sofa, nur seine Stirn lag auf dem gefliesten Wohnzimmertisch. Geiger schlich durch das dunkle Wohnzimmer. Direkt auf Francis zu.

»Na, Alter, wieder fit?« Der Kopf auf dem Tisch rollte kraftlos hin und her. Francis konnte nicht erkennen, dass Matthes mit seinem rechten Bein ausholte. Bevor der aber zutreten konnte, verlor er das Gleichgewicht und fiel auf den Boden. Blitzartig griff er nach einem Messer. Er rechnete mit einem Angriff auf ihn. Doch niemand wagte es, sich auch nur zu rühren.

»Darf ich bitte auf die Toilette?« Geiger warf Marie einen Blick zu, der an einen Pitbull erinnerte. Einen Pitbull mit ADS.

Mit einem gewaltigen Sprung bewegte sich Geiger auf Marie

zu und bremste kurz vor ihr abrupt ab.

»Steh auf!« Marie gehorchte.

»Ziehe deine Hose aus.« Doch damit rechnete die 15-Jährige nicht.

»Bitte nicht.«

»Ich denke, du musst pissen?« Marie bejahte stumm. »Ziehe deine Hose aus!« Geiger hielt die Klinge direkt vor das Gesicht des Mädchens. Die hatte Schwierigkeiten, nicht umzufallen, als sie sich mühevoll aus ihrer engen Jeans pellte. Die Farbe der Hose schimmerte hoffnungsvoll weiß in der Dunkelheit. Geiger ließ sich die Hose reichen, schmiss sie hinter sich, dann hielt er Marie das Messer an den Rücken.

»Los!« In gebückter Haltung schlich das Mädchen Richtung Bad.

»Stopp! Nicht da lang. Hierher.« Matthes Geiger deutete mit beiden Zeigefingern auf die Mitte des Wohnzimmers. Direkt auf die Stelle, wo die Messer lagen. Die schob er mit dem Fuß beiseite.

»Hier kannst du pinkeln.«

»Nein, bitte nicht. Bitte nicht!«

»Los! Ich will was sehen. Hock dich hin!« Marie Müller bettelte ein letztes Mal um Gnade. »Moment. Ich hab ja eine noch viel geilere Idee!« Sofort eilte Geiger in die Küche. Es ertönte das Geräusch von dutzenden Tellern, die zersplitterten. Dann kam er zurück ins Wohnzimmer. Mit einem Sieb und einer Schüssel.

»Festhalten!« Marie griff verwundert nach dem Sieb.

»Ich will sehen, wie deine Pisse durch das Sieb in die Schüssel läuft.« Marie konnte nicht mehr. Sie weinte jetzt hemmungslos, was den Sanitäter auf den Plan rief. Der stand auf.

»Bitte lassen Sie das!« Sofort und wutentbrannt stürmte Geiger

121

mit einem Messer auf ihn zu. Kurz vor knapp schaffte es der Sanitäter, sich wegzuducken. Dann unternahm er einen erneuten Versuch, beruhigend auf Geiger einzuwirken.

»Ich verspreche Ihnen, niemand wird hier etwas erfahren. Ich werde sagen, dass Sie uns keinen Schaden zugefügt haben. Aber bitte ...« Und wieder stürmte Geiger in Richtung Sofa. Mit Anlauf traf er die Rippengegend des Sanitäters. Nach Luft schnappend sackte dieser taschenmessermäßig zusammen.

»Fertig mit Pissen?« Marie Müller reagierte nicht. Sie saß wimmernd im Schneidersitz auf dem Boden. Tränen suchten sich unkontrolliert ihren Weg in die Freiheit. Die Auslegware saugte den unkontrolliert austretenden Urin auf. Trauer, Entsetzen und Verzweiflung herrschten jetzt über den Körper des Mädchens. Völlig egal, dass alle in der Wohnung ihre Scheide sehen konnten.

»Jetzt zeig ich dir mal, wie man pisst.« Matthes Geiger öffnete seine Hose, holte sein Glied heraus und urinierte in die Schüssel. Zwischendurch hielt er seinen Penis immer mal wieder in Maries Richtung, womit er für noch lauteres Winseln sorgte.

Geiger entledigte die letzten Tropfen über Maries Kopf. Nachdem er seine Hose wieder schloss, hielt er Marie Müller die Schüssel vor das Gesicht.

»Suche es dir aus: Entweder trinkst du das oder du schmeißt es vom Balkon.« Geiger lachte auf. Er stellte sich vor, wie die Polizisten von dem Inhalt der Schüssel nass wurden. »Also?« Marie fühlte sich noch immer nicht in der Lage, auf Geigers Frage zu antworten. Auch Aufstehen konnte sie nicht. »Durst?« Keine Reaktion. Außer Zittern und Weinen. Das wurmte ihren Peiniger zunehmend. »Hallo? Ich rede mit dir!« Er griff unter Maries Kinn, zwang sie, ihn anzuschauen. In der Dunkelheit konnte

Geiger nicht erkennen, dass Maries Schockzustand inzwischen für eine fahle Gesichtsfarbe sorgte. Verärgert griff er schließlich selbst nach der Schüssel. Wie eine Frisbee-Scheibe beförderte er diese in Maries Gesicht. Ihr Kopf federte kurz zurück. Ihre Tränen vermischten sich jetzt mit seinem Urin. Doch Marie saß weiter unbeirrt im Schneidersitz auf der Auslegware. Keinen Gedanken verschwendete sie daran, ihr Gesicht zu säubern.

Geigers Aggressionspegel kletterte weiter empor. Er lief in die Küche. Wieder klirrte Geschirr. Besteck klapperte. Mit einer Geflügelschere kehrte er nun zurück in das Wohnzimmer.

Mittwoch, 04.Oktober
02:25 Uhr, Hauptbahnhof, Eutingen im Gäu

Der viel zu leicht bekleidete Mann am Bahnhof fror. Zum ersten Mal in diesem Herbst sank das Thermometer unter null Grad. Der Mann blickte in den Himmel. Wo so oft Sterne um die Wette schimmerten, wartete um diese Zeit eine Regenwolke auf ihren Einsatz. Nervös schaute er in alle Richtungen. Noch immer war nichts zu sehen von der schwarzen S-Klasse. Kein einziges Auto passierte an diesem frühen Morgen die Gegend rund um den Bahnhof. Kein Auto, keine Menschen. Eutingen im Gäu lag noch im Tiefschlaf. Außer Matthias Eberle. Der wartete auf seinen Anwalt. Gemeinsam wollten sie nach Berlin fahren, wo sie um 10:30 Uhr einen Termin beim Jugendamt hatten. Und brachte dieser nicht den gewünschten Erfolg, nahm sich der Anwalt vor, auf Gefahr im Verzug zu plädieren. In der Hoffnung, die Polizei holt die gemeinsame Tochter noch am gleichen Tag aus der Wohnung der alkoholabhängigen Mutter.

In einem Vorgespräch erwähnte der Anwalt, dass er die Rückfahrt in die Heimat für 18:00 Uhr ansetzte. Eine Rückfahrt zu
dritt.

Mittwoch, 04.Oktober
02:45 Uhr, Wilhelmsruher Damm, Märkisches Viertel, Reinickendorf

Helene Eberle war so sehr beschäftigt, sie spürte keine
Müdigkeit. Noch immer saß sie mit Louis Schütz in einem
der Versorgungszelte. Der 21-Jährige wirkte auf die Polizistin
gelehrter, als sein Aussehen vermuten ließ. Schütz fasste
inzwischen Vertrauen. Er erzählte von der Freundschaft mit
Matthes Geiger, seiner ersten Liebe, die die Eberle weit weniger
interessierte, als die Geschehnisse am Ostbahnhof. Konrad
Wilde beantwortete die Frage nach dem Mörder von Perenov
mit Sophia Reiterowski. Louis Schütz berichtete aber in dieser
Nacht, dass Matthes Geiger den obdachlosen Mann erstach.
Weil der seinen Mut beweisen wollte, nachdem es alle ablehnten,
für Geld einen Menschen zu ermorden. Für Helene klangen
Louis Worte ähnlich plausibel, wie die von Konrad Wilde. Und
dieser versuchte es ja schon einmal mit einer Lüge. Doch dann
konfrontierte die Kriminalbeamtin Louis Schütz mit der Frage,
die sie sich selbst noch nicht beantworten konnte.

»Kannst du dir erklären, warum dieser Konrad der Sophia
den Mord in die Schuhe schieben will? Du sagtest ja, eigentlich
kanntet Ihr euch nicht wirklich.«

»Das stimmt. Auch dieser Konrad kannte Sophia nicht. Wir
lernten Sophia und Marie ja schon vor Konrads Gruppe kennen.

Von da an klebten die an uns wie eine Klette. Ich habe keine Erklärung dafür, wieso der die Sophia beschuldigt.«

»Weißt du, wo sich Sophia aktuell aufhält?«

»Ich habe gehört, dass sie im Krankenhaus liegt. Sie wollte sich umbringen.«

»Das stimmt. Es klang für uns plausibel. Sie hat einen Menschen auf dem Gewissen, kam damit nicht klar, weswegen sie sich das Leben nehmen wollte. Aber jetzt, wo du uns sagst, dass sie den Mann gar nicht ermordet hat, fehlt uns für ihren Suizidversuch eine nachvollziehbare Erklärung. Ihr habt doch zumindest ein paar Stunden miteinander verbracht. Erzählte sie von ihren Problemen? Erwähnte sie zwischendurch, sich umbringen zu wollen?«

Schütz schüttelte den Kopf. Die Polizistin erkannte an seiner gekrümmten Körperhaltung, dass er etwas verschwieg. Sie wartete ab, reichte ihm wortlos ein Taschentuch, um seine Tränen aufzufangen.

»Würdest du dich selbst belasten, wenn du weitersprichst?«

Schütz zögerte kurz.

»Vielleicht.«

»Dann musst du selbstverständlich nichts sagen.«

»Ich will ja.« Wieder dauerte es, bis weitere Wörter aus Schütz heraustropften. »Wir nahmen sie mit ins Hotel. Matthes überredete Sophia, Kokain zu nehmen. Später schüttete er ihr K.O.-Tropfen in den Cocktail. Und dann ... ich wollte kein Feigling sein. Wollte dazugehören.«

Walter Paul kam ins Zelt. Er wollte seine Kollegin mit einer Umarmung begrüßen, doch an ihren hochgezogenen Augenbrauen merkte er sofort, dass seine Anwesenheit das Gespräch ausbremste. Er beugte sich hinunter, nahm wieder den zauberhaften Duft von Pfirsich-Vanille wahr und flüsterte seiner Kollegin, dass aus dem Mund des toten Mannes ein Zettel herausragte. Helene schaute irritiert.

»Dieser Matthes fordert, dass wir uns alle zurückziehen. Erst, wenn niemand mehr vor dem Haus steht, schickt er die erste Geisel runter.«

»Besprichst du das mit dem Quast? Ich möchte das Gespräch hier ungern zurückstellen.«

Helene wusste den kurzen Bruch in dem Gespräch für sich zu nutzen. Mit drei Sätzen half sie Louis Schütz, wieder einzusteigen.

»Sophia Reiterowski war also betäubt von den K.O.-Tropfen. Du wolltest nicht feige sein. Wie muss ich mir das genau vorstellen?«

»Er schlug sie mit seinem Gürtel, nachdem er sie auszog. Sie sagte ja nichts.« Schütz Stimme flatterte. »Er ohrfeigte sie. Nachdem er sie als billige Nutte und dreckige Schlampe beschimpfte, stecke er erst seinen Penis in ihren Mund und drang dann in sie ein. Ich konnte erst nicht hinsehen. Er forderte Francis und mich auf, es ihm nachzumachen. Francis weigerte sich, ich wollte Matthes aber nicht verärgern.«

»Ich verstehe.« Und Helene verstand wirklich. Die Gedanken in ihrem Kopf musste sie trotzdem erst einmal sortieren und, was noch viel wichtiger war, die eigenen Gefühle unterdrücken. Helene wusste, dass sie jetzt unbedingt professionell vorgehen musste.

»Was Ihr getan habt, kann niemand gutheißen.« Louis senkte beschämt den Kopf.

»Trotzdem eine Frage: Hattest du Angst vor Matthes?« Louis schaute auf den Boden. »Drohte er dir?«

»In dem Moment nicht. Trotzdem wollte ich nicht, dass er mich auslacht oder verprügelt. Matthes kennt da nichts.«

»Ihr habt ein minderjähriges Mädchen vergewaltigt.«

»Wir hatten doch keine Ahnung, dass Sie noch keine achtzehn war.«

»Höre auf, euer Handeln zu rechtfertigen. Natürlich wird es dir gutgeschrieben, dass du es von dir aus gemeldet hast. Eine hohe Strafe verdient ihr trotz allem.« Helene Eberle sprach bewusst leise. Louis Schütz hielt das Gespräch vor Anstrengung kaum mehr aus. Seine Knie zitterten, ständig kratzte er sich am Hals. Das Magendrücken nahm zu.

»Ihr habt eines der grausamsten Verbrechen begangen. Und deine Reue klingt auch nur geheuchelt.«

»Nein, es tut mir wirklich leid. Können Sie denn gar nichts machen? Ich verspreche Ihnen, so etwas nie wieder zu tun.«

»Nein! Für das Mädchen kannst du diese Gräueltat auch nicht rückgängig machen.«

»Ich schwöre Ihnen, es tut mir wirklich leid!«

»Bedanke dich bei deinem Kumpel da oben im 4. Stock. Ihr gehört beide in die U-Haft. Aber darum müssen wir uns später kümmern.«

In Helenes Kopf reifte eine Idee.

Im Schlafzimmer lag die Wäsche auf dem Boden verteilt. Auf dem Küchenboden türmten sich Scherben und Besteck, auf der Auslegware lagen CDs, Zeitschriften, zerschmissenes Glas, dazu ein umgeworfener Sessel. Mit der Geflügelschere jagte Geiger Jessica und Marie durch die Wohnung. Ein Entkommen war nicht möglich, weshalb nun überall die abgeschnittenen Haare der jungen Frauen verstreut lagen. Vor der Wohnungstür errichtete Geiger eine massive Barrikade aus Möbelstücken. Zum Schutz vor der Polizei. Es stank beißend nach Notdurft, weil sich Geiger noch mehrere Male auf der Auslegware im Wohnzimmer erleichterte.

Francis Thamm saß jetzt neben Marie auf dem Sofa. Dazwischen ihre Mutter. Das Panzertape auf ihrem Mund wurde zwischenzeitlich erneuert. Marie stand immer noch unter Schock. Sie konnte kaum aufrecht sitzen und winselte noch immer wie ein verlassenes, geschorenes Hundebaby. Auf dem Balkon lag der leblose Sanitäter. Der versuchte vorhin, Geiger zu überrumpeln. Er sprang ihn an, doch die angesetzten Faustschläge verfehlten ihr Ziel. Geiger nutze den Moment, trat mehrere Male kräftig in dessen Magengegend und gegen die Platzwunde. Anschließend sorgte er auch bei dem Sanitäter mit Panzertape für Bewegungsstarre. Kurz darauf saß Geiger mit heruntergezogener Hose auf der Auslegware. Er spielte an seinem steifen Glied, als er amüsiert dabei zusah, wie drei gezielte Stiche das Herz des am Boden liegenden Mannes trafen.

Im Schlafzimmer fand Geiger eine Bohrmaschine. Mit der stand er jetzt neben dem Sofa. Immer wieder ließ er diese aufheulen, doch bei den Leuten auf der Couch regte sich durch den wachsenden Geräuschpegel nichts. Mit dem Inhalt der dritten Flasche Wein drang auch Unsicherheit in Matthes Geiger. Was hier passierte, fühlte sich für ihn noch immer okay an. Nur fragte er sich, wie er aus dieser Nummer unbeschadet wieder herauskam. Er schaute aus dem Fenster. Auf der Straße sah er noch immer viel zu viele Menschen stehen. Die Nachricht in Xavers Mund kam doch an. Selbst die Polizisten konnten nicht komplett blind sein. Nur wieso setzten die seine Forderung nicht um? Sein Handy klingelte. Davon überrascht lief er zum

Wohnzimmertisch. Auf dem leuchtenden Display las er *Loser-Louis*. Unter diesem Namen speicherte er einst die Handynummer von Louis Schütz ab.

Matthes Geiger griff das Telefon.

»Was ist?«

»Hallo Herr Geiger, hier spricht Helene Eberle. Es geht um Ihre Forderung, den Platz rund um das Haus zu räumen.« Geiger erstarrte kurzzeitig zu Eis. Als er wieder auftaute, war ihm bewusst, dass die Bullen seine Handynummer von Loser-Louis bekommen haben mussten. Dieses miese Schwein!

»Wir benötigen noch circa 30 Minuten.« Zur gleichen Zeit knallte es im Flur. Jemand versuchte, die Tür aufzubrechen. Es krachte. Geiger vernahm Schreie, schmiss das Handy gegen das Fenster und lief Richtung Flur. Die Tür hatten die Polizisten schon fast geschafft. Im Anschluss mussten sie aber noch die Schränke, die vor der Tür standen, auseinandernehmen, um die Wohnung stürmen zu können.

Geiger schrie aus voller Kehle: »Ich habe eine Waffe! Noch einen Schritt! Es fließt Blut! Ich warne euch!« Seine Worte bewirkten nichts. Jemand schoss eine erste Kugel durch die Tür, welche schlussendlich in den Schränken steckenblieb.

»Okay, Ihr wollt Leichen? Ihr bekommt Leichen.« Das SEK ließ die Tür jetzt endgültig hinter sich und stand vor den Schränken. Geiger stürmte ins Wohnzimmer, griff nach der Bohrmaschine. Die hielt er Marie mit ohrenbetäubendem Krach unter die Nase.

»Aufstehen«, schrie er aus voller Kehle. Doch bei Marie rührte sich nichts. Lediglich ihre Tränen liefen ihre Wangen entlang. Stattdessen erhob sich Francis Thamm. Er wollte das Mädchen schützen. Doch für Geiger spielte das Opfer in diesem Moment keine Rolle mehr.

»Los, raus auf den Balkon!« Francis Thamm schlich mit einem beklemmenden Gefühl hinaus in die kalte Herbstnacht. Die Augen all derer, die in der Wohnung saßen, verfolgten ihn.

Auf dem Balkon angekommen spürte er den kalten Wind unter sein weißes Sweatshirt kriechen.

»Leg dich über die Brüstung.« Francis folgte den Worten seines jetzt ehemaligen Freundes. In seinem Kopf schloss er bereits mit seinem Leben ab. Unten sah er viele Menschen, manche schauten zu ihm hinauf. Thamms Körper zitterte wie ein alter Motor, den man wieder zum Laufen brachte. Die Balkonbrüstung schnitt sich in seinen Bauch, was das Atmen erschwerte.

»Stoppt die Deppen an der Tür, sonst fliegt der«, brüllte Geiger aus voller Kehle. Das Krachen im Flur hörte nicht auf. Matthes Geiger griff nach Francis Beinen, zog diese nach oben und beförderte den Körper über die Balkonbrüstung. Unten aufgeschlagen stürzten sich sofort ein Dutzend Sanitäter auf Francis Thamm. Und der hatte Glück. Lediglich mit zahlreichen Knochenbrüchen fuhren die Sanitäter Thamm ins nahe Virchow-Klinikum. Von Dietmar Schulz erfuhr Helene Eberle, dass Quast den SEK-Einsatz an der Wohnungstür stoppte. Die Polizeihauptkommissarin hatte Mühe, sich nicht zu vergessen. Außer sich stürmte sie aus dem Versorgungszelt und suchte verärgert nach dem Einsatzleiter. Der stand neben Walter Paul.

»Was sollte das? Warum stoppten Sie den Einsatz an der Wohnungstür?«

»Na hören Sie mal, der Typ hat einen Menschen aus dem Balkon geworfen. Wollen Sie etwa, dass noch mehr Menschen Schaden nehmen?«

»Helene, da sitzen noch mehr Geiseln in der Wohnung. Das Risiko können wir nicht eingehen.«

»Ich glaub es nicht. Besteht diese Stadt nur aus Psychopathen und inkompetenten Bullen?«

»Warum sagst du so etwas?« Helenes Worte trafen Paul wie ein rasierklingenscharfes Messer. Doch Helene legte weiter nach.

»Warum ich das sage? Wäre der Einsatz nicht abgebrochen worden, träge dieses Psychopatenschwein schon Handschellen.«

»Woher willst du das wissen?«

»Weil ich logisch denken kann. Außerdem vertraue ich den Leuten vom SEK.«

»Die kommen auch aus Berlin.«

»Nein, aus Brandenburg«, korrigierte Martin Quast Helenes Kollegen. »Aus Berlin bekamen wir so rasch niemanden.« Helene drehte entnervt ab.

Kurze Zeit später lief sie in einem der Versorgungszelte auf und ab, als wäre sie auf Speed. Sie musste etwas unternehmen, wollte den Stillstand vor Ort nicht akzeptieren, schließlich war die Gefahr in der Wohnung des 4. Stocks noch nicht gebannt. Im Gegenteil. Martin Quast, diese Schlaftablette. Der handelte doch auch nur zögerlich, dachte sich die Neu-Berlinerin. Dann entwarf sie eine eigene Idee. Sie lief zurück in das Versorgungszelt, in dem noch immer Louis Schütz saß. Sie öffnete ihren Rucksack, suchte und fand ihre Heckler und Koch. Die Pistole, die ihr am Montag Udo Golombek überreichte. Helene wollte nach oben in den 4. Stock. Und das allein. Sie brauchte für sich das Gefühl, etwas zu unternehmen. Sie wollte vorwärtskommen. Doch schon unterwegs wuchs die Skepsis in ihr. Ein denkbar ungünstiger Zeitpunkt. Die Polizistin warf sich viele Sachen vor, die ihr in Baden-Württemberg nie passierten. Sie ließ ihre Dienstwaffe im Rucksack. Unbeaufsichtigt. Zum Glück nahm davon niemand Notiz. Und jetzt begab sie sich selbst in Gefahr. Weil Martin Quast für sie nicht genug Eier in der Hose hatte, um diesen Spuk hier zu beenden.

Die Haustür wirkte regelrecht einladend. Kein Polizist zu sehen. Helene konnte es nicht glauben. Den Fahrstuhl setzte man außer Betrieb, um die Fluchtmöglichkeiten von Matthes Geiger einzuschränken, aber die Haustür stand, dazu noch unbewacht, offen. Helene lief an den Fahrstühlen vorbei. Durch die Glastür erreichte sie die Nottreppe. Um unentdeckt zu bleiben, verzichtete sie darauf, den Lichtschalter zu betätigen. Möglichst leise und unauffällig wollte sie den 4. Stock erreichen. Zuerst machte ihr die Dunkelheit im Hausflur zu schaffen. Sie erkannte die Stufen genauso wenig wie ihre Hände, die sich an der Wand entlang tasteten. Ganz langsam gewöhnten sich ihre Augen an das fehlende Licht. Über ihr hörte sie eine Durchgangstür ins Schloss fallen. In der 4. Etage angekommen, verließ sie das Treppenhaus durch eine Tür. Jetzt stand sie auf dem Notbalkon und schaute hinunter. Zum ersten Mal atmete sie bewusst die Berliner Luft ein. Mit Mühe unterdrückte sie einen Hustenreiz. Dann ging es weiter durch die zweite Tür. Damit befand sie sich bereits in Hörweite zum Tatort. Die Nervosität nahm zu. Ihre Hände zitterten wie die ihres Mannes, wenn der seinen Alkohol brauchte. Ihre Knie drohten, jeden Moment nachzugeben. In ihrem Kopf fuhr jemand Achterbahn. Helene versuchte weiter, bewusst und ruhig zu atmen.

In dem dunklen Hausflur herrschte eine bedrohliche Stille. Nicht einmal den Herbstwind von draußen hörte die Kommissarin noch. Diese absolute Ruhe, dieses Gefühl, rein gar nichts zu hören, erlebte sie hier zum ersten Mal in ihrem Leben. Hier, im Norden der Bundeshauptstadt. Was für ein Gedanke.

Mit dem nächsten Schritt hätte sie Blickkontakt zur Wohnungstür. Doch dazu kam es erstmal nicht. Stattdessen vernahm sie eine Stimme. Jemand flüsterte.

»Psst.« Helene hörte Schritte. Schritte, die sich bedrohlich näherten. Zurück konnte sie nicht, denn die Tür hätte unüberhörbare Geräusche von sich gegeben. Im Deckmantel der Dunkelheit legte sich die Polizistin flach auf den kalten Linoleumboden. Es mussten mehrere Personen sein. Das hörte Helene an den Schritten. Sie bewegte sich nicht. Die Angst, entdeckt zu werden, lähmte sie. Spätestens wenn die Leute merkten, dass der Lift nicht fuhr, würden sie zur Nottreppe laufen. Helene musste also reagieren. Irgendwie! Wahrscheinlich wird es sich nicht um Matthes Geiger handeln, dachte sie sich. Trotzdem. Jeder erzeugte Ton im Hausflur drohte von diesem gehört zu werden. Die Angst in ihr hinderte sie am Aufstehen. Sie kämpfte gegen ihre Nervosität an. Ihr Körper zitterte. Inzwischen fiel ihr das Atmen schwerer.

»Ich glaub, der Fahrstuhl fährt nicht«, flüsterte jemand. Helene hob ihren Kopf. Sie musste jetzt reagieren. Nur wie?

»Ich habe Angst. Lass uns in der Wohnung abwarten, bis dieser Alptraum ein Ende hat.« Die Leute gingen auf Zehenspitzen zurück Richtung Wohnung. Niemand sah die Polizistin an der Ecke auf dem Boden liegen. Die betete, dass die Geräusche, die die Personen verursachten, von Geiger ungehört blieben. Dann kam ihr blitzartig eine Idee. Und diese Idee beflügelte sie. Leise erhob sie sich und machte zwei Schritte um die Ecke.

»Bitte keine Angst«, flüsterte sie. Die Leute drehten sich überrascht um.

»Eberle. Kripo. Evakuierte man Sie vorhin gar nicht?« Der langgestreckte Sanitäter schüttelte den Kopf.

»Nein. Wir wollten unbemerkt bleiben. Da hat man uns vermutlich übersehen.«

»Sie können das Haus über die Nottreppe verlassen, dann sind Sie in Sicherheit.«

»Sie raten uns tatsächlich, die Nottreppe zu nehmen?«

»Ja. Der Fahrstuhl funktioniert nicht.«

»Aber dieser Typ. Dieser Irre!« Die alte Dame schrie beinahe. Helene bekam Angst, dass genau dieser irre Typ jetzt aus der Wohnung kam.

»Der türmte doch über die Nottreppe.«

»Was bitte?« Über Helenes Rücken breitete sich ein kalter Schauer aus. Gleichzeitig bildete sich Angstschweiß auf ihrer Stirn.

»Der muss über die Balkonbrüstung in eine evakuierte Wohnung gestiegen sein. Da! Aus der Nachbarwohnung kam der raus, bevor er zu Nottreppe rannte.« Die Dame mit den schulterlangen grauen Haaren zeigte zur Tür. Die Polizistin wollte widersprechen, schließlich kam sie doch gerade über die Nottreppe hochgelaufen. Aber tatsächlich. Eine Wohnungstür stand offen.

»Ich habe den durch den Spion beobachtet.« Jetzt streckte die alte Frau stolz ihren gekrümmten Rücken durch und rückte ihre Brille zurecht.

»Okay, begeben Sie sich bitte zurück in die Wohnung. Zu ihrer eigenen Sicherheit.«

Helene zog ihr Handy aus der Hosentasche. Sie rief Paul an, erreichte ihn aber nicht.

»Komm, jetzt sei nicht beleidigt. Nimm doch bitte ab.«, flüsterte sie. Nach drei Versuchen gab sie auf. Sie probierte, bei Dietmar Schulz durchzukommen. Mit mehr Erfolg.

»Dietmar? Du, hör mal, Matthes Geiger kletterte vermutlich über die Balkonbrüstung in eine evakuierte Wohnung und haute über die Nottreppe ab.«

»Ja.«

»Keine Ahnung. Das wüsste ich selber gerne«

«Ich begebe mich jetzt in die Wohnung und schaue nach den Geiseln. Ach ja, schöne Grüße an Walter. Falls du ihn siehst.«

Walter Paul lehnte zwar nur am Geländer, hätte aber auch in einem Boxring stehen können, in welchem er seiner Müdigkeit gegenüberstand, die ihm eine Gerade nach der nächsten verpasste. Dringend benötigte er Schlaf. Doch käme er überhaupt zur Ruhe? Helenes Worte setzten ihm vorhin schon schwer zu. Und jetzt noch der Kampf gegen diese verdammte Müdigkeit.

Zu gerne wollte er seine Kollegin verfluchen. Wegen ihrer Wortwahl. Klappte aber nicht. Stattdessen hoffte er, dass sie ihm gegenüber keinen Groll hegte. Wie skurril! Dabei schoss sie doch über das Ziel hinaus. Mit ihren Worten. Wieder mal. Doch seine Gefühle für Helene besetzten alles in ihm. Da war kein Platz für Wut. Paul streichelte durch seine kurzen grauen Haare, fuhr druckvoll mit den Handflächen durch sein Gesicht. Als wollte er sich die Wichtigkeit des Einsatzes zurück in sein Bewusstsein und die Müdigkeit wegmassieren. »Oh Helene, wenn du mich verstehen könntest«, sprach der Kommissar zu sich selbst. Er begab sich zum Hauseingang. Ein untersetzter Beamter nickte ihm zu. Mit zwei Schritten nach rechts ebnete er Paul den Weg durch die Haustür. Die Rufe der vielen Kollegen im Hausflur schallten bis ins Erdgeschoss. Überall suchten sie Matthes Geiger. Paul fragte sich, wo er am dringendsten gebraucht werden würde. Bei Helene in der Wohnung? Bei den Kollegen, die Geiger suchten? Selbstzweifel nagten am 42-Jährigen wie ein Biber an einem Baumstamm. Vielleicht fühlte sich Helene von ihm genervt?! Ausschließen konnte Paul das nicht. Warum sollte eine so attraktive Frau wie Helene, die noch dazu jung und hübsch ist, so einen wie Paul auch interessant finden? Und vor allem nach so kurzer Zeit? Pauls Gefühle für seine neue Kollegin stellten den Man selbst vor ein Rätsel. Er musste versuchen, sich mit aller Kraft auf den Einsatz zu konzentrieren. Mit seinem Handy kontaktierte er Martin Quast, fragte nach, wo seine Hilfe nötig war. Er wollte lieber nicht zu Helene. Aus Angst, sie vielleicht zu bedrängen. Doch ihm blieb keine Wahl. Quast bat ihn in den 4. Stock. Dort gab es mehrere schwerverletzte Personen.

Und Geiger war noch immer flüchtig.

Mittwoch, 04.Oktober
08:45 Uhr, Franz-Schmidt-Straße, Pankow

Die Otto hielt einen Becher Kaffee in der Hand, der übermüdete Schulz einen doppelten Espresso. Beide gehörten eher zu der Sorte Polizisten, deren Abgestumpftheit bis zum Himmel ragte, während ihre Empathie auf dem Meeresboden lag. Trotzdem. Die bevorstehende Aufgabe verlangte auch ihnen einiges ab. Der weiße SUV von Dieter Schultz stand vor einem der 6-stöckigen Arbeiterschließfächer im Stadtteil Buch und wirkte in dieser Gegend wie ein Raumschiff. Schulz sprach seiner Kollegin aus der Seele.

»Krasses Viertel hier. Guck dir das an. Platte an Platte. Wer hier wohnt, hat sein Leben doch aufgegeben.«

»Tja, jeder ist für sein Leben selber verantwortlich. Ich finde es nur mies, dass man jemandem das Leben nahm, während er seiner Arbeit nachging.«

»Passiert Polizisten doch tagtäglich.«

»Trotzdem. Lass uns hoffen, dass der keine Kinder hatte. Seine Frau findet früher oder später einen Neuen, aber nen Vater gibt es nur einen. Zumindest biologisch gesehen.« Beide stiegen aus dem Auto. Simone Otto schaute nach oben.

»Bestimmt eine irre Aussicht von da oben.«

»Glaub ich nicht. Siehst hier doch eh nur Armut. Klingelst du?« Die Otto drückte auf den Klingelknopf neben dem Namen Frank. Eine Frauenstimme ertönte.

»Guten Morgen Frau Frank. Otto hier. Von der Kripo. Machen Sie uns doch bitte mal die Tür auf.«

»Was wollen Sie?«

»Das möchten wir Ihnen gerne persönlich sagen.«

Ein Surren ertönte. Schulz drückte die Eingangstür auf. Die Otto folgte ihm in den Hausflur. Es müffelte nach verbrauchter Luft. Die Kripobeamten ließen den Fahrstuhl links liegen, nahmen stattdessen die Treppen bis in die dritte Etage.

In der Tür stand eine Frau mit kurzen blonden Haaren. Sie erinnerte Schulz an Cameron Diaz. Nur ungeschminkt. Ihr gequältes Lächeln konnte ihre Traurigkeit nicht übermalen.

»Frau Frank?« Die blonde Frau antwortete nicht, schaute nur.

»Wir müssen Ihnen leider mitteilen, dass ...«

»Sparen Sie sich die Mühe. Man setzte mich bereits über alles in Kenntnis.«

»So? Wer hat Ihnen das denn erzählt?«

»Spielt das denn noch eine Rolle?«

»Hmmm ... trotzdem sprechen wir Ihnen hiermit unser Beileid aus. Schönen Tag noch.«

Mittwoch, 04.Oktober
10:50 Uhr, Bötzowstraße, Prenzlauer Berg

Die Sonne stand tief zwischen den Altbauten im Bötzowkiez. Sie schien direkt in das Wohnzimmer, in dem Helene Eberle auf dem ausgezogenen Sofa lag. Der Morgen lag bereits in den letzten Zügen. Trotzdem fiel Helene das Aufstehen schwer. Viel Schlaf galt es nachzuholen. Ihre Hände suchten nach Klarissa. Die stand in der Tür und beobachtete ihre Mutter.

»Oma, Mama hat jetzt die Augen auf. Du kannst den Kaffee in die Mikrowelle stellen.« Helene streckte beide Hände in die Luft. Für ihre Tochter das Zeichen zum gemeinsamen Kuscheln. Flink wie der Wind rannte das Mädchen zur Couch, wo sie sich lachend auf ihre Mutter fallen ließ. Sekunden später betrat auch Irene Siefert das Wohnzimmer. Ihr Gesichtsausdruck wirkte jedoch weniger fröhlich, als der von ihrer Enkelin.

»Wir müssen uns unterhalten.« Helene blinzelte mit den Augen, musste sich erst einmal sortieren. Ihre Mutter nahm einen dunkelbraunen Hocker. Dessen Holzbeine klackten kurz auf dem Laminatboden. Helene streifte ihre Haare zurück. Jetzt saß sie aufrecht, ihre Tochter klammerte sich um ihre Beine.

»Hat Walter angerufen?« Irene Siefert schüttelte den Kopf.

Helene hielt die dicke Decke vor ihren Oberkörper. Fragend schaute sie ihre Mutter an.

»Komm erstmal zu dir.«

»Mama, was ist los?« Ratlos schüttelte Irene Siefert weiter den Kopf. Klarissa und Helene sahen für einen Augenblick nur noch die hellgrauen Haare. Von Minute zu Minute erwachte Helene mehr.

»Mama, bitte sag, was ist los?« Wieder schüttelte Irene Siefert den Kopf. Die Frau auf dem Hocker suchte noch die passenden Worte. Helene suchte jetzt ebenfalls und fand ihr Handy. Keine Nachricht, kein Anruf.

»Würdest du mir einmal dein Telefon geben?« Kommentarlos reichte Helene ihrer Mutter das Handy.

»Du hast mir doch von eurer ersten Pressekonferenz erzählt.«

»Ja.« Irene Siefert tippte, während sie mit ihrer Tochter sprach, etwas ins Handy.

»Spätestens da hätte ich dich vorwarnen müssen.«

»Was meinst du?«

»Normalerweise lese ich solche Käseblätter nicht, aber Ursel meinte, dass ich doch ausnahmsweise einmal die Internetseite von diesem Wurstblatt anklicken soll. Wegen dir.«

Die Frau mit den grauen Locken gab ihrer Tochter das Handy zurück. Auch Klarissa warf einen Blick auf das Display.

»Schau mal Mama, das bist ja du da in deinem Telefon.«

Mittwoch, 04.Oktober
11:00 Uhr, Jugendamt, Berliner Straße, Pankow

An der Decke sorgte eine defekte Glühbirne für ruheloses Licht. Die lange Röhre sprang links an, anschließend rechts, dann aus. Dieser Vorgang wiederholte sich ständig. Matthias Eberle trieb das Flackern der Lampe zum Wahnsinn. Er fuchtelte mit seinen Fingern, überall an seinem Körper juckte es. Er kratzte seine Halbglatze, seinen Ellenbogen, den rechten Oberschenkel, doch das Jucken hörte nicht auf. Er wollte sich ablenken, schaute sich im Raum um. Das Gespräch lief an ihm vorbei. Nur sein Anwalt strebte mit Feuereifer das gemeinsame Ziel an. Den beiden

Männern saßen drei Mitarbeiter des Jugendamtes gegenüber. Eine Frau trug eine Brille mit überdimensionalen Gläsern. Ihr Kopf wirkte so rund wie ein Ball, den jemand mit zu viel Farbe bemalte. Der zweiten Frau sah man trotz Schlabberpullover ihr Übergewicht an. Ihr Kopf stützte sich auf ein Doppelkinn. Die kurzen, lila-schwarzgefärbten Haare betonten ihr Gesicht.

Der Mann neben den Frauen saß an der linken Tischseite. Auch er trug eine Brille. Kurze graue Haarstoppeln zeichneten einen Haarkranz auf seinem Kopf nach. Sein Teint hatte etwas Südländisches. Vor ihm lag ein Schreibblock. Daneben ein Kugelschreiber. Im Gegensatz zu Matthias Eberle wirkte der Mann in sich ruhend. Er hörte dem Anwalt regungslos zu. Dann erhob die dicke Frau mit den kurzen Haaren ihre Stimme.

»Herr Eberle, Ihre Frau besitzt ebenfalls das Sorgerecht für die gemeinsame Tochter. Daher wird es kaum möglich sein, das gemeinsame Kind durch eine polizeiliche Maßnahme aus der Wohnung zu holen.«

»Sie verstehen nicht«, warf der Anwalt ein, »das Kind wird ohne das Einverständnis meines Mandanten in Berlin festgehalten. Durch den massiven Alkoholkonsum der Mutter kann eine Kindeswohlgefährdung außerdem nicht ausgeschlossen werden. Diese ist sogar mehr als wahrscheinlich.« Wieder wollte die Frau mit den kurzen Haaren etwas sagen, doch der Anwalt grub ihr sofort das Wasser ab.

»Ich möchte Sie daran erinnern, dass mein Mandant eine Versäumnisanzeige anpeilt, wenn nicht sofort gehandelt wird.« Das rief den Mann mit der Brille auf den Plan.

»Ich bitte Sie. Das klingt ja beinahe nach Nötigung.«

»Sie sprechen von Nötigung?« Die Stimme des Anwalts klang jetzt erregter. »Ich spreche hier von einem vierjährigen Mädchen.

Entführt von der alkoholkranken Mutter.« Der Anwalt schaute zu seinem Mandanten. Dieser schwitzte. Sein Atem wirkte schwerfällig. Dann verließ er den Raum.

Mittwoch, 04.Oktober
11:15 Uhr, LKA für Delikte am Menschen, Keithstraße, Tiergarten

Walter Paul befand sich schon wieder seit zwei Stunden im Dienst. Seine Befürchtungen wurden bittere Realität, denn Gedanken an die Opfer, aber auch an Matthes Geiger ließen ihn kaum zur Ruhe kommen, als er endlich im Bett lag. Erst der Gedanke, Helene liege in seinen Armen, sorgte immerhin für zwei Stunden Halbschlaf. Simone Otto saß ebenfalls wieder an ihrem Schreibtisch. Paul war ihr dankbar, dass sie, gemeinsam mit Dietmar Schulz, der Familie die Nachricht vom Tod des Vaters überbrachte. Nach dieser nervenaufreibenden Nacht sah sich Paul dazu nicht mehr in der Lage.

»Gibt es eigentlich schon Hinweise auf den Aufenthalt von diesem Geiger?« Die Otto schüttelte den Kopf. Ihr schwarzgefärbtes Kopfhaar band sie wieder zu einem straffen Zopf zusammen. Ihre dunkelbraune Haut kam dadurch noch mehr zur Geltung. Provokant spielte sie mit ihrem Zungenpiercing an ihrer Oberlippe.

»Unsere neue Kollegin hat ja schon Freunde gefunden.« Die Otto lachte bewusst hämisch.

»Ich hab es schon gelesen. Aber ihr wird das egal sein. Zum Glück.«

»Ihr vielleicht. Aber dem Golombek nicht. Immerhin muss er

Rede und Antwort stehen vor Schönagel.«

In diesem Moment öffnete Udo Golombek die Bürotür. Wie ein nasser Sack schlich er Richtung Schreibtisch.

»Alles okay?« Müde nickte Golombek. Auf die Otto und auf Paul wirkte ihr Vorgesetzter, als läge gerade eine sechsstündige Dienstbesprechung hinter ihm.

»Schon gelesen von unserer neuen Kollegin?« Paul schaute die Otto genervt an. Ohne darauf zu antworten setzte sich Golombek an seinen Sekretär. Surrend fuhr sein PC nach oben.

»15:00 Uhr Dienstbesprechung«, war dann das Einzige, was er murmelte.

Noch vor der Dienstbesprechung musste Helene ihren Vorgesetzten Golombek und Schönagel Rede und Antwort stehen.

Der Herbstwind brauste nicht mehr durch die Straßen von Berlin, er jagte scheinbar nach allem, was er umwerfen konnte. Die Bürofenster klapperten. Auch am frühen Nachmittag drang von draußen kaum Licht in die Räume des LKAs. Das fahle Grau im Raum spiegelte die Stimmung der Kriminalhauptkommissarin wider. Zuerst erfuhr sie, dass Sophia Reiterowski am Morgen, völlig überraschend, ihren Verletzungen erlag. Und die schlechten Nachrichten rissen nicht ab. Schönagel breitete gemächlich vier ausgedruckte A4-Blätter auf dem Schreibtisch aus.

»Ich habe es schon gesehen. Und es macht mir nichts. Ich kenne ja die Wahrheit.«

Golombek flüsterte: »Das spielt leider keine Rolle.«

»Sondern?«

»Die Presse schießt sich bereits jetzt auf Sie ein«, empörte sich Schönagel. Haben Sie den Bericht dazu gelesen?«

»Nein! Die Überschrift allein sorgte bereits für ein Kotzgefühl. Und ich wollte mich heute ungern übergeben.«

»Die Journalisten bezeichnen Sie nicht nur als Krawallbarbie bei der Polizei. In dem Bericht steht auch, dass Sie Matthes Geiger vermutlich zur Flucht verhalfen.«

»Echt? Okay, das klingt ziemlich mies. Trotzdem möchte ich mich damit nicht befassen. Natürlich könnte ich dagegen vorgehen, meine Arbeit hat aber Vorrang. Außerdem habe ich keine Zeit, um mich mit diesen Spielereien zu beschäftigen.«

»Im Moment leider doch!«, fuhr der Dezernatsleiter dazwischen. Golombeks Kopf sank nach unten.

»Wie meinen Sie das?«

»Ich wollte Sie ja bereits gestern darüber informieren.« Die Stimme von Golombek klang jetzt noch zurückhaltender. Das beide Männer sich mit dem Sprechen andauernd abwechselten, ließ Helenes Nervosität steigen. Sie hätte sich gerne nur auf einen von beiden konzentriert.

»Es tut mir leid. Ich habe es gestern leider nicht mehr geschafft, zu Ihnen zu kommen.«

»Es liegt eine Anzeige gegen Sie vor«, warf Schönagel ein.

»Von den Journalisten? Was wird mir bitte vorgeworfen?«

Schönagel fuhr sich durch seine nach hinten gegelten, graumelierten Haare. Helenes Fragen ließ er erst einmal unbeantwortet.

»Solange diese Anzeige im Raum steht, müssen wir Sie vom Dienst freistellen.«

Mit dem letzten Satz landete er einen rechten Haken. Helene hatte Mühe, sich zu halten.

»Ja, aber ... was wird mir denn angehangen?«

»Kindesentführung!«

Der nächste Kinnhaken.

»Ihre Tochter. Ihr Mann scheint nicht damit einverstanden,

dass Sie sie mit nach Berlin nahmen.«

»Mein Mann hat ein massives Alkoholproblem. Glauben Sie mir, ich habe ihn jahrelang unterstützt. Aber jetzt ging es nur noch darum, unsere gemeinsame Tochter zu schützen.«

»Am besten fahren Sie erst einmal nach Hause und klären alles. Später sehen wir weiter.« Helene konnte es nicht glauben. Sie musste sich sammeln und diese Nachrichten irgendwie verdauen. Eine Strafanzeige. Weil sie ihre Tochter schützen wollte und sie selbst keine Kraft mehr hatte.

Wie oft stand Helene ihrem Mann zur Seite? Sie nahm ihn in Schutz, wenn er alkoholbedingt nicht die Arbeit aufsuchen konnte, sie setzte sich für ihn ein, als er nach vier Bier und drei Schnäpse hinterm Steuer saß und erwischt wurde. Sie stand immer hinter ihm. All die Jahre.

Konsterniert stand sie auf.

»Frau Eberle, auch wenn es manchmal nicht so aussieht, aber wir halten hier zusammen. Sonst säße ich heute nicht mehr hier.« Helene lag am Boden. Anders konnte man ihre Welt nicht beschreiben. Wenigstens fächelte ihr Udo Golombek mit dem letzten Satz ein wenig Luft zu.

Mit einiger Verspätung startete Golombek die angekündigte Dienstbesprechung. Die Pressesprecherin Janette Brühl saß in der hinteren rechten Ecke. Mit Mühe folgte sie Golombeks Sätzen. Der berichtete von der Freistellung der neuen Kollegin. Janette Brühl war stinksauer. Für sie kam die Freistellung einem Eingeständnis gleich. Natürlich spielte sich Helene auf der Pressekonferenz am Montag auf, zog eine Show ab, doch sie deswegen fallen zu lassen, wäre für Janette Brühl nie in Frage gekommen. Auch Paul wirkte verdrossen.

»Die schreiben doch nur Bullshit. Helene hat dem Geiger nicht zur Flucht verholfen.«

»Aber niemand kann das wirklich bestätigen. Weil kein Kollege bei ihr war. Umso relevanter, dass wir diesen Geiger fassen und erfahren, wie er flüchtete.«

Golombek erwähnte die gestellte Strafanzeige gegen Helene nicht. Er wollte ihr den Stand im Team nicht unnötig erschweren. Und er rechnete sowieso damit, dass die Neu-Berlinerin zurück- kam. Und das schnell. Udo Golombek bat Dietmar Schulz, das Team auf den aktuellen Stand der Ermittlungen zu bringen, was die Flucht von Matthes Geiger anging. Schulz erhob sich, kratzte sich unbekümmert im Schritt und zog seine hellblaue Jeans eine Etage höher.

»Nach dem Geiger wird jetzt im ganzen Land gefahndet. Hier in Berlin werden die Flughäfen, dazu sämtliche Bahnhöfe über- wacht. Am ZOB laufen Leute in Zivil herum. Überall werden punktuell Personenkontrollen durchgeführt. Was diese ganzen Gutmenschen dazu sagen, lasse ich mal unerwähnt. So von wegen Datenschutz und so.«

»Komm zum Punkt.«

»Was? Problem?« Schulz beugte sich Richtung Paul. Seine Wampe presste sich auf die Tischplatte.

»Gibt es denn schon Anhaltspunkte?« Golombek wollte mit seiner Frage das Gespräch wieder in geordnete Bahnen lenken. Simone Otto nahm sich seiner Frage an.

»Bis 13:00 Uhr gab es bereits sechsundfünfzig Hinweise, davon sind bis jetzt zwölf abgearbeitet. Alle ohne Ergebnis.«

»Es muss bitte jedem einzelnen Hinweis nachgegangen werden. Der Typ muss irre sein. Und solange wir den nicht gefasst haben, müssen wir uns auf den Mord an Wladimir Perenov konzentrieren. Herr Paul, eine Bitte an Sie. Ich möchte, dass Sie sowohl Louis Schütz, als auch Konrad Wilde mit ihren jeweiligen Aussagen konfrontieren. Einer von beiden lügt. Vielleicht auch beide.«

»Konrad Wilde weilt nicht mehr in Berlin. Auch dieser Louis Schütz brach heute Morgen Richtung Ratingen auf.«

»Egal, müssen beide zurückkommen. Beide fühlten sich zu schade, Zivilcourage zu zeigen. Da ist die Rückkehr nach Berlin das Mindeste. Bitte seien Sie so nett, kümmern Sie sich noch heute darum. Ich möchte das endlich abschließen.«

Walter Paul verzog leicht das Gesicht. Mit dieser Aufgabe war seine Planung für den heutigen Abend dahin. Er gab für den Polizeiberuf alles. Auch, um trübe Gedanken fernzuhalten. Doch heute wollte er unbedingt etwas für sich machen. Schon der Plan, Helene mitzunehmen, klappte nicht. Jetzt wollte er wenigstens allein zum Fußball. Schulz erkannte die Mimik von Paul. Sofort fing er an, seinen Kollegen zu provozieren.

»Ach komm, auf so ein Spiel in der 5. Liga kannst du auch mal verzichten. Ich nehme dich mit zu Hertha. Da siehst du mal ordentlichen Fußball.«

»Danke für das Angebot, aber ich gewinne lieber in der 5. Liga, als in der Ersten permanent zu verlieren.« Das wollte Schulz nicht auf sich sitzen lassen.

»Willst aufs Maul, oder was?«

»Hertha kann ja froh sein, dass nicht alle Fans so aggressiv wie du sind. »

»Ich zeig dir gerne mal, wie es aussieht, wenn ich aggressiv bin.«

»Gerne nach Feierabend.«

»Einverstanden.«

»Sind Sie dann jetzt fertig?« Udo Golombek kannte solche Szenen zur Genüge. Eigentlich bekriegten sich die beiden Männer immer kurz vor dem Wochenende, doch an diesem Mittwoch bestritt Tennis Borussia, Pauls Lieblingsverein, im heimischen Mommsenstadion ein Nachholspiel gegen Zehlendorf. Und Dietmar Schulz ließ kein Spiel von Hertha im Olympiastadion aus.

»Herr Paul, das mit dem Fußball heute Abend habe ich vergessen. Machen Sie etwas für sich. Genießen Sie das Spiel. Morgen ist auch noch ein Tag.«

Genau diese Statements schätzte Paul an seinem Vorgesetzten. Der verlangte nicht nur Dienst nach Vorschrift. Er sah auch die Menschen, mit denen er arbeitete. Umso mehr nahm Paul das Schicksal von Golombek und seiner Frau mit.

»Genau. Viel Spaß auf den Mommsenfriedhof. Liebst ja die Einsamkeit. Vielleicht triffst ja noch nen zweiten Zuschauer.« Schulz Lache klang dreckig.

Mittwoch, 04.Oktober
18:00 Uhr, Bötzowstraße, Prenzlauer Berg

Helene Eberle saß weinend auf dem Sofa. Sie umklammerte ihre verängstigte Tochter. Irene Siefert stand im Korridor. Sie konnte noch immer nicht glauben, was sich soeben in ihrer Wohnung abspielte. Die Flurgarderobe lag zerbrochen auf dem Boden. Auf dem Laminat trocknete eine Lache aus Blut. Sonst sah alles so aus, wie vorher.

Doch für einen Alptraum fühlte sich das Geschehene zu echt an.

Mittwoch, 04.Oktober
20:20 Uhr, Mommsenstadion, Charlottenburg

Die Temperatur musste irgendwo im einstelligen Minusbereich gelegen haben. Genauso empfand Paul die Kälte auf seiner Haut. Nicht einmal der heiße Tee wärmte ihn. Der großgewachsene schlanke Mann stand auf den untersten Stufen des Mommsenstadions. Über ihn erhob sich die baufällige Tribüne. Das Flutlicht spendete ausreichend Licht, um das Spiel zu verfolgen. Nicht einmal fünfhundert Zuschauer fanden sich heute Abend im Mommsenstadion ein. Und die verteilten sich im weiten Rund. Nur im Gästeblock stand niemand. Keine Seltenheit in der 5. Spielklasse.

Für all das hatte Walter Paul aber heute keinen Kopf. Er schaute in den Himmel, dachte an Helene. Er fragte sich, wie es ihr wohl ging. Die Sehnsucht nach seiner neuen Kollegin schmerzte. Er vermisste den Duft nach Pfirsich-Vanille. Ob sie ihm inzwischen verzieh? Was für eine Frage. Sie kläffte ihn doch an. Er hatte doch einen Grund, wütend auf sie zu sein. Was aber so unmöglich wie der Gewinn der Meisterschaft von Tennis Borussia in den nächsten Jahren war. Paul hatte an diesem Abend nur einen Wunsch. Er wollte sich mit Helene wieder vertragen. Das Gefühl, das etwas zwischen ihr und ihm stand, hielt er kaum aus.

Menschen jubelten, das Lied von Hans Rosenthal ertönte. *Ich bin der Meinung, das war ... spitze*! Tennis Borussia ging mit 1:0 in Führung. Paul schaute hoch, nahm es zur Kenntnis und zog sein Smartphone aus der Hosentasche. Er musste Helene schreiben. Unbedingt! Er wollte ihr sagen, wie sehr er sich in sie verliebt hat, dass er sich um sie sorgte, bei ihr sein wollte. Er schrieb minutenlang eine Nachricht, las sie noch einmal durch. Schließlich löschte er sie. Er hätte doch niemals den Hauch einer Chance bei einer Frau wie Helene. Aber er brauchte diese Gewissheit. Eventuell half es ja, wenn sie ihm das auch so sagen würde. Das Risiko, dass zwischen beiden aber deswegen ein Bruch entstand, konnte Paul nicht eingehen. Dann doch lieber eine Freundschaft, als gar nichts.

Er schaute auf den Rasen. Die in lila-weiß spielenden Borussen ließen die gegnerische Mannschaft aus Zehlendorf nicht mehr aus der eigenen Hälfte. Doch immer wieder rannten sich die Spieler in den Abwehrreihen fest. Was Paul sonst mit Interesse verfolgte, zog an diesem Abend wie ein Schwarm Zugvögel an ihm vorbei.

Mittwoch, 04.Oktober
22:30 Uhr, A9

Die schwarze Limousine schnellte die Autobahn entlang. Der Tempomat hielt die Tachonadel seit einer gefühlten Ewigkeit bei 190 km/h. Die Heizung sorgte für warme Temperaturen im Auto, weshalb der Anwalt nur im kurzärmligen Hemd auf dem Fahrersitz saß. Noch nie belog ihn ein Mandant so sehr, wie Matthias Eberle. Die Wut auf seinen Mandanten presste der Anwalt jetzt mit seinem rechten Fuß auf das Gaspedal und erhöhte noch einmal das Tempo. Noch gut 300 Kilometer bis nach Hause. Er dachte an die Szenen zurück, die sich in der Bötzowstraße abspielten. Was warf der Anwalt alles hinein, um sein Ziel zu erreichen. Er, der Kompromisslose, der Fighter. Der, der immer seinen Willen durchsetzte. Um jeden Preis. Für seine

Mandanten ging er über Leichen. Bis zu diesem Mittwoch

An diesem Mittwoch brach ein bedeutender Teil von dem zusammen, an das der Anwalt immer glaubte. Gerechtigkeit! Wahrheit! Fairness! Ohne diese Grundtugenden käme doch diese Welt nicht aus. Doch an diesem Mittwoch wurde er selbst Opfer seiner eigenen Ansichten. Weil er sich täuschen ließ. Einem Menschen Glauben schenkte, der nicht die Wahrheit sprach. Um alles in der Welt wollte er die 4-jährige Klarissa aus der Hölle holen. Weg von der alkoholabhängigen Mutter. Zurück in die Heimat wollte er sie holen. Zurück nach Eutingen im Gäu. Wo sie in Geborgenheit aufwachsen sollte. Mit der Sicherheit, die ihr der eigene Vater gab. Und er, der kompromisslose Anwalt, wollte all dies ermöglichen.

Mit zwei Polizisten und einer Dame vom Jugendamt marschierten er und Matthias Eberle in der Bötzowstraße auf. Die Mutter öffnete die Tür. Sie wirkte überrascht. Das sah er oft bei Kriminellen. Viele von denen konnten hervorragend schauspielern. Lediglich die anschließende Kooperation der Mutter sorgte bei dem Anwalt für erste Fragezeichen. Nachdem diese den unangemeldeten Besuch in die Wohnung ließ, griff sein Mandant nach seiner Frau und zog sie an sich. Die setzte sich zur Wehr. Irene Siefert griff ein, zog den Mann weg, wollte ihn aus der Wohnung schieben. Und wieder verhinderte er es. Er, der Anwalt.

In der Wohnung fand man, bis auf eine Flasche Rotwein, keinen Alkohol. Ein Mädchen mit roten Locken saß im Wohnzimmer, probierte sich an einem Puzzle. Ein brauner Teddybär saß neben ihr. Sie bemerkte den Papa. Ihre Euphorie kannte keine Grenzen. Doch Kinder besaßen ja schon immer diese ungefragte Ehrlichkeit. Diese Ehrlichkeit, auf die er, der Anwalt, baute. Das Kind würde schon die Wahrheit sagen, dachte er sich. Kinder eben. Das Mädchen kam freudig angelaufen, bremste dann jedoch vor dem Vater ab.

»Bist du heute der nette Papa oder der, der nicht richtig sprechen kann und laufen kann?«

In diesem Moment begann es im Kopf des Anwalts zu dämmern. Kinder und ihre Ehrlichkeit. Die anschließenden Worte der Mutter trug er noch immer so laut und deutlich im Ohr, sie übertönten sogar den am Limit arbeitenden Motor der Limousine.

»Ich war mit meinen Kräften am Ende. Ich musste unsere Tochter schützen. Das ist meine verdammte Pflicht als Mutter. Ich habe jahrelang versucht, meinen Mann zu unterstützen. Aber unterstützen Sie mal jemanden, der jede Unterstützung ablehnt.«

Matthias Eberle brachten diese Worte komplett zum Ausrasten. Er griff nach der gemeinsamen Tochter, doch Helene sprang wie eine Löwin dazwischen. Die beiden Polizisten wollten seinen Mandanten beruhigen. Er schubste die Mutter gegen die Wand. Die ließ sich davon nicht abbringen. Im Gegenteil. Sie kämpfte für ihre Tochter, nahm eine Porzellanvase, sorgte mit dieser für eine klaffende Platzwunde auf dem Kopf ihres Mannes. Der ließ das Mädchen los, schlug und trat jetzt gegen die Flurgarderobe, ein abgebrochenes Stück Holz warf er nach seiner Frau. Er beschimpfte sie übel, aus seiner Platzwunde floss das Blut in Strömen. Dann endlich! Die beiden Polizisten bekamen die Kontrolle über Matthias Eberle.

Mittwoch, 04.Oktober
22:15 Uhr, Jafféstraße, Charlottenburg

Das Fußballspiel endete 3:3. Wie so oft in dieser Saison schaffte es Tennis Borussia nicht, ein 3:0 über die Zeit zu bringen. Trotz drückender Überlegenheit. Walter Paul verließ mit einem noch halbvollen Bierbecher in der Hand die Jafféstraße und bog auf die B2. In der Jafféstraße stand bis zum Jahr 2011 die Deutschlandhalle, die, im Beisein von Adolf Hitler, 1935 eröffnet wurde. Paul selbst besuchte die Halle lediglich zu einzelnen Eishockeyspielen der Berlin-Capitals, die aber, genauso wie Pauls Lieblingsverein, irgendwann in einen finanziellen Sog gerieten, der sie in untere Spielklassen hinunterzog.

Auf der B2 musste Paul nur noch geradeaus. Bis zur Krumme Straße. Und auch wenn er manches Mal den Bus nahm, an diesem Abend wirkte das Laufen entspannend. Und vom Stadion bis nach Hause waren es nur ein paar Kilometer. Doch auch während des Laufens bekam Paul Helene nicht aus dem Kopf. Wie ging es ihr? Was machte sie gerade? Warum meldete sie sich nicht?

Natürlich, weil sie nicht das Gleiche für ihn empfand, wie er für sie. Und weil sie ihr egal war. Bestimmt. Paul lief am ZOB vorbei, schaute den Fernbussen sehnsuchtsvoll hinterher. Wie gerne hätte er sich mit Helene in einen dieser Fernbusse gesetzt, alles hinter sich gelassen, nur um glücklich zu sein. Neben dem Busbahnhof leuchtete das blaue ARAL-Zeichen. Noch ein zweites Wege-Bier? Die Krumme Straße war nicht mehr weit. In seiner Hosentasche vibrierte das Handy. Statt Kleingeld für ein Bier zog er sein Telefon heraus.

»Udo? Warum rufst du mich um diese Zeit noch an?«

»Herr Paul, ich erreiche sonst niemanden. Man sah Matthes Geiger am S-Bahnhof Pankow.« Tatsächlich! Udo Golombek, erster Kriminalhauptkommissar. Warum rief er auch sonst an?

»Udo, wie viele Hinweise haben wir bisher? Hundert? Zweihundert? Wie oft sah man Geiger angeblich?«

»Nein. Diesmal stimmt es. Die Videoaufzeichnungen aus dem Bahnhof bestätigten es. Rund um den Bahnhof richtete man bereits einen Sektor ein. Auf zwei Kilometer kommt niemand unkontrolliert heraus. Können Sie herkommen?«

»Ja, ich stehe eh in der Nähe vom U-Kaiserdamm. Brauche aber mit der Bahn bestimmt eine halbe Stunde. Obwohl, ich nehme mir ein Taxi. Ich beeile mich.«

»Alles klar. Dann sehen wir uns gleich.«

Mittwoch, 04.Oktober
23:00 Uhr, Bötzowstraße, Prenzlauer Berg

Von der letzten Nacht abgesehen wirkte Berlin um kurz vor Mitternacht wie ein verlassenes Dorf in der Uckermark. Straßenlaternen spendeten fahlen Schein, an den Ampeln vollzog das gelbe Licht eine Soloaufführung. Entfernt brüllten Menschen. Vom berüchtigten Nachtleben Berlins merkte man in der Bötzowstraße nicht viel. Helene Eberle saß allein auf dem steinernen Balkon. In der Hand ein Rotweinglas. Ihre Mutter schlief. Klarissa ebenso. Die nächtliche Kälte kroch unter Helenes schwarzen Pullover. Sie wehrte sich nicht dagegen. Stattdessen fragte sie sich, ob sie mit der Flucht nach Berlin wirklich die beste Entscheidung traf. Alles hatte sich scheinbar verschlimmert. Ihre Tochter erlebte, wie der eigene Vater komplett die Kontrolle über sich verlor und nun im Krankenhaus lag. An der neuen Arbeitsstelle stellte man sie frei. Nach drei Tagen. Die Presse hatte sich schon jetzt auf sie eingeschossen, nannte sie Krawall-Barbie bei der Polizei.

Aus dem Wohnzimmer ertönte *Knockin on heaven's door.* Helene erhob sich und schlich zum Wohnzimmertisch. Zurück auf dem Balkon nahm sie das Gespräch an. Zu spät. Sofort rief sie Paul zurück. Der berichtete vom Geschehen am Bahnhof Pankow. Angeblich sah man hier Matthes Geiger. Hunderte Polizisten sicherten bereits den Sektor ab. Wenn Geiger sich tatsächlich dort aufhielt, gab es für ihn kein Entkommen.

»Walter, du hast vergessen, dass man mich vom Dienst freistellte.«

»Egal. Bitte komm her. Ich möchte dich sehen. Wir brauchen hier deine Hilfe.«

»Ich möchte dich auch sehen, aber ...«

»Wann kannst du hier sein?«

»Ich hab grade Rotwein getrunken.«

»Egal. Ich habe vorhin beim Fußball auch was getrunken. Komm, das merkt niemand. Du bist hier in Berlin. Da kümmert das keine Sau, solange du nicht lallend daherkommst.«

»Okay, ich beeile mich.« Bevor Paul auflegen konnte, warf Helene noch einen Dank für sein Verständnis ein. Und dafür, dass er keinen Groll hegte.

Donnerstag, 05.Oktober
1:30 Uhr, Granitzstraße, Pankow

Auweia! Solche Fehler hätten furchtbare Folgen haben können. Das nächste Mal musste er viel besser planen. Nur kannte er sich in Berlin nicht aus, weswegen er in die falsche Bahn stieg. Erst am Bahnhof Pankow merkte er, dass die Bahn nicht aus Berlin raus-, sondern in die Stadt hineinfuhr. Also stieg er aus und wartete auf den Zug in die Gegenrichtung. Doch die Blicke der Passanten auf dem Bahnsteig fühlten sich wie fiese Stromstöße an, weswegen er nicht länger warten konnte, nicht länger warten durfte. Er musste hier weg. Sofort. Er lief Richtung Ausgang, die Treppen hinunter, den Kopf nach unten gesenkt. Raus aus der Bahnhofshalle. Rein ins Dunkel der Nacht. Doch die Straßen rund um den Bahnhof wirkten wie eine gigantische Partymeile. Alles hell, viele Autos, Straßenbahnen quietschten, Menschen lachten. Er lief weiter bis zur nächsten Ampel, überquerte die stark befahrene Berliner Straße, bog anschließend links in die Granitzstraße ab. Hier herrschte endlich etwas Ruhe. Hier hielten sich kaum mehr Menschen auf. Seinen Plan, die Stadt möglichst rasch zu verlassen, musste er verschieben.

Natürlich schrieben alle Medien über die Suche nach ihm, doch wer konnte bitte mit diesem Extrem rechnen? Matthes Geiger blieb nichts anderes übrig.

Er musste in sein Versteck zurückkehren.

Donnerstag, 05.Oktober
10:30 Uhr, Bötzowstraße, Prenzlauer Berg

Die Haustür öffnete sich. Helene Eberle vollzog mit ihrer Tochter einen Schritt nach draußen und spannte dabei den Regenschirm auf. Wohin man auch schaute, überall wirkte der Himmel dunkelgrau. Die Sonne legte an diesem Donnerstag eine Pause ein.

An der Straßenecke wartete Paul. Ohne Schirm. Er genoss den Regen, genoss diesen Moment. Helene lief mit ihrer Tochter auf ihn zu. Sofort begab sich der Man in die Hocke, stellte sich dem Mädchen vor, winkte ihr zu. Seine Hand reichte er ihr nicht. Wie unangenehm, wenn das Mädchen den Händedruck abgelehnt hätte. Immerhin winkte sie lächelnd zurück. In der linken Hand hielt sie ihren braunen Teddybären. Anschließend begrüßte Walter Helene mit einer Umarmung. Auch hier draußen duftete die Frau so wunderbar nach Pfirsich-Vanille. Am liebsten hätte Paul sie nie mehr losgelassen. Das Gefühl in seinem Bauch war so stark, das waren keine Schmetterlinge mehr. Eher Elefanten. Oder Dinosaurier. Obwohl er Helene nur ein paar Stunden nicht sah. Bevor sich beide letzte Nacht voneinander verabschiedeten, lud Paul Helene zum Brunch ein. Helene nahm an. Wenn sie diesmal das Lokal aussuchen durfte. Ein chinesisches Restaurant, wo es fast nur Fisch gab, wollte sie kein zweites Mal von innen sehen. Sie entschied sich für das nahegelegene Café an der nächsten Straßenecke. Sie wusste, dass es sich dort wunderbar frühstücken ließ. Und vor allem gab es dort keinen Fisch. Vor dem Café angekommen, fragte Paul, ob sie sich draußen in die Strandkörbe setzen wollten.

»Na bestimmt!«, gab Helene ironisch zurück und flüchtete vor dem Regen ins Café. Auch Helenes Tochter kannte den Laden bereits von früheren Besuchen. Wenn sie mit ihren Eltern auf Besuch bei der Oma waren. Doch das Mädchen schaute auch an diesem Morgen wieder staunend auf die vielen Kuchenstücke in der Vitrine. Hinten im Raum fanden die drei ein gemütliches Plätzchen. Walter setzte sich Helene gegenüber. Es fiel ihm sichtlich schwer, sie nicht die ganze Zeit anzustarren. Helenes legeres Äußeres wirkte entspannend. Im Gegensatz zu Walter

Paul, der viel Zeit vor dem Spiegel verbrachte. Immer in der Angst, auf Helene nicht angemessen zu wirken.

»Nochmal über die letzte Nacht nachgedacht?«

Paul musste zugeben, dass er gar nicht zum Nachdenken kam. Er räumte ein, sich dafür viel zu sehr auf das Treffen gefreut zu haben. Helene hingegen dachte unentwegt an das Geschehen in Pankow.

»Hieltest du es für möglich, dem tatsächlich sämtliche Fluchtwege zu versperren? Er kann ja auch über die S-Bahnschienen oben geflohen sein.«

»Nein. Die Schienenwege überwachte man. Sogar in der Kanalisation standen Polizisten. Busse und Straßenbahnen leitete man um. Er kann nicht entkommen sein. Also gibt es nur eine Möglichkeit. Er muss dort in der Nähe ein Versteck haben.«

»Aber er stieg aus der S-Bahn.«

»Und er muss von außerhalb gekommen sein. In der Innenstadt hätte man ihn doch vorher erkannt.«

»Wahrscheinlich.« Helene orderte für ihre Tochter einen zweiten Kakao. Sie selbst brauchte noch einen Kaffee. Paul erging es nicht anders.

»Wir haben noch gar nicht geschaut, ob der Typ hier in Berlin Verwandte hat.«

»Wieso übernachtete er dann in einem Hostel?«

»Na, er war ja nicht alleine unterwegs. Und nur, weil er Verwandte in Berlin hat, muss er ja nicht gleich bei denen pennen.« Helene zweifelte. Das hörte Paul nicht nur. Er sah es auch an ihrem Gesichtsausdruck.

»Die Fahndung läuft auf Hochtouren. Sämtliche Medien berichten darüber. Wenn er hier Verwandte hat, dazu noch in diesem Pankow, warum meldeten die sich nicht?«

»Weil sie ihm Unterschlupf gewähren.«

»Dann sitzen sie mit dem in einem Boot.«

»Das wird ihnen dann egal sein. Aber wie sieht es mit Freunden aus?«

»Wenn ich Freunde in einer Stadt habe, dann übernachte ich mit einer Gruppe doch eher bei denen, als bei Verwandten.«

»Aber Freunde sind vielleicht eher bereit, ihn zu verraten.« Helene drehte sich zur Stuhllehne, zog ihr Handy aus der Jacke, legte es auf den Tisch und wischte über das Display.

»Nein, ich glaub das alles nicht. Es muss noch eine andere Möglichkeit gegeben haben.« Paul erkannte an Helenes Mimik, dass sie diese andere Möglichkeit bereits im Kopf hatte. Nur wie diese aussah, wusste er noch nicht. »Wir standen doch noch im Bahnhof und haben gequatscht. Erinnerst du dich? Da hast du mir erzählt, dass die Witwe ... In welcher Straße wohnte die Frau?«

»Franz-Schmidt-Straße in Buch.« Von der Internetseite der Berliner Verkehrsbetriebe lud Helene das Streckennetz herunter. Sie schlürfte den letzten Schluck Kaffee aus ihrer Tasse, dann fing sie an zu zählen.

»Eins, zwei, drei, vier. Das sieht vermutlich weiter aus, als es ist.«

»Du sprichst in Rätseln.« Freudig empfing Paul den Kaffeenachschub.

»Du hast mir doch erzählt, dass die Witwe von dem ermordeten Sanitäter über dessen Tod bereits in Kenntnis gesetzt war. Und ich habe bei dem Toten, als ich ihn in der Wohnung fand, kein Handy gefunden. Dazu lag sein Personalausweis auf dem Tisch.« Helene badete jetzt in ihren Gedanken. Paul schaute ihr dabei zu. »Der Typ muss völlig gestört sein.«

Jetzt verstand Paul.

»Du meinst, der hat ihr selber gesagt, dass ihr Mann nicht mehr nach Hause kommt?«

»Mehr noch. Ich glaube, der wird bei ihr sein. Damit rechnen wir doch nicht. Die Adresse kannte er vom Ausweis.« Helene schob ihr Mobiltelefon zu Paul rüber. »Schau mal, von diesem Pankow bis nach Buch, wo die Witwe wohnt, liegen vier S-Bahn-stationen. Für Typen in Geigers Alter zu Fuß allemal machbar.«

»Meinst du? Aber wie rutschte er durch den Polizeigürtel?«

»Vielleicht rutschte er noch durch, bevor man den Sektor verriegelte.«

»Wir rufen Golombek an und geben das an ihn weiter.«

»Und das SEK stürmt die Wohnung der Witwe?! Ich glaube, die Frau leidet schon genug. Und wir müssen sie ja nicht noch zusätzlich gefährden. Ich habe eine viel bessere Idee.«

Donnerstag, 05.Oktober
11:30 Uhr, LKA für Delikte am Menschen, Keithstraße, Tiergarten

Auf dem Podium des Presseraums saß Janette Brühl neben Dietmar Schulz. Vor den beiden versammelten sich noch mehr Presseleute als am Montag. Der Raum drohte aus allen Nähten zu platzen. Bis an die Toilettentüren standen die Journalisten. Janette Brühl wollte die Pressekonferenz starten, doch die ersten beiden Anläufe scheiterten. Die Journalisten beschäftigten sich noch viel zu sehr mit sich selbst.

»Meine Damen und Herren ...« Prompt donnerte das erste Blitzlichtgewitter auf die Polizisten ein. Noch immer herrschte im Raum eine enorme Lautstärke. Janette Brühl schätzte sich glücklich, hier oben auf dem Podest genug Platz zu haben. Auf das Gedränge vor ihr konnte sie gerne verzichten.

»Sehr geehrte Damen und Herren, ich begrüße Sie zur Pressekonferenz am heutigen Tag. Neben mir sitzt Polizeioberkommissar Dietmar Schulz. Wir werden Sie heute über das Geschehen der letzten Nacht in Pankow informieren. Im Anschluss daran wird Herr Schulz etwas zum aktuellen Stand der Fahndung nach Matthes Geiger sagen. Wenn anschließend noch Fragen im Raum stehen, beantworten wir diese gerne.« Janette Brühl hatte Zweifel, dass jeder im Raum ihre Worte verstand. Es ertönten Zwischenrufe. Weder die Pressesprecherin, noch Dietmar Schulz verstand irgendein Wort. »Ich betone noch einmal, dass wir erst unsere Erkenntnisse mitteilen. Im Anschluss daran erhalten Sie die Möglichkeit, Fragen zu stellen. Ich möchte daher um Ruhe bitten.« Janette Brühl erhoffte sich Hilfe von Dietmar Schulz. Und die kam. Wenn auch anders als sie erwartete. Erstmal ließ Schulz den Zeigefinger seiner rechten Hand erst das linke, dann das rechte Nasenloch erkunden. Dann folgte ein lautes Niesen direkt ins Mikrofon. Nun hatte die Pressesprecherin die Aufmerksamkeit, die sie haben wollte. Sofort packte sie diese überraschende Gelegenheit, um die ersten Informationen vorzutragen. »Mehrere Zeugen erkannten am gestrigen Abend Matthes Geiger am Bahnhof Pankow. Eine Überwachungskamera bestätigte den Aufenthalt der gesuchten Person. Daraufhin setzte die Berliner Polizei alles ein, was Rang und Namen hatte. Matthias Geiger befindet sich jedoch weiterhin auf der Flucht. Rund um den Pankower Bahnhof errichtete die Polizei, dank eines richterlichen Beschlusses, eine Sicherheitszone. Damit konnte jeder Bürger nicht nur kontrolliert, sondern auch vorübergehend inhaftiert werden. Natürlich nur, wenn der Verdacht bestand, ein Fluchthelfer von Geiger zu sein. Oder bei Gefahr im Verzug.«

Plötzlich meldet sich Schulz zu Wort. »Dieser Geiger ist jetzt unser Flüchtling. Und wir alle haben die Aufgabe, dafür zu sorgen, dass er nicht flüchten darf.« Janette Brühl schaute Schulz entgeistert an. Seine Wortwahl entsetzte sie genauso sehr, wie die folgenden Lacher der Journalisten. Schließlich erwähnte Janette Brühl selbst noch einmal die extrem hohe Gefahr, die von Matthes Geiger ausging. Wer ihn sah, sollte ihn bitte nicht ansprechen, sondern unbedingt die Polizei informieren.

Donnerstag, 05.Oktober
12:30, Total-Tankstelle, Prenzlauer Promenade, Prenzlauer Berg

Er wollte ihr markerschütternd entgegenbrüllen, dass er sie liebte. Und wie. Doch seine Wut und seine Verzweiflung reichten nur, um ihr zu sagen, dass es zu gefährlich sei für einen allein. Nein, er wollte Helene nicht verlieren. Viel lieber wollte er ihr entgegenpfeffern, dass er schon einmal zwei Menschen verlor, die ihm alles bedeuteten. Das brauchte er nicht noch einmal.

Doch Helene blieb stur. Nach dem Besuch im Café brachte sie ihre Tochter nach oben zur Oma und kam kurze Zeit später mit ihrem Rucksack wieder runter. Sie verabschiedete sich und lief zum Bus.

Paul saß in seinem dunkelblauen Clio. Nachdem sich Helene verabschiedete, fuhr er ein paar Meter. Bis zur Tankstelle an der Ecke Prenzlauer Berg/ Prenzlauer Allee. Er füllte erst seinen

Renault ab und hätte auch sich am liebsten bis zum Rand volllaufen lassen. Das Gefühl, hin und hergerissen zu sein, drohte ihn innerlich zu zerreißen. Er wollte Helene ja nicht in den Rücken fallen. Sie wollte es eben unbedingt allein versuchen. Was sollte er denn tun?

»Je mehr Leute vor Ort aufkreuzen, desto höher die Gefahr, dass es schiefgeht.«

Diese Worte, ihre Worte, trug Paul noch genau im Ohr. Vielleicht hatte sie Recht, doch erlaubt war es nicht. Außerdem befand sich Helene nicht mal im Dienst. Und Paul hätte es sich nie verziehen, wenn Helenes Plan schiefging.

Er verließ das Auto und lief zurück in den Laden. Die Automatiktür öffnete, Paul marschierte geradewegs Richtung Tresen. Hinter dem stand ein Mann, der nur halb so groß war, wie Paul. Das Gesicht war in Falten gelegt. Und auch sonst wirkte der Verkäufer eher ungepflegt. Minuten vorher beglich Paul seine Tankrechnung noch bei einer jungen Frau.

»Einen Kaffee XXL. Extrastark!«

»Kann ich nicht beeinflussen.«

»Was? Ach so. Ja, nur XXL. Reicht.«

»Noch nen Schnaps dazu?«

»Was?«

»Sie sehen aus, als bräuchten Sie einen.«

»Da haben Sie recht. Muss aber noch fahren.«

»Dürfen Sie sich halt nicht erwischen lassen.«

Donnerstag, 05.Oktober
12:45 Uhr, Leipziger Straße, Mitte

Helene saß im 200er Bus, der die sechsspurige Leipziger Straße entlangfuhr. Dann ließ der Bus das Museum für Kommunikation und den Bundesrat hinter sich. Anschließend steuerte er die Haltestelle am Potsdamer Platz an. Die Neu-Berlinerin schaute aus dem Fenster. Noch bevor der Bus die Haltestelle erreichte, wo sie in die S-Bahn umsteigen wollte, erkannte sie bereits den gleichnamigen Bahnhof. Sie griff ihren Rucksack und sprang kurz darauf aus dem Bus. Im Internet las sie, dass sie von hier aus mit der S-Bahn bis nach Buch durchfahren konnte. Sie lief die Treppen hinab, bog um die Ecke und fand sich in einer dunklen Halle wieder. Sie hatte keine Ahnung, wo sie lang sollte. Erst, als sie ein paar Schritte weiterging, erkannte sie einen Bahnsteig. Hier fuhr aber keine S-Bahn. Helene lief ratlos zurück zur Treppe und schaute auf die Ausschilderung. Sie nahm sich vor, immer den Pfeilen zu folgen. Aber trotz der Pfeile wirkte die dunkle Halle auf die gebürtige Schwäbin wie ein Labyrinth. Von wegen, alle Wege führen nach Rom. In Berlins Mitte führte anscheinend kein einziger Weg zur S-Bahn.

Zehn Minuten später fand Helene endlich den Bahnsteig, auf dem die Anzeigetafel bereits die Bahn nach Buch ankündigte.

»Entschuldigung?« Helene drehte sich überrascht nach links. Vor ihr sah sie eine Frau, die in etwa so alt sein musste, wie sie selbst.

»Sind Sie nicht die Frau aus der Zeitung?« Helene schüttelte den Kopf, drehte sich weg. Doch die Frau ließ nicht von ihr ab. Ihre straßenköterblonden Haare baumelten der Polizistin beinahe im Gesicht.

163

»Doch, Sie sind doch diese Krawallpolizistin. Die, die diesem Serienmörder zur Flucht verhalf.« Helene schmunzelte und holte direkt zum Gegenschlag aus.

»Mensch, jetzt erkenne ich Sie auch. Meine letzte Affäre zeigte mir ein Foto von Ihnen. Und Sie taten mir ja so leid, als er meinte, dass er nur aus Mitleid mit Ihnen zusammen sei.«

Die Frau ließ entrüstet von Helene ab. Doch so cool wie Helenes Spruch nach außen wirkte, fühlte sie sich nicht. Im Gegenteil. Die Frau sorgte mit ihren Worten für große Unsicherheit bei Helene.

Wenige Minuten danach saß Helene Eberle allein in einem Vierer-Abteil. Dass die Frau sie auf dem Bahnsteig erkannte, empfand sie als äußerst unangenehm. Schon in Baden-Württemberg stand nicht immer die Wahrheit über sie in der Zeitung. Doch die Leute kannten sie. Und jeder kannte die Wahrheit. Hier in Berlin schienen die Leute nur das zu glauben, was in den Zeitungen stand. Ohne zu hinterfragen.

Die S-Bahn zuckelte weiter Richtung Nordosten. Helene versank gänzlich in Gedanken. Sie fand es rührend, dass sich Walter Paul um sie sorgte. Und er hatte doch eigentlich Recht. Warum begab sie sich überhaupt in solch eine Gefahr? Das brachte doch sowieso nichts. Polizisten müssen doch Teamplayer sein. Und jetzt fuhr sie, gegen den Rat von Paul, allein zur Wohnung der Witwe. Wo sich vermutlich Geiger aufhielt. Ja, sie begab sich selbst in Gefahr. Warum nur? Vielleicht steckte sie die Zeitungsmeldungen über sie ja doch genauso wenig weg, wie den Auftritt der Frau mit den straßenköterblonden Haaren. Und deswegen musste sie allen zeigen, dass sie nichts mit Geigers Flucht aus dem Hochhaus zu schaffen hatte. Vielleicht gelang es ihr, ihn allein festzusetzen. Vielleicht aber auch nicht.

Donnerstag, 05.Oktober
13:15 Uhr, Franz-Schmidt-Straße, Pankow

Am Morgen deckte er den Frühstückstisch, im Anschluss räumte er die Spülmaschine ein. Da der 8-jährige Sohn der Familie vorerst nicht die Schule besuchen musste, erledigte er mit ihm Mathe- und Deutschaufgaben. Im Anschluss kochte er Nudeln, Frau Frank sorgte für Beilage und Soße zum Mittagessen. Dies alles lief ohne viele Worte ab. Und wenn welche ertönten, stammten diese meist von Matthes Geiger. Die 5-jährige Anna-Sophie saß auf dem Sofa. Sie starrte Richtung Fernseher. So, als schaue sie durch diesen hindurch, denn das TV-Gerät durfte nicht mehr angeschaltet werden, seitdem er wieder die Wohnung betrat. Nach dem Mittagessen wollte er erneut die Spülmaschine einräumen, den Tisch abwischen und die Küche säubern. Geredet wurde auch weiterhin kaum. Und die Wohnungstür blieb abgeschlossen.

Donnerstag, 05.Oktober
13:40, S-Bahnhof Pankow

Helene schaute aus dem Fenster. Seit einer gefühlten Ewigkeit stand die Bahn im Pankower Bahnhof. Wie winzig Berlin doch in Wirklichkeit war, dachte sie. Vor kurzem heulten hier Sirenen durch die Nacht, Menschen plärrten, Hektik entflammte. Einen Tag später wirkte der Bahnhof wie der von einem Vorort, an dem sich Menschen etwas Action herbeisehnten. Endlich fuhr die Bahn weiter. Fast zehn Minuten später erreichte sie die Station Buch. Helene stieg aus. Sie überlegte, welchen der beiden

Ausgänge sie nehmen musste. Sie entschied sich für den rechts von ihr. Weil die Gegend dahinter viel belebter wirkte. Außerdem machten die grünen Türen einen bedeutenderen Eindruck, als der kärgliche Treppenabgang links von ihr. Helene drückte eine der Türen auf, eilte die Treppenstufen zur Bahnhofshalle runter, vorbei an einem Blumenstand, lief durch eine zweite Tür wieder raus, ehe sie vor einer viel befahrenen Straße stehen blieb. Diese Straße sah nicht besonders groß aus. Kein Vergleich zu den Hauptstraßen Berlins, die die Neu-Berlinerin bisher kennenlernte. Doch auch hier herrschte Trubel. Menschen quetschten sich hektisch zwischen Baustelle und Polizistin hindurch, die hier mit einer Waffe im Rucksack stand. Helene fand diesen Gedanken genauso absurd, wie mit der S-Bahn zu fahren, um einen Mörder zu schnappen. Und hätte man ihr die Waffe nicht abnehmen müssen, als man sie vom Dienst freistellte?

Sie hörte ihren Namen, drehte sich kurz um. Noch einmal rief jemand nach ihr. Sie wunderte sich, bis sie Paul erkannte, der ihr etwas schüchtern entgegenkam.

»Bitte entschuldige. Lass es mich erklären.«

»Was willst du erklären?« Helene wirkte weder überrascht noch erbost. Eher erleichtert. Und kaum, dass sie Paul sah, fühlte sie sich viel sicherer.

»Na, du wolltest doch alleine herfahren. Es tut mir leid, ich ticke manchmal komisch. Ich wollte es dem Zufall überlassen. Habe mich hier einfach hingestellt. Ich dachte, wenn ich dich treffe, will es der Zufall genauso. Und wenn nicht, ja dann halt nicht. Wenn du zum Beispiel einen anderen Ausgang … also … ich glaube nicht an Gott oder solche Dinge. Aber an Zufälle glaube ich. Es tut mir wirklich leid. Es hat wirklich nichts, also ...«

»Es muss dir nicht leidtun. Ich finde es schön, dich zu sehen.«

Paul lächelte. Es war ein Verlegenheitslächeln.

Kurze Zeit später saßen beide in Pauls blauem Renault Clio. Helenes Kollege steckte sein Telefon in die Halterung und programmierte das Navi.

»Platzangst darf man hier drin aber nicht haben.« Helenes Worte erinnerten Walter an einen Satz von Schulz. Der sagte einmal, mit Blick auf Pauls Auto, dass der es gerne eng mag.« Paul sagte damals nichts dazu.

»Mir reicht er. Brauche ihn ja hauptsächlich für die Arbeit.« Dass genau dieses Auto eine der letzten Erinnerungen an glückliche Zeiten darstellte, behielt Walter Paul für sich.

Ausgerechnet der Name von Dietmar Schulz erschien auf einmal auf dem Display seines Handys.

»Was will der denn jetzt?«

»Vielleicht etwas Wichtiges?«

»Vielleicht will er davon erzählen, wie Hertha verloren hat.«

»Was meinst du?« Paul fiel ein, dass Helene den letzten Streit mit Dietmar Schulz ja gar nicht mitbekam.

»Was gibt es, Polizeioberkommissar Schulz?« Walter schaltete sofort den Lautsprecher ein und legte seine Hand auf Helenes linke Schulter.

»Du kannst dir deine dämliche Ansprache sparen. Wir wissen, wo sich Geiger aufhält. Der sitzt bei der Witwe von dem Sanitäter in der Wohnung. Eine Nachbarin konnte ihn eindeutig identifizieren Das SEK muss jeden Moment da eintreffen.« Helene starrte erschrocken auf das Telefon.

»Bitte kein SEK. Die Frau hat schon genug durchgemacht. Dass jemand ihre Wohnung stürmt, ist das Letzte, was sie jetzt braucht.«

»Helene? Du? Na auf dich muss ja niemand hören. Du befindest dich ja nicht im Dienst.« Helene schaute zu Paul. Der wollte ihre Worte wiederholen. Eindringlich. Dazu kam er aber nicht mehr, denn Schulz legte sofort nach.

»Liegt Ihr beide noch im Bett? Schäferstündchen vorbei?« Paul wirkte genervt. Zu gerne hätte er auf den roten Knopf gedrückt, wenn Helene nicht seine Hand gehalten hätte.

»Wir liegen hier schon über drei Stunden und halten Schäferstündchen. Wieso fragst du? Neidisch? Möchtest du auch gerne mal ran? Stehst du auch so auf Sex im Auto? Stelle ich mir aber schwierig vor bei deiner Figur.« Abrupt brach Schulz das Gespräch ab. Paul kringelte sich vor Lachen auf dem Fahrersitz.

»Den sind wir los. Und was machen wir jetzt?«

»Ich fahre uns erstmal in die Nähe des Hauses.«

Unterwegs konnte sich Paul eine beißende Bemerkung nicht verkneifen.

»Ich gehe doch davon aus, dass du Vertrauen in das SEK hast?« Walter Paul spielte mit einem Schmunzeln auf Helenes Äußerung bei der Geiselnahme im Märkischen Viertel an. Doch die reagierte diesmal ganz dezent.

»In das aus Brandenburg in jedem Fall. Aber in Berlin arbeiten bestimmt auch dort nur Psychopathen.«

Donnerstag, 05.Oktober
14:00 Uhr, Krankenhaus Friedrichshain

Schreie hallten über den Flur. Wütende Schreie. Flüche. Es klang nach Tritte gegen Metall. Eine besondere Aufmerksamkeit erregten die Laute aber nicht. Hier war man diesen Geräuschpegel gewohnt. Auf dem Stationsflur lief alles nach dem tägliche Muster ab. Menschen wurden versorgt, mit Medikamenten ruhiggestellt, gewaschen.

Die tägliche Arztvisite fand noch vor seiner stationären Aufnahme statt. Eine Zweite war, wegen dem knappen Budget, erst wieder für den morgigen Tag angesetzt.

Wieder ertönten Schreie aus dem Zimmer. Schreie, die an Lautstärke zunahmen. Matthias Eberle bettelte, winselte, versuchte, um sich zu schlagen. Er schrie »Bitte!«, zog dabei die Vokale wie Kaugummi in die Länge. Die Krankenschwestern und Pfleger kannten dieses Verhalten zur Genüge. Sie rechneten damit, dass der Patient in spätestens drei Tagen den körperlichen Entzug hinter sich hatte.

Ein Arzt in der Rettungsstelle erkannte es in Matthias Eberles Gesicht. Nicht die Platzwunde, auch nicht die drei gebrochenen Finger stellten das wahre Problem dar, als Paul nach dem Desaster in der Bötzowstraße mit dem Krankenwagen in die Rettungsstelle gefahren wurde. Der Arzt zapfte dem Mann fünf Ampullen Blut ab. Die Ergebnisse sorgten dafür, dass Matthias Eberle das Krankenhaus vorerst nicht mehr verlassen durfte.

Das lag an seinen Leberwerten und einem möglichen Organversagen. Sein massiver Alkoholkonsum hinterließ fiese Spuren in seinem Körper. Die Pflegekräfte der Station erhielten die Erlaubnis, den Mann, wegen einer drohenden Selbstgefährdung, mit den Handgelenken an das Bett zu fixieren. Eine Möglichkeit, die sie sehr gerne wahrnehmen.

Donnerstag, 06.Oktober
14:20 Uhr, Franz-Schmidt-Straße, Pankow

Scherben von Gläsern, Tellern und Tassen schmückten den Linoleumboden der Küche. Die Besteckkästen mussten als Wurfge-
schosse hergehalten haben. Den Inhalt des Kühlschranks nutz-
ten sie nicht, um ihren Hunger zu stillen, denn die Butter, die
Salami, der Käse und plattgetretene Tomaten lagen auf dem
Boden verteilt.

Im Schlafzimmer zerschlug jemand das Bett in unzählige
Einzelteile. Klamotten lagen im Raum herum. Dazwischen
zerschlagene Spanplatten. Helene Eberle blieb in der Tür stehen.
Die Angst, sich zu verletzen, hielt sie davon ab, den Raum zu
betreten. Im Wohnzimmer sah es noch schlimmer aus. Wie nach
einem Tornado. Nein, nicht einmal ein Tornado zerschnitt ein
Sofa. In der Luft lag der Gestank nach Urin. Hatten sich ihre
Kollegen hier sogar erleichtert? Helene konnte das nicht glauben. Jemand musste die Scheibe der Balkontür eingeschlagen
haben. Bilder lagen zerbrochen und zerrissen auf dem Boden.
Walter Paul stand jetzt hinter Helene. Er legte seine Hände auf
ihre Schulter. Sie legte ihre Hände auf seine. Für Paul ein großer
Trost.

»Nach einem geplanten Zugriff sieht das hier nicht aus.«

»Nein, nur nach Wut, weil man nicht das vorfand, was man
erhoffte.«

Schließlich traute sie sich doch. Mit storchenähnlichen Schritten betrat Helene das Wohnzimmer. Sie stieg über Papiere,
umgeworfene Vasen und umgekippte Sessel.

»Erspare dir den Anblick des Kinderzimmers.«

»Nein. Ich möchte es sehen. Ich kann das alles nicht glauben.

Ich meine, selbst wenn dieser Typ wieder türmte, er hinterließ doch Fingerabdrücke.«

»Die helfen uns jetzt auch nicht mehr.«

»Wow! Was lief denn hier ab?« Dietmar Schulz betrat die Wohnung. Mit einem zweifelhaften Lachen blieb er im Flur stehen. Die Polizeihauptkommissare schauten ihn an. Schulz erweckte auf beide den Eindruck, dass er den Weg vom Bahnhof hierher gerannt sei. Schweiß lief sein Gesicht entlang. Sein gestreiftes Hemd triefte vor Körperflüssigkeit. Doch auch der Geruch von Schweiß schaffte es nicht, den Uringestank zu überdecken.

»Wir müssen davon ausgehen, dass sich hier die Leute vom SEK austobten.«

»Quatsch! Der Geiger tickte bestimmt aus. Hab schon gehört, dass er wieder entkam.«

»Eine Wohnung in solch ein Trümmerfeld zu verwandeln, schafft niemand allein. Nicht mal Geiger.«

»Aber gleich die Leute vom SEK zu verdächtigen?«

»Sonst war niemand in der Wohnung. Außer die Mutter mit ihren Kindern. Die könnte man natürlich auch verdächtigen, ihre eigene Wohnungseinrichtung niederzuwalzen.« Schulz verstand die Ironie von Helene nicht. Die öffnete jetzt die Kinderzimmertür. Noch rechnete sie nicht damit, dort den Schlüssel zum neuen Aufenthaltsort von Matthes Geiger zu finden. Ihr Blick glich jetzt einer Mischung aus Trauer und Wut. Jemand riss hier sogar einen Teil der Tapete von der Wand. Was erhoffte man sich dabei? Die Polizistin begab sich in die Hocke, griff nach einem Poesiealbum. Sie blätterte von hinten nach vorne.

Früher gestaltete man die Einträge noch selbst. Heutzutage war scheinbar alles vorgegeben, was man einzutragen hatte.

Vom Namen, über die Telefonnummer, die Lieblingsfarbe bis hin zum Lieblingsessen. In diesem Buch, welches Helene in den Händen hielt, verewigten sich bereits viele Freunde. Beim ersten Eintrag schaute die Polizistin aber genauer hin. Beim Eintrag des älteren Kindes der Familie Frank. Und Helene fand eine Information, die sie nicht im Poesiealbum vermutete.

»Walter. Ich sage dir gleich, wo sich Matthes Geiger aufhält. Mehr noch. Ich nenne dir vielleicht sogar noch die genaue Adresse.« Zielorientiert lief Helene zurück ins Wohnzimmer. Den Boden dort scannte sie Zentimeter für Zentimeter mit ihren Augen ab. Vorsichtig vollzog sie jeden einzelnen Schritt über die Trümmer. »Walter, holst du meinen Rucksack aus deinem Auto?« Mit einem Nicken verschwand Paul. Er war froh, etwas für Helene tun zu können. Aber Dietmar Schulz beobachtete Helene mit Argusaugen.

»Du weißt schon, dass du hier als Privatperson agierst?«

»Und? Ich halte mich hier privat auf und arbeite. Du bist dienstlich hier und stehst herum. Was findest du bedenklicher?«

»Kannst du deine provokante Art mal einstellen? Vergiss nicht, dass du noch nicht mal eine Woche hier arbeitest.«

»Ich arbeite noch nicht mal eine Woche hier, du arbeitest gar nicht.«

»Ach, halt doch deine Schnauze!«

»Du scheinst ein Problem damit zu haben, wenn dir Frauen Paroli bieten.«

»Du kriegst gleich ein Problem mit mir.« Helene warf Schulz ein großspuriges Lächeln zu und stolzierte weiter durch die Wohnstube. Paul erschien wieder im Türrahmen.

»Kannst du fangen?«

»Keine Ahnung. Dietmar, können Frauen Rucksäcke fangen?«

»Halt deine Fresse, blöde Kuh«, nuschelte der. Paul warf Helene den Rucksack zu. Die fing ihre Tasche mit beiden Händen.

»Dietmar fängt sowas mit seinem Augenlid.« Paul lachte laut. Dietmar Schulz verließ beleidigt die Wohnung.

Aus ihrem Rucksack zog die Polizeihauptkommissarin ein paar Gummihandschuhe, streifte sich diese über und hockte sich anschließend auf den Boden. Vor ihr lag ein Haufen an Dokumenten. Vorsichtig nahm sie Blatt für Blatt vom Stapel.

»Was suchst du?« Helene reagierte nicht. Viel zu vertieft war sie in ihr Vorhaben.

Es vergingen mehrere Minuten, in denen Helene wie ein Suchhund über den Boden streifte.

»Vielleicht kann ich dir helfen.« Wieder keine Reaktion. Helene wirkte noch immer vertieft. Paul begann, sich jetzt ebenfalls durch die Trümmer zu kämpfen. Was blieb ihm auch anderes übrig? Doch im Gegensatz zu seiner Kollegin überforderte Paul das Chaos auf dem Boden. Wo bitte anfangen mit Suchen? Und wonach überhaupt?

»Ich hab es. Hier halten sie sich auf. Ganz bestimmt.«

»Was bitte?«

»Lass uns dahinfahren. Ich erkläre es dir unterwegs.«

»Nein. Ich möchte es jetzt wissen. Immer spannst du mich auf die Folter.«

»Bitte. Unterwegs. Jede Minute zählt.«

Donnerstag, 05.Oktober
15:00 Uhr, LKA für Delikte am Menschen, Keithstraße, Tiergarten

Simone Otto saß im Büro. Über ihr Handy hielt sie Kontakt mit Dietmar Schulz. Der beschrieb am Telefon haarklein, wie die freigestellte Helene Eberle über ihn spottete. Die Otto tröstete ihn mit aufmunternden Worten. Das Telefon auf dem Schreibtisch von Udo Golombek klingelte. Die Otto stand auf und trottete leicht genervt zum Sprechapparat. Unten beim Pförtner saßen zwei Personen, die dringend zu Helene Eberle wollten. Simone Otto lachte hämisch.

»Die arbeitet hier aktuell nicht.«

Der Pförtner erzählte weiter, dass die Zwei eine Zeugenaussage abgeben wollten. Nein, die Otto konnte sich nicht herumwinden. Sie musste diese Zeugenaussage aufzunehmen. Ob sie wollte oder nicht.

Donnerstag, 05.Oktober
15:10 Uhr, Bucher Straße, Pankow

Helene Eberle blieb keine Wahl. Für das Navigationssystem musste sie Paul zumindest die Zieladresse nennen. Doch die Adresse allein ließ Walter Paul noch nicht erfahren, was seine Kollegin vorhatte. In Buch steuerte Helenes Kollege seinen Clio auf die Autobahn Richtung Pankow.

»Ähnlich stelle ich mir die Straßenverhältnisse in Pakistan vor«, spottete Helene und redete dabei extra laut, um den Geräuschpegel, den das Auto auf den unebenen Betonplatten verursachte, zu übertönen. An der Prenzlauer Promenade endete die BAB schon wieder. Rechts von Helene wuchsen sogenannte Alt-Neubauten empor.

»Hier zu wohnen muss ein gigantisches Gefühl sein. Direkt am Autobahnzubringer.« Paul hätte sich gerne von Helene ablenken lassen, doch der Straßenverkehr forderte seine ganze Aufmerksamkeit. Erst, als er den Clio an einer Ampel zum Stehen brachte, ging er auf Helene ein.

»Was hältst du davon, mir jetzt mal zu sagen, was du vorhast?« Helene genoss es, ihren Kollegen zappeln zu lassen. Aber auch das behielt sie für sich.

»Also ... pass auf!« Und wieder ließ Helene ihn ausharren. Es dauerte für Paul eine gefühlte Stunde, bis seine neue Kollegin weitersprach.

Paul musste wieder einkuppeln und weiterfahren.

»Der Geiger hielt sich ja in der Wohnung auf. Gemeinsam mit der Witwe und den zwei Kindern. Er wird aber nicht alleine abgehauen sein.« Paul versuchte, trotz des Straßenverkehrs, Helenes Worten zu folgen. Dann dämmerte es ihm.

»Nein, hör auf! Du glaubst nicht im Ernst, dass die Frau ihn mit den Kindern begleitete.«

»Doch. Ich glaube nicht, dass er sie gezwungen hat. Wegen den Kindern. Kinder lassen sich nicht einfach dressieren. Im Gegensatz zu Erwachsenen können Kinder ihre Gefühle viel weniger verstecken.«

»Du meinst also, die fuhren zusammen irgendwohin?!«

»Nicht irgendwohin. Geiger hat hier in Berlin sehr wahrscheinlich keinen Zufluchtsort. Also wird er sich dorthin begeben, was naheliegend scheint und was ihm empfohlen wird. In dem Poesiealbum des 8-jährigen Kindes der Familie stand bei

Lieblingsort der Garten. Im Wohnzimmer fand ich die Adresse des Gartens von der Familie.«

»Das überzeugt mich nicht. Wieso soll die Frau freiwillig mitgehen?«

»Wegen den Kindern. Außerdem kommt es ab und an vor, dass sich das Opfer mit dem Täter solidarisiert.«

»Okay, wenn du eine Bank überfällst, du kannst dir meiner Solidarität sicher sein.« Paul lachte über seine eigenen Worte, während er den Renault stark abbremsen musste, um nicht auf der Ladefläche des Transporters vor ihm zu landen.

»Und die Adresse. Da stehen also Kleingärten? Wo ein Kleingarten steht, stehen viele Kleingärten.«

»Parzelle 13.«

Zehn Minuten später lenkte Paul den Renault Clio durch den Kreisverkehr am Strausberger Platz und steuerte direkt die erste Ausfahrt an. Helene nahm ihr Telefon, um schon mal Verstärkung anzufordern. Auf einmal trat Paul das Bremspedal bis auf den Straßenbelag durch. Der Gurt musste alles geben, um zu verhindern, dass Helene nicht durch die Frontscheibe flog. Wie aus dem Nichts tauchte vor Paul eine Radfahrerin auf. Der riss erst den Gurt von sich, anschließend wie von Sinnen die Wagentür auf. Helene sah nur noch, wie ihr Kollege wutentbrannt der Radfahrerin hinterherlief, die auf dem Gepäckträger einen Kindersitz befestigt hatte.

»Bleib stehen! Stehen bleiben, hab ich gesagt. Bleib stehen, du dreckiges Stück Scheiße.«

Pauls Worte verhallten im Nichts. Die Radfahrerin drehte sich einmal verängstigt um, ehe sie in die Pedale trat und zwischen den Häuserwänden verschwand. Walter Paul rannte unbeirrt hinterher.

Überrumpelt vom Verhalten ihres Kollegen lenkte Helene den Renault an den Straßenrand und schaltete die Warnblinkanlage an. Danach öffnete sie die Fahrertür, stieg aus und schaute sich um. Wo stand sie hier? Orientierungslos hielt sie nach ihrem Kollegen Ausschau. Vergebens. Sie lief die Lichtenberger Straße hinunter. Suchend bog sie Richtung Wohnblöcke ab. Links, keine fünfhundert Meter entfernt, sah sie Paul auf dem Bordstein sitzen. Auf dem Weg zu ihm erkannte Helene, dass da gar nicht Paul saß. Da saß nur noch ein Überbleibsel ihres Kollegen. Völlig aufgelöst lag sein Kopf auf seinen Knien. Er weinte hemmungslos. So hatte Helene Paul noch nicht erlebt. Zärtlich legte sie ihre rechte Hand auf seine Schulter. Pauls Körper bebte, als suchte ihn ein Erdbeben heim. Jetzt erst bemerkte er seine Kollegin. Langsam sammelte er sich wieder. Mit seinem Arm wischte er sich die Tränen aus dem Gesicht. Helene setzte sich daneben und schmiegte sich liebevoll an ihn, wollte Trost spenden. Auch wenn sie keine Ahnung hatte, was Paul dazu trieb, der Radfahrerin wie ein Irrer hinterherzurennen. Abgesehen davon, dass die Radlerin, ohne auf den Verkehr zu achten, vor dem Clio einscherte. Helene merkte, dass Pauls Zittern langsam abnahm. Noch immer hielt sie ihn fest. Beide schwiegen. Minutenlang.

»Entschuldige. Lass uns weiterfahren.«

»Möchtest du lieber nach Hause?«

»Nein. Ich möchte bei dir sein. Außerdem will ich Geiger schnappen. Lass uns nach Treptow fahren.«

»Wie du willst.«

Zurück am Auto orderte Helene Eberle einen Streifenwagen zur Kleingartenkolonie.

Nachdem Walter Paul und sie wieder unterwegs waren, schaute die Polizistin erstaunt aus dem Fenster. Wieder fuhren sie erst am Ostbahnhof und im Anschluss an der East-Side-Galerie entlang. Paul fiel das nicht auf.

»Schau mal, hier schließt sich der Kreis. Hier fuhren wir doch letzten Sonntag schon einmal lang.

»Was?«

»Na du erzähltest doch, du glaubst an Zeichen und Zufälle.«

»Ach so. Ja.

Warum fragst du mich nicht, was mit mir vorhin los war?«

»Weil du von dir aus reden wirst. Wenn du möchtest.«

»Ich möchte dich aber nicht mit meinen Sorgen belasten.« Pauls Stimme hatte etwas Bedrückendes. Die Konzentration auf den Straßenverkehr nutzte er für sich, um Helenes Blick auszuweichen.

»Glaube mir, ich sage dir, wenn du mich mit deinen Problemen belastest.« Paul musste das Auto an einer Ampel zum Halten bringen. Er spürte Helenes Blick, der ihn regelrecht fesselte. Ihm blieb nichts anderes übrig. Helenes Augen zwangen ihn zum Reden.

»Meine Frau erledigte alle Wege in Berlin mit dem Fahrrad. Bis man sie an einer Kreuzung übersah.« Helene richtete ihren Blick von Paul ab.

»Dazu fallen mir keine passenden Worte ein. Entschuldige.«

»Mein Sohn saß auf dem Gepäckträger in einem Kindersitz. Beide trugen einen Helm. Beide überlebten es nicht. Den Fahrer des Wagens fand man bis heute nicht.«

Paul legte den ersten Gang ein und wartete auf Grün. Helene nutzte das. Halb liebevoll, halb tröstend streichelte sie über seine rechte Hand.

Donnerstag, 05.Oktober
15:30 Uhr, LKA für Delikte am Menschen,
Keithstraße, Tiergarten

Während der Zeugenvernehmung, der Simone Otto nicht entgehen konnte, erfuhr diese kaum etwas Neues. Xaver Schuhmann lebte nicht mehr, als er vom Balkon geschmissen wurde. Anders als Francis Thamm. Die Otto merkte schnell, da saßen Leute vor ihr, die viel redeten, um viel zu verarbeiten.

Die Otto drängelte. Sie wollte das Gespräch auf das Geschehen am Ostbahnhof lenken. Und das gelang ihr auch.

»Dadurch, dass du dich auch am Tatort aufgehalten hast, als man Wladimir Perenov erstach, kannst du mir bestimmt sagen, wer den Mord begangen hat. Wenn du dich dabei selbst belastest, darfst du natürlich schweigen. Du kannst aber glauben, dass wir dann wissen, wer den Mord beging. Die Polizei ist nämlich nicht so dumm, wie viele denken.«

»Meine Tochter hat niemanden erstochen.« Jetzt erst sah Simone Otto das geschwollene Gesicht von Gabrielle Müller, welches von blauen und gelben Flecken verziert war. Doch die Otto ließ sich auch davon nicht von ihrem Weg abbringen.

»Überlassen Sie doch uns die Ermittlungsarbeit. Wir werden schließlich dafür bezahlt. Also Marie? Sagst du nichts, liegt nah, um wen es sich bei dem Mörder handelt. Wenn du mich anlügst, belangt man dich wegen Falschaussage. Also sage mir bitte die Wahrheit.«

»Entschuldigen Sie, aber meine Tochter und ich wurden selbst Opfer einer Straftat. Wir wurden beide von Matthes Geiger schwer misshandelt. Wir kamen hierher, weil Helene Eberle uns dazu geraten hat, als sie uns in der letzten Nacht in der Wohnung fand. Heute Morgen sprachen wir mit einem Polizeipsychologen. Auch der hat uns empfohlen, so schnell wie möglich eine Aussage zu machen. Können Sie sich vorstellen, wie viel Überwindung uns das kostet? Und Sie wollen jetzt meiner Tochter eine andere Straftat in die Schuhe schieben? Nur, weil sie vielleicht in der Nähe stand?«

»Selbstverständlich kümmern wir uns um beide Fälle, da beide miteinander zusammenhängen. Aber erst das eine, dann das andere.«

Die arrogante Art der Otto ließ die Unsicherheit der 15-jährigen Marie wie einst den Aggressionsspiegel vom Matthes Geiger wachsen, als der im Märkischen Viertel wütete. Das Mädchen wollte doch aussagen. Unbedingt. Weil sie den Worten von Helene Eberle glaubte. Aber jetzt spürte sie ein beklemmendes Gefühl in sich. Ihr Hals fühlte sich trocken an. Sie hatte Schwierigkeiten, der Polizistin in die Augen zu schauen. Das lag aber nicht an möglichen Unwahrheiten. Die Frau war ihr einfach unsympathisch.

Donnerstag, 05.Oktober
15:15 Uhr, am Treptower Park

Der wolkenlose Himmel lud regelrecht zu einem Spaziergang durch die Kleingartenkolonie ein. Blumenduft lag in der Luft. Doch Paul roch nur Pfirsich-Vanille. Möglichst unauffällig wollten Helene und er an den angrenzenden Gärten entlangstreifen. Doch unbemerkt zu bleiben, gestaltete sich hier schwierig. Als Fremde konnte man hier schnell auffallen. Und an so konservativen Orten wie Kleingartenanlagen wurden Fremde schon immer gerne auf eine Stufe mit Straftätern gestellt. Anfang Oktober hielt sich der Betrieb in den Kleingärten aber glücklicherweise in Grenzen. Die Gartensaison lag in den letzten Zügen. Nur vereinzelt liefen Menschen umher. Walter fragte sich, ob das für die Beiden einen Vor- oder einen Nachteil darstellte. Doch dann war es sein Mobiltelefon, was die Aufmerksamkeit der Laubenpieper auf die Polizisten hätte richten können. Was wollte die denn jetzt, fragte sich Paul.

„Ja Simone, was gibt es?«

Mit dem Telefon am Ohr trabte Paul seiner Kollegin hinterher, die den Blaumeisenweg entlangschlenderte und dabei in die einzelnen Parzellen schaute. Neben Vogelgezwitscher vernahm sie nur noch Pauls Schritte. Sie drehte sich um und sah, wie ihr Arbeitskollege gespannt zuhörte, was die Otto von sich gab. Immer wieder nickte Paul. Er konzentrierte sich ganz auf das Gespräch.

»Alles klar. Dann wissen wir Bescheid. Ich komme nachher nochmal rein. Ciao!«

Fragend sah die Eberle ihren Kollegen an.

»Erzähle ich dir unterwegs.«

»Das meinst du jetzt nicht ernst?«

»Wieso? Du lässt mich ja auch immer zappeln.«

»Aber das ist doch was völlig anderes.« Beide bogen jetzt nach links in den Wachtelweg. »Weißt du was?«, foppte Helene Richtung Paul, »behalte es doch für dich. Schien ja nicht allzu dringend zu sein.«

»Stimmt. Hat auf jeden Fall keine Eile.« Im Zeisigweg fragte Paul, wie großflächig eine Kleingartenanlage denn sein konnte. Helene hatte keine Ahnung. Die Gässchen der Kleingartensiedlung wirkten auf die Neu-Berlinerin ähnlich labyrinthmäßig wie die Straßen von Berlin.

»Bisher hat sich deine Vermutung nicht bestätigt.« Kaum ausgesprochen, sah Helene etwas, was Paul noch entging.

»Links von dir«, flüsterte sie. »Das ist die Parzelle.« Walter Paul drehte sich schlagartig um. »Vielleicht noch auffälliger?«

»Entschuldige. Lass uns an der Ecke umdrehen, um noch einmal vorbeizulaufen.« Gesagt. Getan. Doch auch nach dem zweiten Gang vorbei an der Parzelle konnten die Polizisten nicht mit Bestimmtheit sagen, ob es sich bei dem Mann in der Gartenhütte tatsächlich um Matthes Geiger handelte. Gegenüber von dem Haus standen weitere kleine Parzellen. Bei deren Anblick kam Helene eine Idee.

»Lass uns erstmal aus dem Sichtfeld verschwinden.« Dann warf Helene Paul einen fordernden Blick zu.

Siehst du eigentlich nur so sportlich aus oder hast du wirklich was drauf?«

»Du wirst jetzt aber ziemlich frech, findest du nicht?« Paul genoss es sichtlich, sich mit Helene zu necken.

»Du erwartest doch nicht wirklich, dass ich mich noch länger verstelle, oder?« Und wieder war da dieses Lächeln, was ihn verzauberte. Diese Frau konnte sagen, was sie wollte. Es war ihm einfach nicht möglich, böse auf sie zu sein.

»Bevor ich deine Frage beantworte, wie sportlich wünscht es die Dame?«

»Kannst du klettern?« Paul schaute sich zuerst fragend um. Dann verstand er.

»Vergiss es! Wenn da Leute in den Parzellen sitzen, erschrecken wir die zu Tode.«

»Ach, da wird niemand drin sein. Zur Not hast du ja deinen Dienstausweis bei.«

»Du möchtest dich wirklich in einem der Gärten auf die Lauer legen?« Helene antwortete mit einem kessen Lächeln.

»Wenn uns jemand sieht, ...«

»... Zückst du deinen Dienstausweis.«

Beim ersten Zaun stellte sich Paul noch etwas unbeholfen an. Helene dagegen ließ das erste Hindernis fix hinter sich.

»So! Noch einmal müssen wir! Wenn wir uns in der nächsten Parzelle auf die Lauer legen, haben wir eine gute Sicht.«

»Gott sei Dank!«

Kurz darauf lag Paul neben Helene. Direkt vor einer Hecke, die dermaßen durchlöchert war, dass diese einen fast zu guten Ausblick in den benachbarten Garten lieferte. Walter fühlte sich wie ein 8-jähriger Junge, der mit seiner besten Freundin im Dreck lag, um einen Fahrraddieb zu schnappen. Nur Helene und er waren nicht befreundet. Er empfand weit mehr als Freundschaft. Und wie es Helene dabei erging, wollte er lieber gar nicht wissen. Und hier ging es auch nicht darum, einen Fahrraddieb zu ertappen, sondern einen Serienmörder zu stellen.

Nach fünfzehn Minuten verließ eine Frau die benachbarte Gartenhütte. Geradewegs lief sie Richtung Ausgang.

»Die sieht nicht aus wie ein Massenmörder. Die sieht aus wie Cameron Diaz.« Helene antwortete nicht auf Pauls Worte. Die Frau durfte sie nicht hören. Die zog das Gartentor hinter sich zu und spazierte beinahe vorsichtig in Richtung der Polizisten. Helene rechnete fest damit, entdeckt zu werden. Sie drückte sich so tief ins Gras, wie nur möglich.

»Entschuldigung! Sind Sie von der Polizei?« Helene und Paul starrten sich an. »Herr Geiger sitzt mit meinen Kindern im Haus.« Helene Eberle hatte keine Erklärung dafür, aber diesen Moment empfand sie als peinlich. Sie stand auf, putzte sich halbherzig den Schmutz von ihrer schwarzen Hose und wollte zumindest einen Rest an Autorität nicht verloren geben. Paul erhob sich ebenfalls.

»Ähhh ... ja, Paul. Kripo. Entschuldigung, aber woher wissen Sie, dass wir von der Polizei sind?«

»Herr Geiger erzählte alles. Es war ja doch nur eine Frage der Zeit, bis er gefasst wird. Bitte führen Sie ihm keinen Schaden zu. Uns hat er nichts getan. Er verhielt sich zu uns sehr freundlich.« Helene stellte sich nicht extra vor. Über die Hecke hinweg begann sie ein Gespräch mit Frau Frank.

»Matthias Geiger ermordete ihren Mann, den Vater ihrer Kinder.« Die Frau schaute kurz schockiert.

»Davon hat er nichts erzählt. Er meinte, er wird zu Unrecht gesucht.«

»Die Beweislage spricht eine komplett andere Sprache.«

Walter schaute sich um. Er hatte jetzt das Gefühl, eingesperrt zu sein. Hier in dieser kleinen, eingezäunten Parzelle. Da das Tor mit Sicherheit verschlossen war, ließ es sich nicht vermeiden, durch die Hecke zu schlüpfen. Dabei fühlte er sich wieder wie ein 8-Jähriger, den seine Mutter suchte, weil er nicht pünktlich zum Abendessen erschien. Und nun musste er, nachdem er ausfindig gemacht wurde, sein Versteck verlassen.

»Sind Sie sicher, dass er meinen Mann ...?«

»Ja.« Helene Eberle schaute der Frau tief in die Augen. Anschließend drehte sie sich, mit dem Rücken voran, durch die Hecke. Jetzt befand sie sich direkt vor der Frau. Paul behielt Recht. Sie sah Cameron Diaz tatsächlich zum Verwechseln ähnlich.

»In Ihrer Laube?«

»Ja, mit meinen Kindern.« Dass Geiger mit den Kindern in der Laube saß, betonte der Cameron Diaz-Verschnitt in solch einer Deutlichkeit, dass die Kripo-Beamten die Anwesenheit der Kinder gar nicht außer Acht lassen konnten.

»Walter? Kommst du?« Helenes Kollege schlich drei Schritte zurück. Er starrte misstrauisch das Gestrüpp zwischen Helene und ihm an. Die deutete auf die Lücke, die sie vorhin hinterließ.

»Schön, aber du bist ja auch schlanker als ich.«

»Ich dachte, Polizisten seien mutig.« Paul setzte auf die Spitze der Frau, die ihm selbst galt, noch einen drauf.

»Nur im Film. Deswegen schaue ich solche dämlichen Krimis auch nicht. Viel zu unrealistisch!«, rief er etwas zu laut. Er beugte seinen Oberkörper nach vorne, sprintete los, durch die Hecke hindurch und kam vor den Frauen zum Stehen. Die schaute er aber nicht an. Stattdessen begutachtete er die Hautabschürfungen an seinen Händen.

»Oh, soll ich pusten?«

»Gerne.« Paul hielt Helene theatralisch seine Hände vors Gesicht.

»Na los! Es wird Zeit«, mahnte Helene anschließend.

Frau Frank ging voran, Helene zog im Gehen ihren Rucksack vom Rücken und hielt diesen vor ihrer Brust. Im Laufen öffnete sie ihn, zog dabei ihre Heckler und Koch heraus. Jemandem, der vermutlich mehrere Menschen auf dem Gewissen hatte, begegnete sie lieber mit Vorsicht. Auch Walter Paul hielt seine Pistole angespannt in der rechten Hand. In der linken trug er die Handschellen. Cameron Diaz öffnete die Tür der Gartenlaube. Sofort erblickte Helene einen Mann, der auf dem Boden saß. Ihm gegenüber zwei Kinder, dazwischen ein Spielbrett. Mensch ärgere dich nicht. Das empfand Helene als recht treffend.

Als die Polizistin die Lehmhütte betrat, hielt sie Ihre Pistole nicht direkt auf Geiger, aber trotzdem so, dass er sie sehen konnte. Sie wollte die Dramatik für die Kinder möglichst unten halten.

»Matthes Geiger? Wir nehmen Sie vorläufig fest.« Nach drei Schritten hockte Paul jetzt hinter Geiger. Ohne Widerstand legte er dem die Handschellen an. Mit einem ruckartigen Ziehen verdeutlichte Paul, dass Geiger aufstehen sollte. Der leistete auch weiterhin keine Gegenwehr. Währenddessen schaute Helene in verängstigte Kinderaugen.

»Ihr kennt die Regel, oder?« Die Kinder schauten die Polizistin fragend an.

»Wenn jemand nicht weiterspielen kann, haben die Anderen gewonnen.« Mit diesen Worten wollte Helene die Kinder eigentlich etwas aufmuntern. Doch es gelang ihr nicht. Noch immer schauten vier betrübte Kinderaugen vorwurfsvoll in ihre Richtung. Vielleicht, weil Helene das Spiel kaputtgemacht hatte. Oder ihren Spielkameraden wegnahm. Doch bei Geiger handelte es sich um keinen Spielkameraden. Die Gefahr, die von Geiger ausging, wirkte auf Helene so gigantisch wie der Berliner Fernsehturm.

Draußen bekam die Polizistin mit, wie ihr Kollege Geiger über seine Rechte aufklärte. Der Mann in Handschellen lachte ihn aus und meinte höhnisch, dass er rein gar nichts sagen werde. Und im Haus selbst machte er nur wegen den Kindern keinen Aufstand. Komischerweise beruhigten diese Worte Helene etwas. Es musste also doch etwas Hirn in Geigers Kopf vorhanden sein, dachte sie sich.

»Ich sage Ihnen mal was. Sie müssen gar nichts sagen. Wir haben so viele Beweise, so viele Aussagen gegen Sie. Das reicht für lebenslänglich mit anschließender Sicherungsverwahrung.

Wir machen uns nicht mehr Arbeit, als nötig. Vor allem nicht mit Ihnen.«

»Wer zuletzt lacht«, entgegnete Geiger höhnisch. Paul schob ihn weiter vor sich her. Helene, die die beiden Männer aus dem Kleingarten begleitete, konterte seine Provokation.

»Wer zuletzt lacht? Möchten Sie zuletzt lachen? Wissen Sie was? Wer zuletzt lacht, hat es schlicht vorher nicht begriffen.«

Matthes Geiger verzog keine Miene. Paul schob ihn weiter raus aus der Anlage. Richtung Polizeiauto. Dort standen bereits die Kollegen, um Geiger in Empfang zu nehmen.

Donnerstag, 05.Oktober
16:30 Uhr, LKA für Delikte am Menschen,
Keithstraße, Tiergarten

Im Bezirk Tiergarten peitschte inzwischen fieser Nieselregen an das Bürofenster.

Simone Otto saß am Schreibtisch und genoss eine Tasse Cappuccino. Das war aber auch das Einzige, was sie gerade genießen konnte. Seitdem Marie Müller mit ihrer Mutter das Büro verließ, probierte sie, zum zuständigen Kollegen in Ratingen durchgestellt zu werden. Genervt wedelte sie mit ihrer linken Hand durch die Luft, als wollte sie diese zerreißen. Sie konnte einfach nicht glauben, wie viel Inkompetenz es sogar bei der Polizei geben konnte.

Eine rauchige Stimme, die die Frau an einen Hardrockmusiker erinnerte, ertönte am anderen Ende der Leitung. Diese Stimme raubte Simone Otto sofort jede Hoffnung.

Marie Müller meinte bei ihrer Aussage, dass Louis Schütz der Mörder von Wladimir Perenov sei. Die 15-Jährige sah Louis an diesem Abend zum ersten Mal. Sie fand es komisch, dass er sich andauernd vor Matthes beweisen wollte. Dabei beleidigte Matthes seinen Freund in einer Tour. Er behandelte ihn wie einen Sklaven. Das Angebot, für Geld einen Obdachlosen zu erstechen, kam Louis scheinbar entgegen. Endlich bekam er die Chance, seinen Mut vor Geiger zu beweisen.

Aus diesem Grund wollte die Otto, dass man Louis Schütz sofort nach Berlin zurückbrachte. Gemeinsam mit Konrad Wilde. Schließlich sagten mindestens zwei Leute die Unwahrheit. Drei wurden beschuldigt und alle drei liefen noch immer frei herum. Von Geigers Festnahme erfuhr die Otto noch nichts.

Doch nun drohte sie an einem Mann zu scheitern, der sich mit KOK Weniger vorstellte.

»Nein, so einfach ist das alles nicht. Die Polizei kann doch nicht ungeniert Leute festnehmen, um diese nach Berlin zu transportieren. Zugleich fehle für solch eine Aktion schlicht das Personal«, ließ er die Otto wissen. Die kochte inzwischen vor Wut, gab aber noch nicht auf.

»Es besteht dringender Mordverdacht. «

»Ja, Schütz sei von einer Zeugin glaubhaft als Täter genannt worden.«

»Nein, einen richterlichen Beschluss gibt es nicht. Wieso auch? Diesen benötigt man doch erst, wenn jemand länger als vierundzwanzig Stunden von der Polizei festgehalten wird. Hat also noch Zeit.«

Aber die Otto hätte auch mit einem Schimpansen telefonieren können, der hätte vermutlich genauso wenig mit sich reden lassen, wie KOK Weniger. Der Otto war das zu viel. Wütend würgte sie das Telefonat ab.

Es gab jetzt noch zwei Optionen. Sie konnte es bei den Kollegen in Kaarst probieren, um zumindest Konrad Wilde nach Berlin bringen zulassen. Das ergab aber wenig Sinn, weil Louis Schütz, Konrad Wilde und Marie Müller gemeinsam an einen Tisch mussten. Es galt, mindestens zwei Lügner zu entlarven.

Die zweite Idee, die zuständige Staatsanwaltschaft anzurufen, wischte Simone Otto weg. Sie wusste nur zu gut, die Bürokratie in dieser Abteilung brauchte lange und das Personal fehlte auch dort in sämtlichen Bereichen.

Freitag, 06.Oktober
06:45 Uhr, Bötzowstraße, Prenzlauer Berg

Helene Eberle saß in der Küche. Vor ihr eine noch lauwarme, in Vergessenheit geratene Tasse Kaffee. Ihren Kopf stützte sie auf beide Handflächen, ihre Ellenbogen bohrten ein Loch in die Tischplatte. Helene dachte an Walter und an seine bevorstehende Aufgabe. Die heutige Vernehmung von Matthes Geiger.

Vernehmungen führen – Helenes Spezialgebiet. Doch sie konnte nicht dabei sein. Nicht einmal Tipps geben konnte sie. Wäre ihre Gefühlswelt ein Musikstück, jemand spielte in ihr ein Mixtape ab. Wut und Kränkung hießen die ersten beiden Lieder, weil Schönagel sie unberechtigt suspendierte. Das dritte Lied hätte irgendwas mit Trauer zu tun. Weil sie Paul nicht beistehen konnte. Das vierte Lied wäre etwas mit Sehnsucht. Sehnsucht nach ihrem Beruf, den sie so sehr liebte. Und Sehnsucht nach einem Menschen, den sie vor nicht mal einer Woche zum ersten Mal sah. Wie gerne wäre sie jetzt aufgestanden, würde in ihre Schuhe schlüpfen und zur Arbeit aufbrechen. Doch Helene blieb sitzen. Die Aussicht auf einen gemeinsamen Tag mit ihrer Tochter sorgte immerhin für etwas Trost bei der Mutter.

Freitag, 06.Oktober
09:30 Uhr, LKA für Delikte am Menschen, Keithstraße, Tiergarten

Am gestrigen Abend bekam Matthes Geiger Besuch von einem Pflichtverteidiger, der sich mit ihm unterhalten wollte, um gemeinsam eine Verteidigungsstrategie zu entwickeln. Und hätte Geiger nicht mit Tritten und Spuckattacken auf den Anwalt reagiert, hätte an diesem Freitag noch keine Vernehmung stattfinden können, weil der Anwalt sich erst einen Überblick über die Akten hätte verschaffen müssen. Geiger lehnte es auch ab, einen Verwandten oder Bekannten anzurufen. Das übernahm schließlich Simone Otto.

Paul rechnete fest damit, dass Geiger, während der Vernehmung, keine Miene verziehen würde. Doch er irrte. Mit im Vernehmungszimmer saß auch die Pressesprecherin Janette Brühl. Am Schreibtisch, der direkt am Fenster stand, führte sie Protokoll und beobachtete Geiger, wie er Paul ununterbrochen mit einem dreckigen Lächeln provozieren wollte. Doch reden tat Geiger noch nicht.

Paul brachte Kinderschänder zum Sprechen. Nicht allzu schwer. Nur deckte er damit einen Sumpf auf, in dem sogar Kollegen aus dem LKA steckten. Menschen, die wegen Drogen mordeten, brachte er zum Reden. Paul dachte an Tilo Weiß. Einem bekannten Neonazi. Auch der gestand drei Morde. Nach unsagbaren neun Stunden. Doch nie nahm er diese Aufregung wahr. Diese Nervosität. Seine Hände zitterten. Geigers Lächeln war wie aus Eis. Ungenießbarem Eis, das so dreckig wie die Wohnung eines Messies war. Paul spürte die soziale Kälte, die Matthes Geiger ausstrahlte. Nicht nur durch sein respektloses Lächeln.

Die ersten dreißig Minuten der Vernehmung vergingen rasend schnell. Genauso schnell musste Paul feststellen, dass all die bisher investierte Mühe und Geduld umsonst war. Er musste seinen Plan ändern. Er nahm sich nun vor, erst einmal das Reden einstellen, keine Miene mehr zu verziehen. Paul schwieg also, schaute Geiger aber ununterbrochen an. Dem schien das nichts auszumachen, er lächelte weiter unverhohlen. So saßen sich die Männer die nächste Stunde gegenüber. Paul durchbohrte Geiger mit seinem Blick, doch dessen Lächeln blieb standhaft. Aber irgendwann stellte Geiger doch das Lächeln ein und schwieg nur noch. Manchmal entglitt ihm ein genervter Blick, der Paul hoffen ließ, doch auch diese Hoffnung schmolz dahin wie Eis in der Wüste. Paul merkte irgendwann, auch so konnte er nicht weitermachen. Weil er so nicht weiterkam. Gut, dann scheiterte also auch diese Methode. Der Kripo-Beamte dachte nach, während Geiger seinen Kopf auf seine linke Hand stützte. Walter Paul musste wieder die Initiative ergreifen. Ihm blieb ja nichts anderes übrig.

»Herr Geiger, entspricht es denn nun der Wahrheit, dass Sie Herrn Christian Frank erstochen haben?« Paul versuchte es jetzt direkt, doch er erntete nur eine provokante Geste von Geiger. Der legte seinen Arm auf den Tisch und seinen Kopf darauf. So, als wolle er ein Nickerchen halten.

»Eine Antwort mit Ja oder Nein reicht schon. Oder überfordert Sie das?« Wer ließ sich von den beiden Männern nun zuerst aus seinem Versteck locken?

»Am Wilhelmsruher Damm, in der Nacht von Dienstag auf Mittwoch, ermordeten Sie ebenfalls Xaver Schuhmann. Sie haben auch ihn erstochen. Richtig?« Paul erhielt ein Gähnen als Antwort. Er erhob sich.

»Für die beiden Morde gibt es ausreichend Zeugenaussagen. Es spielt also gar keine Rolle, ob Sie sich hier verweigern. Sie werden in jedem Fall verurteilt. Weil die Presse sie vorher durchs Dorf treiben wird. Für das, was Sie getan haben, kann sich kein Gericht der Welt ein Urteil unter lebenslänglich mit anschließender Sicherungsverwahrung leisten.«

Simone Otto verschaffte sich plötzlich, ohne zu klopfen, Zugang zum Vernehmungsraum. Geiger konnte Sie nicht sehen. Er saß mit dem Rücken zur Tür. Die Otto winkte Paul heraus. Der ärgerte sich nicht darüber, dass die Otto so einfach in die Vernehmung platzte. Da war er schon ganz andere Dinge von seiner Kollegin gewohnt. Außerdem kam ihm die kurze Verschnaufpause ganz recht. Er ließ Geiger mit Janette Brühl allein im Raum zurück.

»Zwei gute Nachrichten. Francis Thamm entließ man vor einer guten Stunde aus dem Krankenhaus. Jessica Schneider schwebt nicht mehr in Lebensgefahr. Sie wird morgen die Intensivstation verlassen. Die Ärzte meinten aber, dass die Verletzungen an ihrem Körper höchstwahrscheinlich von ihr selbst stammen.« Walter Paul reagierte nicht auf den letzten Satz. In seinem Kopf drehte sich im Moment alles um die Vernehmung.

»Bringt mir bitte den Thamm. Wir brauchen seine Aussage.«

»Keine Ahnung, wo der sich jetzt aufhält.«

»Lasst sein Handy orten. Mir egal. Wir brauchen ihn hier. Soweit kann der ja noch nicht sein.« Sofort begab sich Paul zurück in den Vernehmungsraum.

»Herr Geiger, alles okay? Haben Sie Ihre Sprache wiedergefunden?«

»Keine Antwort ist auch eine Antwort«, warf jetzt die Pressesprecherin in den Raum.

»Herr Geiger, Francis Thamm verließ heute Morgen das Krankenhaus. Auch er wird Sie belasten. In der Wohnung hielt sich auch eine Dame mit dem Namen Jessica Schneider auf. Sie hat den Angriff von Ihnen überlebt. Sie schwebt also nicht mehr in Lebensgefahr. Auch von dort erwarten wir eine Aussage, die Sie belasten wird. Tja, haben Sie Scheiße am Schuh, haben sie Scheiße am Schuh. Es sieht nicht gut aus für Sie. Kommen Sie, reden Sie mit mir, sagen Sie mir, was im Märkischen Viertel und am Ostbahnhof passierte. Es hat ja doch keinen Sinn.«

Freitag, 06.Oktober
12:30, Bötzowstraße, Prenzlauer Berg

Mit einer Mischung aus Skepsis und Ekel starrte Helene Eberle auf die Porzellanschüssel mit den dampfenden Kartoffeln, die ihre Mutter auf dem Küchentisch platzierte. Nein, Helene wollte nicht unhöflich rüberkommen. Sie behielt es für sich, dass ihr allein der Gestank nach gebratener Paprika den Appetit raubte. Ihre Tochter Klarissa half so emsig beim Essen, Helene konnte es einfach nicht zurückweisen.

»Mama, magst du? Die habe ich gestopft.« Helene nickte und lächelte. Das Mädchen griff mit zwei Löffeln vorsichtig in den Bräter und legte ihrer Mama langsam und voller Hingabe eine gefüllte, gelbe Paprikaschote auf den Teller. Doch Helene sah nur eine faltige Haut mit kleinen, schwarzen Flecken, die sie an Hautkrebs erinnerten. Dass es tatsächlich Menschen gab, die gefüllte Paprikaschoten aßen, lag außerhalb von Helenes Vorstellungskraft. Doch sie nahm sich zusammen.

Nachdem Irene Siefert und Klarissa Platz nahmen, machte sich Helene an die Paprikaschote. Immerhin konnte sie ja das Gehackte im Inneren essen. Dezent zog sie die gelbe Haut ab, ehe sie von der Füllung eine Scheibe abschnitt. Sie führte die Gabel zum Mund und kostete.

»Sag mal, das Fleisch war sicher noch nicht abgelaufen?«

»Fleisch?« Mehr brachte Klarissas Oma nicht heraus, denn das Mädchen fiel ihr voller Stolz ins Wort.

»Das ist Soja.« Helene stellte augenblicklich das Kauen ein. Das war zu viel. Sie unterdrückte ihren Brechreiz, brachte unumwunden noch ein »*das ist doch ein Witz*«, heraus, ehe sie im Badezimmer verschwand. Sofort spuckte sie den Inhalt in die Toilette. Fleisch mit Paprika, okay, wenn es denn sein muss. Aber Soja mit Paprika, nein!

Vor dem Badezimmerspiegel wischte sie sich ihre Haare aus dem Gesicht. Wie kam sie aus dieser Nummer jetzt wieder raus? Was sollte sie ihrer Tochter erzählen? Aus der Ferne ertönte ihr Handy. Sofort nutzte Helene diese Chance und lief ins Wohnzimmer.

»Helene, ich habe zwei tolle Nachrichten für dich.« Helene war erfreut, die Stimme von Walter Paul zu hören. Der ließ seine Kollegin gar nicht zu Wort kommen.

»Erstens: Die Dezernatsleitung hob deine Freistellung auf.«

Bei Helene sorgte das nicht für Verwunderung! Dass sie Geiger im Märkischen Viertel als Fluchthelferin diente, stand zwar noch im Raum, aber diese völlig blödsinnige Anzeige ihres Mannes hatte sich wohl endlich erledigt. Aber war es nicht Aufgabe ihrer Vorgesetzten, sie darüber zu informieren, dass man ihre Suspendierung aufhob?

»Und zweitens: Geiger hat gestanden.«

»Was?« Helene glaubte, sich verhört zu haben. »Sicher?«

»Ja. Er gab alle Morde zu. Und dass er Thamm aus dem Fenster schmiss. Außerdem gestand er, diese Jessi mit einem Messer angegriffen zu haben. Und er bestätigte auch, dass du ihm nicht zur Flucht verholfen hast. Ach so, dabei fällt mir ein, es gibt sogar noch mehr: Der Thamm verließ inzwischen das Krankenhaus und Jessica Schneider schwebt nicht mehr in Lebensgefahr. Ich würde mal sagen, wir haben was zu feiern.«

195

Freitag, 06.Oktober
15:10 Uhr, Krankenhaus Westend, Charlottenburg

Das Zittern nahm ab. Auch die Schweißdrüsen stellten die Arbeit wieder ein. Sein Körper erinnerte ihn vorhin an seine Abi-Fahrt. Da war dieser fulminante Krach, diese maximale Unruhe. Genau dort, wo jetzt absolute Stille herrschte. Eine Stille, die er sich nicht erklären konnte. Sein Körper fühlte sich zwar matt und müde an, aber seine Seele auch genauso ausgeglichen. Das lag an den erst langsam erwachenden Erinnerungen.

Das grelle Licht blendete Matthes Geiger. Stück für Stück drehte er seinen Kopf nach rechts. Neben ihm stand ein leeres Bett. Dahinter ein Tisch mit Dingen, die er noch nicht zuordnen konnte. Um dem grellen Licht von der Decke zu entgehen, drehte Geiger seinen Kopf langsam, aber doch so schnell er konnte, zur anderen Seite. Das erforderte viel Anstrengung. Er erkannte einen grauen Becher auf einem Tisch vor ihm. Daneben ein Ding aus Eisen, was großflächiger als Geigers Blickfeld war. Direkt dahinter ein gigantischer Schrank mit orangen Türen. Geiger hatte noch immer keine Ahnung, wo er hier war. Er schaute wieder zur Decke, kniff dabei seine Augen zu. Er wollte seinen linken Arm anheben, erst da bemerkte er den Schlauch, der zu seiner Armbeuge führte. Langsam bewegte Geiger die Finger beider Hände. Am Fußende erhob sich eine Gestalt. Der schmächtige Mann schaute ihm kurz ins Gesicht, vollzog ein paar Schritte Richtung Tür und drückte auf einen Knopf. Die Gestalt lief zurück an das Bettende von Geiger, setzte sich wieder und verschwand damit aus seinem Sehkreis. Wörter fielen noch zu schwer, aber einzelne Töne konnte er schon wieder von sich geben. Doch die waren für die Silhouette am Ende des Bettes

nicht zu verstehen. Was aber auch daran lag, dass das Kreuz-
worträtsel die ganze Konzentration des schmächtigen Mannes
einforderte.

Eine Frau in einer Krankenhausuniform erschien im Zimmer.
Geiger erkannte jetzt, dass es sich bei der zweiten Person um
einen Polizisten handelte. Er hörte nur ›wach‹ und ›mehr‹.
Was die Krankenschwester antwortete, entging Geiger. Dann
verschwand sie wieder. Er mühte sich redlich, das Wort ›Licht‹
über seine Lippen zu bringen, doch es gelang ihm nicht.

Langsam wie eine Schnecke krochen Erinnerungen zurück in
seinen Kopf. Auch die Frau in der Krankenhausuniform tauchte
schon wieder auf. Geiger drehte seinen Kopf nach links, sah die
Frau vor sich stehen. Sie musste so alt sein, dass ihr sogar das
Stehen Probleme bereitete. In gebückter Haltung stand sie neben
ihm und tauschte die Ampulle mit dem Beruhigungsmittel aus.
Geiger kam der heutige Morgen in den Sinn. Und er bereute. Bis
die Wirkung der Medikamente wieder einsetzte …

Freitag, 06.Oktober
15:20 Uhr, U-Bhf. Wittenbergplatz, Schöneberg

Helene Eberle stand auf dem Bahnsteig vom U-Bahnhof Wittenbergplatz. Sie musste sich sammeln, wieder einen klaren Kopf
bekommen. Was für eine Fahrt war das denn bitte? Bereits, als
sie die Wohnung im Prenzlauer Berg verließ, tauchten dunkle
Wolken die Stadt in ein aschfahles Grau. Keine guten Aussich-
ten für den heutigen Tag. Dann bespuckte sie beim Zustieg in
die U-Bahn, am Alexanderplatz, ein ungepflegt aussehender
Mann. Dazu schrie er obszöne Beleidigungen in ihre Richtung.

In ihrem Beruf lernte die Kriminalbeamtin früh, Aggressionen anderer niemals auf sich selbst zu beziehen. Was immer dieser Mann an diesem Tag bereits erlebte, sie traf daran keine Schuld. Aber auch die U-Bahn glich heute einem heißen Topf Nudeln. Es war extrem stickig, sehr eng und an Helene klebten andere Menschen. So etwas kannte sie aus Baden-Württemberg nicht. Auch nicht, dass die Bahn heute extrem lange bis zum Wittenbergplatz brauchte, weil sie ständig zwischen den Bahnhöfen stoppte. Und gerade im Tunnel fand Helene das alles andere als lustig. Sie ließ ihre Hände über ihr Gesicht gleiten, dann machte sie sich auf, den U-Bahnhof zu verlassen. Dabei musste sie feststellen, dass das Berliner Wetter so abwechslungsreich wie eine Bundestagssitzung war.

Im Büro angekommen lernte Helene mit Juliane Bergmann auch die letzte Kollegin der Abteilung kennen. Die Frau aus Schwaben wirkte irritiert. Mit dem Namen Juliane Bergmann hätte sie jedes Gesicht in Verbindung gebracht. Jedes Gesicht, was eben so typisch deutsch aussieht, wie der Name klingt. Doch vor Helene stand eine großgewachsene Frau mit schulterlangen schwarzen Haaren. Dazu ein freundliches Lächeln. Die Kollegin sah aus, als stamme sie aus dem asiatischen Raum. Vielleicht Vietnam? Japan? Helene fiel außerdem ihre kräftige Statur auf. Nein, Juliane Bergmann wirkte keinesfalls dick, dafür aber kräftig. Regelrecht durchtrainiert.

»Du kannst dir nicht vorstellen, wie ich mich freue, dass du jetzt auch wieder offiziell an Bord bist.« Paul hielt seine Begeisterung nicht zurück, als er Helene sehnsüchtig an sich drückte. Danach ging er zurück zum Schreibtisch und griff nach der Akte.

»Also, wir haben ihn. Er hat gestanden. Kannst du alles nachlesen.« Paul warf Helene die Akte zu.

Die schaute zu Juliane Bergmann, die seelenruhig neben der Tür stand. Helene setzte sich und schlug die Akte auf. Sie begann zu lesen. Und mit jedem Wort, was sie erfasste, nahm ihr Kopfschütteln zu.

»Entschuldigt, aber wenn sich das so abgespielt hat, wie es hier steht, hat das vor keinem Gericht Bestand.«

»Was meinst du?«

»Walter, der Typ lag am Boden. So wie Ihr ihn hier beschrieben habt, hättet Ihr auch ein Stück Käse vernehmen können. Das hätte genauso viel Sinn ergeben.«

Jetzt mischte sich Dietmar Schulz ein. »Du kannst das gar nicht beurteilen. Man, der Typ hat doch nur so getan.« Doch anders als Dietmar Schulz wollte Paul nicht persönlich werden. Doch er wollte auch nicht, dass seine Arbeit schlecht geredet wurde.

»Selbst, wenn der nicht so getan hat, als breche er gleich zusammen, die Opfer hat er auch nicht gefragt, ob die einverstanden waren, ihr Leben zu lassen.«

»Wo habt Ihr Geiger hingeschafft?«

»Woher sollen wir das wissen?«

Paul musste Schulz ausbremsen.

»Wir haben einen Krankenwagen gerufen. Wenn er so leidet, dachten wir, spielen wir mit.«

»Seid Ihr Ärzte, die Diagnosen stellen? Ich meine, wer gibt euch die Sicherheit, dass der nur so getan hat?« Auch Simone Otto wetterte jetzt in Helenes Richtung.

»Was spielt das jetzt bitte für eine Rolle? Wir haben sein Geständnis. Nach über zwei Stunden Vernehmung. Damit haben wir unsere Arbeit erledigt. Um alles Weitere haben sich die Gerichte zu kümmern.«

»Gott sei Dank«, Helene bemühte sich nicht, ihre Gedanken für sich zu behalten, »arbeitet nicht jeder Kripo-Beamte so wie du.«

»Helene bitte!«

»Walter, was nützt ein Geständnis, wenn es vor Gericht nicht zählt?« Die Otto lief jetzt heiß.

»Du hast ja nicht mehr alles Tassen im Schrank. Wir haben genug Aussagen, um diesen Typen lebenslang einsperren zu lassen. Da kommt es auf einen Mord und eine bekloppte Aussage auch nicht mehr an.«

Helene stand auf und lief zur Tür.

»Genau! Und dass da draußen womöglich noch immer der Mörder von Wladimir Perenov frei herumläuft, tut dabei rein gar nichts zur Sache.« Die Tür fiel hinter Helene krachend ins Schloss. Bevor sie die Treppe am Ende vom Flur erreichte, ertönte hinter ihr eine Stimme.

»Stopp bitte!« Helene drehte sich um. Juliane Bergmann joggte auf sie zu. »Du hast absolut recht. Ich weiß, dass die Sanitäter Matthes Geiger ins Krankenhaus Westend brachten. Das haben sie mir auf Nachfrage geantwortet. Das Haftkrankenhaus in Plötzensee fühlte sich nicht zuständig, weil er ja nicht inhaftiert ist. Möchtest du hinfahren? Ich komme gerne mit.«

»Erstmal muss ich hier raus. Ich brauche frische Luft. Und einen Kaffee. «

Freitag, 06.Oktober
15:50, Krankenhaus im Friedrichshain

In seinen Gedanken badend lag Matthias Eberle in seinem Krankenbett. In seinem Kopf hingen noch immer die Worte der Ärzte, dass er gute Chancen hätte, für immer vom Alkohol loszukommen. Na bitte, er hatte also gar kein richtiges Alkoholproblem. Er konnte jederzeit aufhören zu trinken.

Dieser Gedanke beruhigte ihn, denn nun durfte er sich, ganz ohne schlechtes Gewissen, auf ein herbes, leicht gekühltes Bier freuen, sobald er wieder aus dem Krankenhaus kam. Sollte nochmal einer sagen, er habe ein massives Alkoholproblem. Sicherlich trank er zuletzt ziemlich viel, doch jetzt hatte er die Gewissheit, es auch tageweise ohne Alkohol zu schaffen. Also trank er doch praktisch nicht mehr, als andere. Wer verzichtete denn bitte schon mehrere Wochen auf Alkohol? Es sei denn, man lebte abstinent. Ja, er hatte mit den Aussagen der Ärzte den Beweis. Er zerbrach sich schlicht viel zu sehr den Kopf über seinen Alkoholkonsum.

Kurze Zeit später stand der Mann mit der Halbglatze vor dem Haupteingang des Krankenhauses im Friedrichshain. Neben ihm saß ein Mann im Rollstuhl und qualmte. Dieser Mann wirkte nicht viel älter als er. Lediglich abgelebter. Was Matthias Eberle vor allem an dem blutroten Kopf, den vielen Falten und der krummen Körperhaltung erkannte. Am anderen Ende der Glastür stand eine Frau mit straßenköterblonden Locken. Neben ihr ein weiterer Mann im Rollstuhl. Aus der Ferne erkannte Matthias Eberle, dass diesem ein Bein samt Oberschenkel fehlte. Überhaupt sahen die meisten Menschen hier im und vor dem Krankenhaus ziemlich verbraucht aus.

Das Personal eingeschlossen. Doch besonders die Menschen vor dem Haupteingang ließen in Matthias Eberle dann doch leichte Zweifel wachsen. Er fragte sich, wie erheblich die Gefahr wohl sei, dass er selbst bald so ende, wie die Menschen hier neben ihm. Nicht wegen dem Alkohol. Der war ja nicht das Problem. Nein, das Problem war, dass er sein Leben ungebremst an den nächsten Baum fuhr. Er verlor seine Frau und vermutlich auch seine Arbeit. Also, was konnte aus ihm noch werden? Er allein musste endlich alle Kraft, die er noch hatte, auf das Bremspedal drücken. Damit er die Gewissheit bekam, nicht auch irgendwann als mitgenommene Gestalt vor einem Krankenhauseingang zu enden.

Helene wollte er nicht zurückhaben. Eine Lebenspartnerin, die es ehrlich mit ihm meinte, hätte ihn niemals im Stich gelassen. Doch er wollte seine Tochter sehen. Regelmäßig. Für Klarissa wollte Matthias Eberle kämpfen.

Durch den Glaseingang lief er zurück in das Krankenhaus. Vor dem braunen Tresen, der sich wie eine Schlange langzog, blieb er stehen. Eine Pförtnerin schaute ihn fragend an.

»Entschuldigen Sie bitte, können Sie mir sagen, wie ich von hier zur Bötzowstraße komme?«

»Direkt hinter dem Krankenhaus quer durch den Volkspark. Auf der anderen Straßenseite liegt die Bötzowstraße.«

Freitag, 06.Oktober
17:45 Uhr, alter St.-Matthäus- Kirchhof, Schöneberg

Noch fünfzehn Minuten blieben Walter Paul, bis der Friedhofswärter die Tore schloss. Er hockte vor dem Grab, wo sein

Sohn und seine Frau ein Zuhause für die Ewigkeit fanden. Paul verbarg seine Tränen nicht.

»Es tut mir leid. Ich habe selber keine Erklärung dafür. Ich weiß, ich habe dir ewige Treue geschworen. Das meinte ich ehrlich. Wirklich. Aber Helene ... ich wünschte, ich könnte das erklären. Bitte verzeih mir! Du wirst immer meine erste Frau bleiben. Und niemals werde ich dich vergessen. In meinem Herzen wirst du immer einen Platz haben. Genauso wie Emil. Bitte, gib mir die Chance, wieder glücklich zu werden. Der Verlust von euch zwei fühlte sich so schmerzvoll an. Bis ich Helene das erste Mal sah. Seitdem habe ich das Gefühl, ein neuer Mensch zu sein. Klar, du verstehst das. Du hast mich immer verstanden. Du warst das Beste, was mir je passieren konnte. Aber jetzt ist da Helene. Sie wird dich nie ersetzen. Niemand kann dich ersetzen. Und trotzdem bin ich mir sicher, mit ihr glücklich zu werden.«

In Pauls Kopf geisterten viele Gedanken. Gedanken, die er sich hier nicht traute auszusprechen. Gedanken, dass er noch nie diese Liebe spürte. Nicht einmal seine erste Frau verdrehte ihm so sehr den Kopf wie Helene. Nein, Paul konnte nicht einmal sagen, ob Helene seine Liebe erwiderte. Aber er konnte sagen, dass er sein Herz verlor. Und seine Armbanduhr sagte ihm, dass jetzt noch fünf Minuten blieben, bis die Tore des Friedhofs geschlossen wurden. Mit einem Feuerzeug zündete er zwei Grabkerzen an.

»Bis nächstes Mal! Nächste Woche komme ich wieder. Ich habe euch sehr lieb.«

Walter Paul machte sich auf den Weg zu Helene. Den kleinen Krach von heute Morgen wollte er schnellstmöglich wieder aus der Welt schaffen.

Freitag, 06.Oktober
18:15 Uhr, Bötzowstraße, Prenzlauer Berg

Das kleine Mädchen verpasste ihrem Gesicht mit jeder Nudel die gleiche Farbe wie die ihrer Locken. Ihre Mutter hingegen saß vor ihrem Teller und rührte die Nudeln mit Tomatensoße nicht an. Was diesmal nicht am Essen lag, sondern an all den Dingen, die sich an diesem Tag zugetragen hatten.

»Nimm es nicht so schwer. Die werden es nicht böswillig gemeint haben.«

»Es spielt für mich keine Rolle, wer wie was meinte. Mama, du kennst mich. Mir war es immer schon egal, was Menschen über mich dachten. Es wurmt mich viel mehr, dass da Leute sitzen, die scheinbar Dienst nach Vorschrift verrichten, dabei aber den kürzesten Weg einschlagen wollen. Das Ergebnis wird schon stimmen. Und wenn nicht, tragen die anderen die Schuld.«

»Was möchtest du tun?«

»Ich habe so viele Ideen. Aber frag mich bitte nicht nach der Richtigen. Die Leute, die am Ostbahnhof das Geschehen beobachteten, sind längst in ihre Heimatorte zurückgefahren. Hunderte Kilometer weg von Berlin.«

»Ihr könntet Sie schriftlich vorladen. Ganz offiziell. Aber wie ich dich kenne, fehlt dir dafür die Geduld.« Helene streifte sich eine Haarsträhne aus dem Gesicht.

»Du hast Recht. Eher fahre ich hin und spreche mit den Leuten vor Ort. Das kostet weniger Zeit.«

»Habt ihr denn überhaupt schon Zeugenaufrufe gestartet? Vielleicht haben Reisende etwas gesehen? Und am Ostbahnhof gibt es doch so viele Menschen ohne Wohnung. Habt ihr die mal befragt?«

»Die Gegend rund um den Ostbahnhof tapezierte man mit Plakaten voll. Ich glaube auch nicht, dass Menschen, die von der Gesellschaft fallen gelassen wurden, mit der Polizei zusammenarbeiten möchten.«

»Immerhin traf es doch einen von ihnen.«

»Trifft es nicht täglich einen von ihnen? Ich meine, diese Menschen werden doch ständig Opfer von Übergriffen. Nur das es diesmal ...«, Helene schaute zu ihrer Tochter, »ach lassen wir das.« Die Polizistin griff ihr Wasserglas, im gleichen Moment klingelte jemand an der Tür. Klarissa sprang auf und düste wie eine Rakete Richtung Flur. Dort angekommen riss sie beinahe die Wohnungstür aus den Angeln.

»Entschuldigung, aber ...«

Klarissa kam zurück in die Küche gerannt.

»Mama, der Mann von damals ist wieder da.« Die beiden Frauen schauten sich fragend an, standen auf und gingen zur Tür. Vor der stand Walter Paul mit einem pompösen Strauß Blumen und traute sich nicht so recht hinein.

»Bitte entschuldige wegen heute Mittag. Ich habe einfach nicht weit genug gedacht. Du hast ja recht. Natürlich kann der Mörder noch frei herumlaufen. Ich wollte mir so sicher sein.« Tief beeindruckt, aber auch geschmeichelt, tapste Helene etwas unsicher zur Tür. Noch im Türrahmen nahmen sich die beiden Hauptkommissare in die Arme.« Im Wohnzimmer begann es zeitgleich zu poltern. Mit ganzer Kraft zog das rotgelockte Mädchen klackernd einen Stuhl für Paul in die Küche.

»Du darfst neben mir sitzen.« Walter fühlte sich geschmeichelt. Helene begab sich währenddessen ins Bad, öffnete den weißen Unterschrank, schaute kurz und entschied sich dann für die große, grüne Vase.

Appetit brachte Paul nicht mit. Einzig die Sehnsucht nach Helene trieb ihn in den Prenzlauer Berg. Doch Helene hatte für Pauls Sehnsucht wieder keinen Gedanken übrig. Sofort spannte sie ihren Kollegen in das Gespräch mit ihrer Mutter ein.

»Wir haben überlegt, wie wir als Nächstes vorgehen. Klar, Geiger hat Dreck am Stecken, aber die Sache am Ostbahnhof ...«

»Jemand ist solange unschuldig, bis seine Schuld bewiesen ist.«

Helene berichtete Paul, dass ihre Mutter einst beim LKA in Stuttgart arbeitete. Sie diente Helene als Ratgeber in schwierigen Fällen. Beruflich wie privat.

»Vielleicht fahren wir einfach nochmal zum Tatort und fragen die Leute, die sich dort täglich herumtreiben. Vielleicht sah ja jemand doch irgendwas.«

»Ich hatte die gleiche Idee«, brachte sich Helenes Mutter ein.

»Die werden aber nicht mit uns sprechen.«

»Ich hätte ja eine Idee. Aber die kriegen wir eh nicht durch.« Walter Paul wiegelte seine eigenen Worte ab.

»Egal, sag!«

»Man verspricht den Leuten eine Belohnung, wenn sie mit uns sprechen. Aber das bringt nichts. Biete mal jemanden von denen ein Brötchen an, damit er mit dir spricht. Zur Not erfindet er etwas.«

»Weißt du was? Wir haben nichts zu verlieren. Außer Zeit. Lass uns das morgen probieren. Ich kann nicht zu Hause rumsitzen, wenn da draußen jemand frei herumläuft, der ...« Wieder schaute Helene zu ihrer Tochter. Die schaute ihre Mutter an.

»Ich gehe spielen.«

»Danke mein Schatz!«

Pauls Handy klingelte. Er stand auf, um nach seinem Handy

greifen zu können, welches in der Hosentasche seiner dunklen Jeans steckte

»Rita, was los?« Paul wirkte kurz wie gelähmt.

»Wo denn?« Jetzt setzte er sich wieder. Helene vernahm durch das Telefon zwar eine Stimme, erkannte aber nicht, was die Person am anderen Ende sagte.

»Ach so, okay! Dank dir für den Anruf. Dir noch einen geruhsamen Abend.« Das war Rita!

»Und? Sag bitte.«

»In der Nähe vom Ostbahnhof fand man die Leiche eines obdachlosen Polen.«

»Wie bitte?« Auch Helenes Mutter riss die Augen auf.

»Das lässt alles noch schwieriger werden. Berlin hat den ersten Kältetoten. Dabei hat der Winter noch nicht mal begonnen.«

»Okay, ich verstehe, was du meinst. Die Presse.« Paul nickte.

»Durch diesen Tod kann es nur noch problematischer werden, Kontakt zu den Leuten vor Ort aufzubauen.«

»Die Menschen dort interessiert nicht, was vorgestern war. Für die zählt nur das Heute. Und das eigene Überleben. Man wird nicht verstehen, weshalb man sich um den Tod von vor zwei Wochen kümmert, aber nicht um den von heute.«

»Wir reden hier von dem Unterschied Mord und Kältetod, Mama.«

»Das spielt für die Menschen dort aber keine Rolle.«

»Weißt du was? Lass uns morgen von vorne beginnen. Wir sprechen zuerst mit Geiger, wenn der wieder reden kann.«

Doch zu diesem Gespräch sollte es nicht mehr kommen.

Samstag, 07.Oktober
02:37, Krankenhaus Westend, Charlottenburg

Flüsternde Sohlen näherten sich der offenstehenden Zimmertür.
Der Polizist, der Matthes Geiger in dieser Nacht bewachen sollte,
stand in der Mitte des Stationsflurs, am Türrahmen des Dienst-
zimmers gelehnt, und plauderte mit den Nachtschwestern. Unbemerkt schlich sie in das Krankenzimmer von Matthes Geiger.
Der lag mit geschlossenen Augen im hinteren Bett am Fenster.
Mucksmäuschenstill näherte sie sich ihrem einstigen Peiniger.
Nur ihr dunkler Schatten folgte ihr. Sie sah Geiger vor sich. Mit
einer Unschuldsmiene, als hätte es all den Zwang, die Nötigung,
all die Vergewaltigungen und die Erpressungen nie gegeben,
lag er in seinem Bett und atmete gelassen ein und aus. Noch.
Geräuschlos legte sie beide Hände um seinen Hals. Schlagartig
öffnete Geiger die Augen. Er erkannte die Person, die sich zu ihm
herunterbeugte. Doch diesmal, und das war ihm sofort klar, war
er ihr gegenüber machtlos. Zum ersten Mal. Und wahrscheinlich
auch zum letzten Mal. So oft benutzte er sie als Marionette, nutzte und benutzte sie, doch zu diesem Zeitpunkt war er ihr ausgeliefert. Nicht einen Ton brachte er über seine trockenen Lippen,
als die zarten Hände seine Kehle zuschnürten. Er röchelte leise,
schrie in Gedanken um Hilfe. Er roch den Atem der Person über
ihm. Pfefferminzgeschmack.

In Geigers Körper fehlte jede Kraft, um sich zu wehren. Die
zarten Hände drückten seinen Kehlkopf nach hinten. Ja, es
war ein einseitiger Kampf, zu dem sie ihn hier und zu dieser
nachtschlafenden Zeit herausforderte. Er musste hier einen
Kampf führen, den er nur verlieren konnte. Und den Preis des
Verlierens würde er mit seinem Leben zahlen müssen. Ihm half

jetzt nur noch ein Wunder. Oder der Polizist, der ihn überwachen sollte.

Inzwischen drohten Geigers Augen aus dem Kopf zu treten, so fest drückte sie zu. Nein, niemals hätte er ihr diese Kraft zugetraut. Skrupellosigkeit, okay, aber das hier war mehr. Dass hier hätte er als kaltblütig bezeichnet, wenn er dazu noch in der Lage gewesen wäre.

Samstag, 07.Oktober
09:50 Uhr, LKA für Delikte am Menschen, Keithstraße, Tiergarten

Zerknirscht und verschwitzt stieg Helene Eberle die Stufen zum Büro hinauf. Zwanzig Minuten zu spät zur spontan einberufenen Dienstbesprechung erschien sie. Einberufen von Dezernatsleiter Frank Schönagel persönlich.

Im Versammlungsraum erkannte Helene Rita, die Polizistin im Dauerdienst. Neben ihr Juliane Bergmann. Hinten saß Simone Otto mit Dietmar Schulz. Mit einer vollen Kaffeetasse setzte sich die Frau aus Schwaben etwas abseits von ihren Kollegen. Diese Versammlung kam für sie an diesem Morgen viel zu spontan, weil auch viel zu früh, denn der gestrige Abend mit Walter Paul endete viel zu spät. Erst weit nach Mitternacht brachte sie Paul hinunter und verabschiedete ihn, bevor er in seinen blauen Clio stieg.

Noch bevor Schönagel seine Rede beginnen konnte, betrat auch Paul mit Janette Brühl den Raum. Paul schaute sich um, sah und lief zu Helene, begrüßte sie mit einer Umarmung und einem zarten Kuss auf die Wange.

»Meine Damen und Herren, wir haben keine Zeit. Bitte setzen Sie sich.« Der Dezernatsleiter stand mit seinen Händen fuchtelnd am Ende der Tafel. Wieder hatte er seine graumelierten Haare nach hinten gegelt. Sein hellblaues Hemd steckte lässig in seiner Jeans.

»Ich habe einige Mitteilungen von erheblicher Wichtigkeit für Sie. Die Frau von Herrn Golombek verstarb in der letzten Nacht. Wir rechnen damit, dass Herr Golombek vorerst dem Dienst fernbleibt. Ich übernehme bis dato seine Vertretung.«

Ohne Umschweife kam Frank Schönagel zum zweiten Punkt.

»In der letzten Nacht wurde Matthes Geiger in seinem Krankenzimmer erwürgt. Die Täterin konnte von dem Polizisten, der Matthes Geiger bewachen sollte, noch im Zimmer gestellt werden. Aktuell wird sie einem Haftrichter vorgeführt, zwecks U-Haft. Ich bitte um Handzeichen, wer sich nachher um die Vernehmung kümmern möchte.«

Helene meldete sich, erntete von Schönagel aber nur einen herablassenden Blick. Grund genug für Helene, sich direkt zu Wort zu melden.

»Jemanden zu erwürgen, dauert mehrere Minuten. Es handelt sich schließlich nicht um einen Säugling oder eine gebrechliche Person …«

»Frau Eberle, möchten Sie hier einen Kollegen bloßstellen, der nicht einmal anwesend ist?« Helene wollte gerne auf diese Frage antworten, doch Schönagel unterband dies sofort »Richtig, Frau Eberle, so etwas tut man nämlich nicht.«

»Es ist mir egal, ob man so etwas tut. Die Frage muss jawohl erlaubt sein, wie eine Person …«

»Frau Eberle, ich stelle hier die Fragen. Nicht Sie.«

»Dann sollten Sie die richtigen Fragen stellen.«

»Das möchte ich sehr gerne. Wenn Sie mich einmal ausreden lassen würden. Danke sehr. Ich rechne damit, dass die Vernehmung noch heute stattfinden kann. Daher wiederhole ich meine Frage noch einmal. Wer übernimmt die Vernehmung der mutmaßlichen Täterin?«

Helene stand leise auf, lächelte Schönagel übertrieben an und verließ den Versammlungsraum.

Samstag, 07.Oktober
11:30 Uhr, Volkspark Friedrichshain

Seine Kapuze schützte ihn vor dem Wind, der sich wie eine eisgekühlte Flasche Nordhäuser Doppelkorn anfühlte, die ihm jemand ins Gesicht drückte. Währenddessen genoss die 4-jährige Klarissa die Sonnenstrahlen, während sie zwischen Bank und Teich pendelte, an dem sie genüsslich die Enten mit Brotkrumen fütterte. Ihren braunen Teddybären hielt sie dabei fest umklammert. Matthias Eberle beobachtete seine Tochter. So vertraut wie an diesem Mittag fühlte er sich ihr lange nicht mehr. Er schaute ihr nach, lächelte. Irene Siefert hielt seine Hand.

Vor gut einer Stunde verließ Matthias Eberle das Krankenhaus durch einen Seitenausgang. Er lief immer geradeaus, dann leicht bergauf, vorbei an der Freilichtbühne, bis er sich im Park wiederfand. Rechts von ihm führte der Weg weiter bergauf. Links schien der Weg ins Nirgendwo zu führen. Am Horizont erkannte er Hochhäuser. Matthias Eberle kannte sich hier nicht aus, entschied sich für den Hauptweg, der durch den Park führte. Vorbei an dem kleinen, zu dieser Jahreszeit bereits abgestellten Wasserfall. Der Mann lief den Weg weiter, Richtung Café Schönbrunn. Links von ihm der eingezäunte Teich, wo seine Tochter jetzt die Enten fütterte. Neben dem Teich sah er einen Spielplatz. Auf dem erkannte er seine Tochter. Seine Schwiegermutter saß auf der Bank und las ein Buch. All seinen Mut musste Matthias Eberle zusammennehmen, um sie anzusprechen.

Und nun saß er hier und konnte sein Glück nicht in Worte fassen. Er durfte seiner Tochter beim Spielen zusehen, während seine Schwiegermutter neben ihm saß und seine Hand hielt.

»Matthias, es wäre besser, ich rede erst einmal allein mit Helene.«

»Das bringt doch sowieso nichts.«

»Es wird etwas bringen. Die Trennung wird sie nicht mehr rückgängig machen. Aber da vorne am Ententeich steht ein Mensch, die euch für immer verbinden wird. Ob Ihr wollt, oder nicht. Und ich bin mir sicher, wenn es das Beste für Klarissa sein sollte, wird dir Helene keine Steine in den Weg legen, sie regelmäßig zu sehen.«

»Dein Wort in Gottes Ohr.«

»Es liegt einzig an dir.«

»Wie meinst du das?«

»Du musst den verdammten Alkohol besiegen. Bevor dir Helene das Wichtigste anvertraut, was Ihr beide habt, muss sie dir selbst wieder vertrauen können. Sie muss sicher sein, dass es für Klarissa kein Risiko darstellt, wenn ihr euch seht.«

»Ich habe doch gar kein Problem mit dem Alkohol.«

»Es liegt allein an dir.«

Samstag, 07.Oktober
18:30 Uhr, LKA für Delikte am Menschen,
Keithstraße, Tiergarten

Nach der Theatervorstellung von Frank Schönagel empfing Helene Eberle am Vormittag die Täterin. Die Polizistin bot an, Verwandte oder eine andere Vertrauensperson über ihre Festnahme zu informieren. Und gleichzeitig ärgerte sich Helene, dass der jungen Frau dies bisher niemand in Aussicht stellte. Es gibt doch Regeln und Gesetze, an die sich auch Polizeibeamte zu halten haben, dachte sie sich. Schließlich rief die vermeintliche Täterin auf dem Handy ihres Vaters an. Sie erzählte ihm von ihrer Festnahme. Im Anschluss sprach Helene mit ihm. Der Bitte, mit der Vernehmung seiner Tochter noch zu warten, bis er in Berlin eintraf, kam Helene entgegen. Auch das der Vater einen Anwalt mit nach Berlin bringen wollte, empfand Helene nicht als Drohung. Ihr war bewusst, dass die junge Frau dringend einen Anwalt benötigte. Schließlich war sie dringend tatverdächtig, Matthes Geiger ermordet zu haben.

Am Abend saß Helene schließlich im Büro. Gemeinsam mit Walter Paul, der die verhinderte Janette Brühl vertrat. Der Anwalt sollte mit seiner Mandantin schon vor einer halben Stunde erscheinen. Noch warteten die Beamten, doch irgendwann mussten sie aktiv werden. Um sich die Zeit zu vertreiben, durchblätterte Helene zum wiederholten Mal die Akten. Sie hätte gerne ein Wort mit dem diensthabenden Kollegen gesprochen, der die Frau schnappte. Weil er seiner Aufgabe, Geiger zu bewachen, nicht nachkam. Das kostete Geiger das Leben. Und die Ausrede, die Bewachung diente doch einzig, um einen Fluchtversuch zu verhindern, war für Helene weniger wert als zerschmissenes Glas.

Das Telefon klingelte. Der Pförtner! Er ließ Helene wissen, dass drei Polizisten die mutmaßliche Täterin ins Gebäude brachten. Mit dabei war auch ihr Anwalt.

Samstag, 07.Oktober
19:00 Uhr, Bötzowstraße, Prenzlauer Berg

Die kleine Klarissa wünschte sich mehr von diesen Momenten, wenn sich diese doch nur wie früher anfühlen würden. Aber nun sorgte es für Unsicherheit, mit diesen beiden Menschen zusammen zu sein. Beim Abendessen. Ohne die Mutter, dafür aber mit Papa und der Oma, die drei Teller mit Spätzle und Pilzsoße auf den Tisch stellte. Die Unsicherheit Klarissas zeigte sich in ungewohntem Schweigen des Mädchens. Stattdessen hörte sie den beiden Erwachsenen gebannt zu, wie sie über ihre Mutter redeten. Nein, beide sprachen nicht schlecht über Helene, aber Klarissa konnte deutlich heraushören, dass ihre Mama über den ungewohnten Besuch nicht erfreut sein würde. Gespannt lauschte das Mädchen weiter dem Gespräch zwischen ihrem Vater und ihrer Oma. Bis sich Matthias Eberle erhob. Er lief in den Flur und zog sich seine Slipper an. Wenn Klarissa das richtig verstand, holte der Papa jetzt seine restlichen Sachen aus dem Krankenhaus. Und plante, hier zu übernachten.

Samstag, 07.Oktober
19:30 Uhr, LKA für Delikte am Menschen,
Keithstraße, Tiergarten

Vor Helene stand ein Glas Cola. Der Anwalt bat um einen Kaffee, seiner Mandantin reichte ein Glas Mineralwasser. Am benachbarten Schreibtisch saß Walter Paul und führte Protokoll. Die angeklappten Bürofenster ließen einen leichten Windzug in den kleinen Raum. Helene glich erst die Personalien der jungen Frau ab, ehe sie die Vernehmung begann.

»Erstmal möchte ich mich bei Ihnen bedanken, dass Sie die Vernehmung so schnell möglich machen konnten. Ich denke, es ist für alle das Beste, das Geschehene schnell zum Abschluss zu bringen.« Helene Eberle versuchte es zuerst kooperativ. Sie wusste, dass das in einer Vernehmung ungewöhnlich wirken konnte, doch es fiel ja nicht in ihren Aufgabenbereich, jemanden zu verurteilen. Oder, noch schlimmer, vorzuverurteilen. Im Grunde bräuchte sie ja nicht einmal ein Geständnis, weil die Frau, die Helene jetzt gegenübersaß, kurz nach der Tat noch vor Ort gestellt werden konnte. Für Helene Eberle war aber wichtig zu erfahren, was die Frau dazu bewog, diese Tat zu vollziehen. War es Mord aus niederen Beweggründen? Oder gab es für die Täterin einen Grund für ihr Handeln?

»Möchten Sie einfach mal erzählen, was aus Ihrer Sicht letzte Nacht passierte?« Die Frau federte mit ihrem Kopf vor und zurück, starrte dabei auf die Schreibtischplatte und presste ihre Lippen zusammen. Helene Eberle schlussfolgerte aus der Mimik der Frau, dass diese nicht bereute. Im Gegenteil. Ihr Gesicht drückte aus, dass sie für sich keine andere Möglichkeit sah. Bei der Polizistin sorgte das für einige Fragezeichen. Und diesen wollte sie auf den Grund gehen. Sie nippte kurz an ihrer Cola.

»Ich wusste, dass dieses Schwein im gleichen Krankenhaus untergebracht war, wie ich.«

Helene ließ sich den kurzen Schreck, weil sie mit diesem Satz in all seiner Härte nicht rechnete, nicht anmerken.

»Woher wussten Sie das?«

»Eine Krankenschwester erzählte mir, dass auf der benachbarten Station ein Mörder liegen würde, der rund um die Uhr bewacht wird. Sie erzählte mir das, weil sie es so aufregend fand. Ich habe etwas genauer nachgefragt, dann wusste ich, wer da lag.«

»Aber die Zimmernummer wird sie Ihnen nicht genannt haben, oder?«

»Ich bin da rein, wo die Tür offen war. Der Polizist stand ja draußen am Eingang des Schwesternzimmers. Es war also nicht so schwer, das Zimmer zu erraten.« Jetzt musste Helene Jessica Schneider doch mehr mit ihrer Tat konfrontieren. Was blieb ihr auch übrig?

»Sie sind also mit dem Vorhaben in das Zimmer, Matthes Geiger zu töten. Verstehe ich das richtig?« Die Frau schüttelte verhalten den Kopf.

»Nein, eigentlich rechnete ich damit, dass er sich wehrt.« Der Anwalt der Frau folgte dem bisherigen Gespräch still.

»Aber er war gesundheitlich nicht in der Lage dazu. Sie hätten also auch wieder vom ihm ablassen können. Warum haben Sie nicht aufgehört, ihn zu würgen? Es dauert ja mehrere Minuten, bis man jemanden durch Erwürgen umbringt.« Jetzt zuckte die Frau mit den Schultern.

»Was bewog Sie dazu, das Opfer so geplant zu besuchen? Verstehen Sie mich nicht falsch, aber mir fehlt der Grund dazu.«

Der Anwalt änderte jetzt seine Sitzposition und beugte seinen Oberkörper nach vorn. Seine Hände lagen nun auf dem Schreibtisch. Helene rechnete fest damit, dass er sich jeden Moment in das Gespräch einbringen würde.

»Sie selbst befanden sich unter den Menschen, die Matthes Geiger im Märkischen Viertel als Geiseln hielt. Liegt darin der Grund für Ihr Handeln?« Wieder Schulterzucken. Helene und Paul tauschten erste Blicke aus, anschließend schaute Helene Jessica Schneider auffordernd an. Ohne Gegenreaktion. Um ihre Forderung, die gestellte Frage zu beantworten, nochmal zu betonen, zog Helene auffordernd ihre Augenbrauen nach oben.

»Meine Mandantin befand sich zum Tatzeitpunkt in einer extremen Notsituation, daher werden wir auf nicht schuldfähig plädieren«, mischte sich jetzt der Anwalt ein.

»Was für eine Notsituation?

»Meine Mandantin wurde von Matthes Geiger erpresst.«

»Inwiefern?«

»Das möchte meine Mandantin nicht weiter kommunizieren. Es sind familiäre Angelegenheiten, die niemand erfahren soll.«

»Das kann ich natürlich verstehen, aber wenn Sie der Meinung sind, dass Ihre Mandantin als nicht schuldfähig gilt, dann sollten Sie und Ihre Mandantin so viel Vertrauen in die Polizei haben und uns über die Gründe in Kenntnis setzen. Ich meine, jedes Verhalten hat seinen Grund, wenn Sie verstehen, was ich meine. Ich kann Ihnen jetzt hier mit der Selbstjustizkeule kommen, gehe aber davon aus, Ihrer Mandantin Unrecht zu tun. Nur, denken Sie bitte daran, je mehr wir wissen, desto besser können wir arbeiten. Das ist in Ihrem Berufsfeld ja nicht anders.« Der Anwalt zeigte sich beeindruckt von Helenes Worten. Mit einer Mischung aus Hilflosigkeit und Überforderung schaute er seine

Mandantin fragend an.

»Wir stoppen kurz das Protokoll.« Paul nahm theatralisch die Hände von der Tastatur. »Lassen Sie uns erst einmal im Vertrauen reden. Und dann entscheiden wir, ob wir es im Nachhinein ins Protokoll aufnehmen. Dann können Sie sicher sein, dass es erst einmal hier im Raum bleibt.« Jessica Schneider starrte Richtung Fenster. »Walter, würdest du uns noch was zum Trinken holen?« Paul nickte und stand auf.

»Als ich dreizehn Jahre alt war«, begann die Frau plötzlich zu reden, »fing es an. Dieses Dreckschwein erpresste mich. Ich weiß noch genau, wie es war. Ich fühlte damals so viel Wut auf meine Mutter und auf dieses Arschloch. Und gleichzeitig machte mich das alles so traurig. Dieser Flachwichser hatte damals Bilder gemacht.«

Es folgte eine kurze Pause. Helene musste sich stark bremsen, erst einmal nicht weiter nachzubohren. Aber ihre jahrelange Berufserfahrung versicherte ihr, dass Jessica Schneider jeden Moment weiterredete.

»Meine Mutter und sein Vater hatten eine Affäre miteinander.« Paul erschien in bester Kellner-Manier wieder im Büro und stellte die Getränke auf den Tisch. Jetzt musste Helene doch nachfragen.

»Sie kannten sich also doch schon, bevor sie sich am Ostbahnhof begegneten?«

»Ja und nein. Wir lebten beide damals in Kaarst, waren fast Nachbarn. Dieser hinterhältige Drecksack meinte, dass er meinem Vater solange nichts von der Affäre erzählt, wie ich mit ihm schlafe. Immer, wenn er es will. Ich war damals noch Jungfrau. Es tat jedes Mal so höllisch weh.«

»Frau Schneider, ich möchte an diesem Punkt gerne das Protokoll weiterschreiben. Ich denke, dass das alles Punkte sind, die eine tragende Rolle spielen. Und ich kann Ihnen sagen, dass Ich Ihnen diese Geschichte glaube. Matthes Geiger vergewaltigte auch hier in Berlin ein minderjähriges Mädchen. Und es macht keinen Unterschied, ob er damals selbst noch minderjährig war. Ihr Problem ist nur, dass gegen Tote nicht mehr ermittelt werden kann.«

»Ich war froh, dass der irgendwann mit seinem Vater nach Ratingen zog.«

»Nur mit seinem Vater? Die Ehe seiner Eltern zerbrach also an dieser Affäre? Was war mit Ihren Eltern?«

»Mein Vater weiß bis heute nichts davon. Glaub ich zumindest.«

»Bevor wir weitersprechen«, warf der Anwalt ein, »möchte ich erwähnen, dass die Mutter meiner Mandantin aktuell an Leukämie erkrankt ist und die Krankheit bereits sehr weit fortgeschritten ist. Aus diesem Grund ist der Wunsch meiner Mandantin, dass die damalige Affäre der Mutter die Beziehung jetzt nicht mehr belasten soll.«

»Das verstehe ich. Wir schauen, was machbar ist. Jetzt müssen wir erstmal alle restlichen Puzzleteile zusammenbringen.

Frau Schneider, ist es richtig, dass Sie Ihren Peiniger dann in der Nacht zum 30. September wiedersahen?«

»Ja. Und sein Blick hat mir verraten, dass er mich erkannte.«

»Ich schätze Sie nicht so ein, dass dies allein der Grund für Ihre Tat im Krankenhaus war. Was ist noch passiert?«

»Mit allen weiteren Punkten würde sich meine Mandantin noch weiter belasten. Den Mord im Krankenhaus räumt sie ein. Aber dabei belassen wir es auch.«

»Das würde ich an Ihrer Stelle nicht tun. Denn, so hart wie es klingen mag, und ich wähle meine Worte jetzt ganz bewusst, aber allein mehrmalige Vergewaltigungen, die circa acht Jahre zurückliegen, wird kein Gericht als Grund für eine Nicht-Schuldfähigkeit anerkennen.« Langsam dämmerte es der Kommissarin. In ihr wuchs eine böse Vorahnung. Doch die hielt sie noch verschlossen.

»Sie sahen Geiger nach all den Jahren am Ostbahnhof wieder. Kann ich davon ausgehen, dass es schließlich genauso weiterging, wie es damals in Kaarst aufhörte?« Jessica Schneider brach in Tränen aus. Ein deutlicheres Ja konnte es für Helene Eberle nicht geben. Paul reichte eine Packung Taschentücher an den Nebentisch. Helene blieb nichts anderes übrig. Sie musste weiter nachbohren. Ohne Rücksicht.

»Und Ihre Situation hat sich verschlimmert, weil Ihre Mutter sterbenskrank ist. Das konnte Geiger aber nicht wissen. Richtig?« Die Frau nickte mit letzter Kraft.

»Was passierte genau am Ostbahnhof Frau Schneider?«

»Dieses Schwein zerschlug an der Eisenstange des Treppengeländers eine Bierflasche. Dadurch wurden wir auf seine Gruppe aufmerksam. Es klirrte durch die ganze Halle. Wir folgten dem Geräusch, weil wir wissen wollten, was passierte. Vielleicht brauchte ja jemand Hilfe. Als wir dann unten ankamen, sahen wir aber nur, wie sich ein Mann gerade unten in seinen Schlafsack legte.«

»Geiger und seine Clique malträtierten diesen Mann bereits im Parkhaus mit Tritten und Schlägen. Außerdem urinierten sie auf ihn«, ergänzte Helene Eberle.

»Dieses Sackgesicht lief auf den Mann zu, schrie ihn an, dass er aufstehen und sich an die Wand stellen soll. Dann ging alles ganz schnell. Dieses miese Schwein zog Geld aus seiner Jackentasche und bot es demjenigen an, der den Mann mit der zerschlagenen Bierflasche erstechen würde. Alle lachten. Außer ich, weil ich ihn in dem Moment erkannte. Niemand konnte wirklich glauben, was dieses kranke Stück Scheiße da verlangte. Er erhöhte dann die Summe. Wieder meldete sich niemand. Als der dann meinte, dass er ja wüsste, wer es gerne tun würde, wusste ich genau, worauf er hinauswollte.«

»Sie haben also den wohnungslosen Wladimir Perenov mit einer zerbrochenen Bierflasche erstochen, damit Matthes Geiger auch weiterhin das, nennen wir es mal Familiengeheimnis, für sich behielt?«

»Ich hatte Angst vor ihm. Ich wollte meine Mutter schützen. Ihre Krankheit ist das Schlimmste für mich.« Auf Helene wirkte die Geschichte nicht sonderlich glaubwürdig. Und trotzdem passten für sie die Puzzleteile mehr und mehr zusammen.

»Kann es sein, dass Sie, als Sie Geiger in seinem Krankenzimmer erwürgten, bereits wussten, dass Sie nichts mehr zu verlieren hatten? Immerhin haben Sie ja schon einen Menschen umgebracht.«

»Ein bisschen.« Helene ging jetzt aufs Ganze. Das musste sie. Denn das Risiko, sich doch noch zu verzetteln, war so gering wie der Cola-Rest in ihrem Glas.

»Okay Frau Schneider, kommen wir zum nächsten Punkt. Können Sie mir erzählen, was während der Geiselnahme im Märkischen Viertel passierte?« Die Frau schüttelte nur den Kopf. Ihr Anwalt meldete sich für sie zu Wort.

»Meine Mandantin ist noch nicht in der Lage, über das Erlebte im Wilhelmsruher Damm zu sprechen. Das bitte ich zu berücksichtigen.« Helene hörte dem Verteidiger zu und sah dann den Gesichtsausdruck seiner Mandantin. Dieser Gesichtsausdruck, der Bände sprach. Die Polizistin überlegte, eine Pause einzulegen, entschied sich dann aber dagegen. Stattdessen wollte sie erst einmal den ganzen Druck von Jessica Schneider nehmen.

»Frau Schneider, ich muss Ihnen sagen, dass ich Ihr Handeln nachvollziehen kann, so böse es auch klingen mag. Immerhin bin ich Polizistin. Ihre Situation möchte ich selbst niemals erleben.« Mit diesen Worten probierte Helene, noch mehr Vertrauen aufzubauen, um kurz darauf die Vernehmung Richtung Ende zu führen. »Bei der Geiselnahme erkannten wir von unten eine weibliche Person, die Xaver Schuhmanns Leichnam vom Balkon warf. Hat Sie Matthes Geiger auch dazu gezwungen?« Die Frau nickte.

»Ich wollte nie einen Menschen töten. Es tut mir so leid. Aber ich liebe meine Eltern. Ich würde alles für sie tun. Und für dieses Mistschwein habe ich nur Hass empfunden.«

»Das glaube ich Ihnen. Nur müssen Menschen für ihre Fehler geradestehen. Das gilt für Ihre Mutter, die einen Fehler machte, aber auch für Matthes Geiger. Den befreiten Sie selbst von seiner Schuld. Und auch vor Ihre Mutter stellten Sie sich schützend. Ich kann Sie so gut verstehen, aber das schafft niemand. Niemand kann, und niemand muss für die Fehler anderer Menschen einstehen. Auch wenn man sie noch so gerne hat. Und, Frau Schneider, böse ausgedrückt, haben Sie es mit ihrem Einsatz verhindert, dass Ihre Mutter aus ihrem Fehler lernen konnte. Aber lassen Sie uns zum Ende kommen. Ich habe nur noch ein paar Fragen an Sie. Wer tötete Xaver Schuhmann?«

»Ich war es nicht!«

»War es Matthes Geiger?« Die Frau nickte, hatte aber inzwischen Schwierigkeiten, ihren Kopf oben zu halten. Ihre Augen glichen nur noch Schlitzen.

»Francis und ich mussten Xaver dann in die Badewanne legen. Er atmete noch leicht, aber wir durften ihm nicht helfen. Es war so grausam.« Jessica Schneider schniefte, dann brachen alle Dämme. Sie weinte, schüttelte sich und es dauerte, bis Helene Eberle fortfahren konnte.

»Noch eine letzte Frage Frau Schneider. Auch der Sanitäter verlor während der Geiselnahme sein Leben. Matthes Geiger stritt diese Tat ab ...«

Weiter kam Helene Eberle nicht mehr. Jessica Schneider fiel wie ein Kartenhaus in sich zusammen.

Samstag, 06.Oktober
23:30 Uhr, Bötzowstraße, Prenzlauer Berg

Nervös saß Matthias Eberle am Küchentisch. Immer wieder schaute er auf seine Armbanduhr.

»Ich kann dir nicht sagen, wann sie kommt.«

»Ist schon okay, das kenne ich ja noch von daheim.«

Auch Klarissa hielt die Sehnsucht nach ihrer Mutter noch wach. Bis das Mädchen den Schlüssel im Schloss hörte. Sofort düsten rote Locken wie eine Rakete zur Wohnungstür. Auch Irene stand auf. Das rothaarige Mädchen drückte die Türklinke hinunter und sah zwei Menschen vor der Tür stehen. Ihre Mama und Walter Paul.

»Ich habe jemanden zum Abendessen mitgebracht.«

»Ihr habt den Fall heute abgeschlossen.«

»Woher weißt du das?«

»Ich erkenne es an deinem Gesichtsausdruck«, antwortete Irene Siefert. Helenes Strahlen schaute plötzlich, als lagere im

Flur Atommüll, dabei waren es die Schuhe ihres Mannes, die im Flur standen.

»Er sitzt in der Küche. Ich glaube, Ihr solltet euch mal unterhalten.«

Helene murmelte, dass sie keine Lust auf eine Unterhaltung hätte. Außerdem sei sie müde und hätte keine Kraft mehr für solchen Stress. Vor allem nicht mehr um diese Uhrzeit.

»Ich fahre wohl besser nach Hause.« Paul wollte die Situation mit seinem Angebot entspannen. Auch wenn er hoffte, dass Helene sein Angebot ablehnte.

»Was? Nein. Wir haben was zu feiern.« Paul fielen Felsbrocken vom Herzen.

Helene ging weiter mit einem Kopfschütteln in die Küche. Matthias erhob sich direkt, reichte seiner Noch-Ehefrau geradezu förmlich die Hand. Walter Paul wollte am liebsten in Deckung gehen, doch das gelang ihm nur bedingt. Den Schmerz, den er durch seine Anwesenheit bei Matthias Eberle auslöste, zog bei diesem durch den ganzen Körper. Matthias Eberle wollte sich aber nichts anmerken lassen. Mit gespielter Miene reichte er auch Paul die Hand.

»Guten Abend.«

»Hallo, Paul. Ich bin ein Kollege von Helene.«

»Kollege, ich verstehe schon.« Helene hatte jetzt große Mühe, sich zusammenzunehmen. Allein wegen seines Kommentars hätte sie ihren Mann am liebsten vor Wut aus der Wohnung geworfen. Nur wegen Klarissa und wegen Walter beherrschte sie sich.

»Was suchst du hier?«

»Ich möchte mit dir reden.«

»Wolltest du bei deinem letzten Besuch nicht auch mit mir reden? Oder möchtest du lieber um dich schlagen? Letztes Mal war es der Korridor, und heute? Die Küche? Oder möchtest du das Wohnzimmer kurz und klein schlagen?« Helene klang so genervt, wie sie sich auch fühlte.

»Ich bin wegen unserer Tochter hier. Auch wenn wir uns nichts mehr zu sagen haben, Klarissa wird uns beide immer miteinander verbinden.«

»Am besten, Ihr setzt euch hin und sprecht euch aus.«

»Ich möchte mich nicht aussprechen.«

»Ich glaube, deine Mutter hat Recht. Es wird euch vielleicht nicht besser gehen, wenn Ihr geredet habt, aber auf keinen Fall mieser.«

»Was willst du denn jetzt?«, fuhr Helene Walter an.

»Ich meine ja nur.«

»Also! Wenn es denn sein muss. Reden wir.« Helene fühlte sich merklich unwohl. »Wenn du dazu noch in der Lage sein solltest, komme doch bitte mit in die Küche.«

»Und wir anderen setzen uns ins Wohnzimmer.« Auch Paul wurde das Gefühl nicht los, hier fehl am Platz zu sein. Das erkannte auch Irene.

»Mögen Sie was trinken?«

»Ein Wasser.« Klarissa sorgte schließlich für ein besseres Gefühl bei Walter Paul.

»Spielst du mit mir Mau-Mau?«

»Kannst du das schon?«

»Klar, ich bin doch schon vier.«

Nach der siebenten Runde Mau-Mau, eine davon gewann Walter Paul, betrat Helene mit Matthias Eberle wieder das Wohnzimmer. Sechs Augen starrten gespannt in ihre Richtung.

»Deine Tochter hat mich im Mau-Mau fertig gemacht«, wollte Paul diesen Moment aufheitern.

»Mama, endlich mal keiner, der mich einfach gewinnen lässt.«
Matthias und Helene setzten sich auf die Couch.

»Wir haben uns darauf verständigt, dass Klarissa auch mal zu Papa nach Eutingen im Gäu fahren darf. Wann und wie besprechen wir bei Bedarf. Und heute Nacht schläft der Papa im Hotel. Hier gibt es ja einige.«

»Cool!«

»Ja, nur weil man keine gemeinsame Zukunft mehr sieht, heißt das ja nicht, dass man sich hassen muss.«

»Hass fühlt sich eh doof an«, warf Paul ein.

»Verlieren auch.«

Paul knuffte Klarissa in den Bauch.

ENDE

Eine Vorschau auf Helene Eberles zweiten Fall.

Undankbares Berlin
Ab Frühjahr 2021 im Handel

#Dienstag, 23. Dezember, 17:30 Uhr
Knaackstraße, Prenzlauer Berg

Noch bevor er die Tür öffnete, schob sich ein Bild in seinen Kopf. Ein Bild von dem, was ihn hinter der Tür erwartete. Jahrelang kämpfte er für seine geliebte Mutter. Doch an diesem Tag wurde ihm schmerzlich klar, er verlor nicht nur diesen Kampf, er verlor auch den wichtigsten Menschen in seinem Leben.

Die Mutter, die immer an seiner Seite stand, ihm Geborgenheit gab und Fehler verzieh.

Die Mutter, die ihm früher mit einem Lächeln den Tag rettete, wenn ihn die anderen Kinder ärgerten.

Die Mutter, die sich bedingungslos für ihn einsetzte und gesund pflegte, wenn er krank war. Und er war oft krank.

Seine Hand zitterte wie die eines Junkies, der sich dringend den nächsten Schuss setzen musste. Sein Atem stockte. Die Türklinke fühlte sich an, als müsse er das Gewicht eines Lastwagens herunterdrücken. Nein, er wollte diese Tür nicht öffnen. Aber er musste. Für seine geliebte Mutter. Für den einzigen Menschen in seinem Leben, dem er jemals hatte vertrauen können. Seine

Mutter äußerte vor Stunden einen letzten Wunsch: Sie wollte allein sein. Nur dieses eine Mal. Und es war ihm unmöglich, ihr diesen Wunsch auszuschlagen. Noch einmal erkannte er dieses Strahlen in ihren Augen, dass er in den letzten Jahren nicht mehr gesehen hatte. Ihre Augen leuchteten wie Sterne am Nachthimmel. Ihm blieb keine Wahl. Er verließ die gemeinsame Wohnung. Stunden später kehrte er zurück. Und nun stand er im Flur, vor der Tür zum gemeinsamen Schlafzimmer. Mit letzter Kraft drückte er schließlich die Klinke nach unten. Die Tür schob er nur einen winzigen Spalt auf. Er wollte sie noch einmal sehen. Nur noch einmal ihre kurzen, rotgefärbten Haare streicheln, ihr zärtlich die Brille abnehmen und diese auf den Nachttisch legen.

Durch den Spalt sah der 28-jährige Sebastian Strehlow die dicke Daunenbettdecke mit dem grünen Bezug. Sie lag ordentlich zusammengelegt auf dem Bett. Mit all seinem Mut schob er die Tür einen Spalt weiter auf. Jetzt erkannte er es deutlich: Das Bett war leer. Erst flüsternd, dann unüberhörbar rief er nach ihr.

»Mutti? Mutti, wo bist du?« Er lief ins Wohnzimmer. Nichts! Im Flur standen ihre schwarzen Wildlederstiefel ordentlich neben seinen Pantoffeln.

»Mutti?« Verzweiflung schallte durch die Altbauwohnung. Ein erneuter Blick ins Schlafzimmer. Vielleicht übersah er irgendetwas? Er setzte seine Suche im Arbeitszimmer fort. Das Arbeitszimmer. Früher sein Kinderzimmer. Ein heller Raum, dessen Wände noch immer Kinderzeichnungen schmückten. Auf dem schlichten Schreibtisch standen Fotos von ihm und seiner Mutter. Ja, seine Mutter und er vertrauten nur sich. Die Welt außerhalb der eigenen vier Wände hatte sich viel zu oft viel zu grausam gezeigt, viel zu grausam angefühlt. Ihm fiel auf, dass er die Wohnung lange nicht mehr so blitzblank wahrgenommen hatte. Ein Hoffnungsschimmer. Wann hatte seine Mutter das letzte Mal so viel Energie besessen, die Wohnung aufzuräumen? In den letzten Jahren fiel das mehr und mehr in seinen Aufgabenbereich. Was ihn, neben seiner Vollzeitstelle als Pförtner, oft überforderte. In der Küche holte er ein Glas aus dem Einbauschrank, füllte es mit Wasser und führte es zum Mund. Durch das Fenster erkannte er den altehrwürdigen Wasserturm, den ältesten Wasserturm Berlins. Der stand einfach nur da, seit 1877, und rührte sich nicht von der Stelle. Anders als Strehlow, der nun gedankenverloren durch die Wohnung schlich.

»Mutti, wo bist du?« Ihm kam eine Idee. Er rannte ins Wohnzimmer. Auf dem Handydisplay tippte er ihre Nummer ein, doch seine Mutter war nicht zu erreichen. Verzweifelt schlich ihr Sohn Richtung Bad. Er öffnete die Tür. Das Mobiltelefon klemmte noch zwischen den verschrumpelten Fingern seiner Mutter, die in der Badewanne lag.

Montag, 01. Januar, 03:20 Uhr Columbiadamm, Kreuzberg

Angetrunken steuerte Mohammed Öztürk seinen schwarzen Smart. Er hatte sich vorgenommen, auf der familiären Silvesterfeier keinen Alkohol zu trinken. Am Ende hatte er doch drei Gläser Sekt gekippt. Er versuchte, sich auf den Verkehr zu konzentrieren, der sich um diese Uhrzeit auf einzelne, entgegenkommende Autos beschränkte. Dazu wirkte der mehrspurige Columbiadamm, als rolle er sich wie ein roter

Teppich vor Öztürk aus. Inklusive Rampenlicht, gespendet von Straßenlaternen.

Vor über zwanzig Jahren wanderte der damals fünfjährige Mohammed mit seinen zwei Geschwistern und seinen Eltern nach Deutschland aus. Für seinen Vater zählte nie etwas Wichtigeres. Immer predigte er, die Familie müsse die deutsche Kultur annehmen, niemals negativ auffallen, zu allen freundlich sein, sich den Lebensunterhalt selbst erarbeiten. Ja, sie müssten täglich dankbar dafür sein, in Deutschland leben zu dürfen. Mohammed Öztürk hatte die Werte seines Vaters verinnerlicht. Diese Werte gaben ihm auch die Richtung in seinem Leben vor. Nur in dieser Nacht nicht. Öztürk hoffte, nicht erwischt zu werden. Aber er wollte es um jeden Preis. Er musste zurück zu seiner Freundin. Zurück zu Aysun, der Liebe seines Lebens. Der glatzköpfige Mann mit dem Drei-Tage-Bart hatte seine Freundin bereits zu Schulzeiten kennengelernt. In der siebten Jahrgangsstufe sahen sie sich zum ersten Mal und verliebten sich kurz darauf ineinander. Zwischen Mohammed Öztürk und Aysun Demirbay passte seitdem kein Blatt mehr. Bis vor einer Stunde.

Da wurden die beiden durch ein Küchenmesser getrennt.